タワー

ペ・ミョンフン

斎藤真理子 訳

河出書房新社

もくじ

タワー

東方の三博士——犬入りバージョン

ある種の酒は貨幣として通用する。世の中には、確実に見返りがあるかどうかわからなくても、誰かに何かを贈らなくてはならないことがある。賄賂、上納、請託、寸志などとは違う。これらの場合は、受け取った側が何をすべきかが明確だし、あげる側が何を提供すべきかも比較的わかりやすい。だが「謝礼」もしくは「ほんの気持ち」といった、それよりずっと繊細で微妙な形の交換関係では、いったい何を贈るべきなのか、また見返りとして何をすべきか具体的に額面提示されない。提示されないからこそ後で言い逃れもできるわけで、非常時でない限り、権力は常にそのように動く。

ビーンスタークミクロ権力研究所のチョン教授は早くから、このようなデリケートな交換関係において贈り物を提供する側が相手の嗜好にぴったりの品を選ぶのがどれほど大変であるかを身をもって知っており、人々が果たしていかなる方法でこの問題を解決するのかに注目してきた。

「財団の監事のあいつだけど、いったい何をやったらいいんだ。清廉潔白の士か何かなのかな？　垂直交通研究所は何を贈ったって？　車とかじゃだめかな？　高麗人参なんかどうだ？　えい、ちくしょう、もう現金にしとこうか？」

もちろんだめに決まっている。貨幣に相当する普遍的交換手段をいかに切実に要求されようとも、ただ現金を渡すわけにはいかない。古今東西を問わず、このようにデリケートな関係において現金を使用する行為は常に不正なものと思われてしまう。発覚した場合に現金ほど不利な証拠もない。ではみんな、この問題を果たしてどのように解決してきたのか？

チョン教授は悩みに悩んだ。そして、このような状況でもみごとに活用できる新しい貨幣を求めてさまよった。その結果さまざまな物品貨幣が発見されたが、その一つがまさに酒だった。

酒が貨幣として通用するのは、趣味に関係なく、誰にあげても贈り物としての価値が一定ライン以下には落ちないからだ。もらった人がすでに全く同じものを持っていたとしてもあまりがっかりさせなくてすみ、宗教上その他の倫理的な理由で礼を失する危険も低く、さらに、酒を全く口にしない人にとっても常に一定レベル以上の価値がある、普遍的な交換手段。貨幣の資格を備えた酒は、まさにそのような機能を持つ。

もちろん、どんな酒でも貨幣になるわけではない。チョン教授は自分自身が二十年間以上にわたって構築してきた政治的利害関係をもとに、どのような酒が最終的に貨幣の地位を獲得しうるか、深く考察した。

「とにかくだな、誰もがいいって言ってるが、正直、何がいいんだかわからない。そういう酒がいいんだよ。二十年ものか三十年ものか味だけで区別できる人がどれだけいる？単に長く寝かせた酒の方が高いから、それがいちばんだと思うわけだろ」

「そういう酒がいいんですか？」

「だって、自分一人で家で飲むためにそんな酒を買ったりしないだろ。どっかで見せびらかすために金出して買うんだよ。大したことなく見えても、いざ金を払って買おうとするとこういう酒はめちゃくちゃ高いんですよ。だからプレゼント以外では家に入ってこない。そして、もらってもあんまり飲まないんだ。他の人にあげようと思ってとっておくだろ。人の家を訪問する機会がいつあるかわからないし、急な招待だからって手ぶらでは行けないんだし」

「回り回ってということですね。そうすると、自分が贈ったものが自分のところに戻ってくることもありますよね」

「そうだよ」

イ博士はミクロ権力研究所に入ってもう三年めだった。彼はチョン教授の話を聞くたびに、こいつは天才なのかいかさま師なのか、判断つかないなと思ってきた。だがある日、チョン教授が研究資材・機材の購入費で洋酒三ケースを仕入れると言ったとき、イ博士はついにこいつがどういう人間なのかほぼわかったと思った。ただのガイキチである。

しかし、その酒をどこに用いるのかを聞くと、確信は再び消えた。チョン教授はその酒が普通の酒ではなく、近年ビーンスタークタワー内で最も確実な贈答用貨幣の地位を獲得した酒だという点を力説し、酒びん一本一本に電子タグをつけてビーンスタークの上流社会に流通させた後、その移動経路を精密に追跡すれば、ビル内のミクロ権力分布地図が自ずと描き出されるはずだともっともらしい仮説を開陳した。かくしてついに、研究を依頼してきたクライアント側も、三十五年ものの酒三ケースを研究費で購入するというたわごとを承認するに至ったのだ。

酒が手に入ると彼は、まずは検分という名目で一本を開け、真っ昼間から他の博士たちにも一杯ずつ飲ませた上、真っ赤になった顔で、この研究において最も細心に扱うべき点は何であるかをくどくどと説明した。

「しょせん回り回っていくものではあるが、いちばん最初にどんな経路で酒を流通させるかで全然違う結果が出るんだよ。つまり、初期配布段階が最重要だってことだろ?」

その言葉に皆がうなずいた。かくしてこの作業はチョン教授自身が手がけることになった。

「もう一つ注意すべき点は、実験者による実験行為が実験対象に影響を及ぼしてはならない、ということだ。基本的な常識だが、ビーンスタークタワーの権力構造を現状通りに保ったままで研究を進めなきゃならんということだよ。ごく細かい部分までもね。異存ないな？」

またもやみんながうなずいた。かくしてチョン教授はごく自然にその酒を全部自宅に持っていき、盆暮れに気持ちを伝えるべき相手に配ることになった。いつもやっている通りに、自然に。それから、電子タグシールの製作を依頼した。

「シールに書く文字ももうすっかり決めてあるんだ。『軍納用』でどうだ？　これだけで価値が一・五倍に上がるんだぞ」

かくして研究は始まった。約一年半の研究である。盆暮れの十五日前に第一段階として酒が配られ、研究チームは日に一度ずつ建物全体を三次元スキャンし、どの酒びんがどこに行っているか追跡した。チョン教授は、674階もの高さに五十万もの人口が集まるビーンスタークタワーの権力構造を、三ケースぽっちの酒で追跡できるもんかと言って、さらに五ケース注文した。いかに小さく見えようとビーンスタークは対外的に承認された主権を持つ厳然たる独立国家なのだから、そんなお粗末な権力構造であるわけはないという講釈もたれた。

そしてクライアント側の監査チームに、なぜ酒を一度に大量配布しないで毎日少しずつ、何か月もかけて配るんだと指摘されると、かっとなってこう並べ立てた。

「えっ、はっきり申し上げたではないですか？　これは貨幣なんですよ。貨幣を突然大量発行したらどうなりますか？　インフレが生じますよね？　しかも、贈答用の貨幣はこれだけじゃないんですよ、他に五種類もあるのに、これだけがインフレになったら他の品目と交換比率が合わないでしょ。そうなったらこの研究も一からやり直しになるかもしれません。そんな無駄遣い、ありえます？」

隣でその様子を見ていたイ博士はただ沈思黙考し、言葉に詰まるのみだった。

チョン教授は新たに入手した酒を配るために毎日外回りに出た。昼ごろ出勤して夕方には帰宅してしまうのに、時間外勤務をしたかのようにしっかり手を打っていた。研究者の間にも不満がないではなかったが、いったいどうやってコネを作ったものか、お偉方の住むあたりを広範囲に選んで「ほんの気持ち」をばらまくチョン教授の能力だけは誰もが認めざるをえなかった。チョン教授の言う通り、最初に酒をちゃんと配布できなければまともな結果は望めないので、研究チームはただ彼を信じて任せるしかなかった。

研究は、ビーンスターク市長選挙が行われる三月までに報告書提出というあわただしいスケジュールで行われた。執筆にかかる時間を考慮すると、遅くとも一月末までには結果が出ていなくてはならない。酒以外にも追跡すべき品目が五つあり、これら六品目の流れを通して現市長体制の権力構造を把握しておき、選挙戦の終盤で実験結果を積極活用するというのが、クライアントである野党選挙事務所の計画だった。先方の様子を探ってみると、戦略の要はもうでき上がっているが、さらなる確実性を担保するためにこの研究を依頼したということらしい。それを思うとイ博士は気が重かった。要は、どれだけうまくやれるか見てみようという依頼なのだから、イ博士の立場としては何一つおろそかにできない。

ミクロ権力研究所に与えられたもう一つの任務は、野党の選挙事務所で活用する、見栄えのする三次元権力分布図のプレゼン映像を一月初めまでに完成させ、納品することだった。見ようによっては報告書そのものよりこっちの方が重要だったのかもしれない。世間では研究結果よりも、引用されるビジュアルの方が重要だからだ。それは事実上、十二月末までに研究を終えなければならないことを意味する。最終結果ではなくても、最終結果と大差ない結論ぐらいは必要だったのだ。

十二月になると、チョン教授を除く研究者全員が、朝早く出勤して夜遅くまで勤務する生活に突入した。だがチョン教授は、三十歳になったばかりの若い外部博士三人を研究所に呼び集め、自分は前からやっていたことに没頭していた。つまり遊んでいたということを意味する。

「バイト代はチョン教授が出してくださるんですって?」

「え?　バイト代ですか?　お給料じゃないんですか?」

イ博士はため息をついて三人の履歴書を見た。

「ソン・ヨンジュ博士の専攻は〈権力場〉の分析、ナム・ソンホ博士は超高層ビルの生態学、ファン・ヨンジン博士は、えーとこりゃ何だ、第一次世界大戦史を専攻なさったと」

「はい」

「変わってますねえ。女性の方が戦争史を専攻したことではなく、そんな専攻の方がなぜここに来たのかが」

「そうなんですよ。どうして私に声がかかったんでしょう?」


忙しくはあったが、締め切りを守る上で大きな支障はなかったので、イ博士は動員された三人に特に難しい仕事を任せるつもりはなかった。別に問題がありそうでもなかったし、予備の人材が必要でもなかった。

しかしいざ十二月初旬になってみると、予想外の問題が発生してしまった。

「487階のA57って誰の家だ?」

権力構造に従って酒がスムーズに回っていかない区域が見つかったのだ。487階のA57地区に住む誰かが、途中で流れを止めているらしい。十日間に五本も流入したのを見ればかなりの重要人物であることは明らかだが、五本とも入っただけで外に出て来ないところを見ると、権力の頂点にいる人物か、またはのんべえのどちらかであるに違いない。

もちろん、貨幣機能を獲得した酒だからといって、途中で消費されず必ずどこかへ流れていくと断言はできない。だが、ある地点に短期間にそれほど大量の酒が集まった上、次の段階へ全く動かないのは明らかに問題があった。当事者が長期間家を空けたのかもしれないし、それ以外にもさまざまな説明が可能だった。理由がどうであれ、まずは状況を確認し、停滞を解消するのが先である。

身元を確認するために、チョン教授が以前、警備室のお偉いさんを買収して手に入れた入居者住所録を調べた。「映画俳優P」とだけ記載されている。直接訪ねた方が早いだろうと考えたイ博士は、エレベーターをつかまえて487階に上った。27階から487階といったら、エレベーターを六回も乗り換えないと行けない遠距離である。

直接行って確認してみると、そこで酒の流れが止まったのは当然すぎるように見えた。映画俳優Pは人間ではなかった。犬だった。

イ博士はただただあっけにとられた。犬が三十五年ものの酒を飲むはずがない。いったいどういうわけで犬に酒をプレゼントするのか。しかも五本も。

彼はすぐに研究所に戻り、チョン教授を捜した。予想通りチョン教授はもう退勤した後だった。イ博士はチョン教授に電話して内幕を詳しく説明し、権力ネットワークの分析対象に犬を含めるべきかどうか尋ねた。するとチョン教授はまずは柔らかくたしなめた。

「そりゃ、人が酔っ払えばちょっとは変なこともやるだろう。それをそのまま犬と表現するなんて、学問をやった人らしくもない」

イ博士は、そういう意味ではなく、本当に、人間が、四本の足で歩く犬に酒を贈ったのですよと説明した。するとチョン教授は大した問題ではないと言いたげな顔をして、逆に怒り出した。

「犬なんか数に入れるわけないだろ。生態系分析やってるんじゃないんだから。これは〈権力場〉の分析なんだぞ」

まさにその〈権力場〉が問題なのだった。単にビル内の権力者が誰なのか明らかにするためなら、犬の一匹ぐらい省いたってかまわないだろう。だが、権力場となると少々別問題だった。それはちょうど、宇宙空間が天体の質量のために重力場という形態となって歪むのと似ていた。そのようにして歪んだ空間を通過するときには、質量のない光の粒子もまっすぐ飛んでいくことができず、空間に沿って屈折するしかない。権力場も同じことだ。空間そのものが権力場という形態で歪むと、権力に全く敏感ではない人も、まるで自発的に権力の顔色を見るかのようになり、自らそれを受け入れるのだった。外から観察していると、権力を受け入れようとしている人もそうではない人も行動にはあまり差がない。従って、権力場理論によれば犬も十分に権力の中枢に入ることが可能だ。

イ博士は、映画俳優Pを排除するとどんな研究結果が出るかざっと見つもってみた。それまでに入手した資料でシミュレーションした結果、盆暮れのつけ届けが五回くり返された場合、犬入りバージョンと犬なしバージョンとではビーンスタークの権力構造が全く違う形態に進化するものと見られた。犬なしバージョンでは、既存の権力中枢に加え、建物の中心部と最上階の富裕層居住区との間に、権力の集中する地点がいくつか散発的に現れたり消えたりした。一方犬入りバージョンでは、建物の中心部にある市庁舎区域を核とする球状の、はっきりした権力中枢部が形成された。この結果は現実と一致する。

翌日の午後、イ博士はチョン教授を訪ねてその話を真剣に切り出した。しかしチョン教授はびくともしなかった。

「だからってそう書くわけにはいかないだろ。クライアントのとこへ行って、ビーンスタークの権力ネットワークに犬が入っているが、犬を排除するとまるで研究にならないって言うのか?」

「なぜそう言っちゃいけないんですか? 新聞に出るわけでもないし、ただ、こうですと教えてあげるだけなのに」

「我々は新聞には出さないさ。でも、あの人たちがやらないとどうして言える? 現市長の権力の中枢に犬がいる! 攻撃にぴったりじゃないか。それで今の市長がもう一回当選でもしたら、研究所は閉鎖だぞ」

「でも、単に犬を排除してすむ問題じゃないでしょう。理由はわかりませんが、とにかくそっちの方向へ権力場が屈折していることは事実で、それを抜きにしたら説明がつかないことがいっぱいあるんですよ」

「じゃあもう、人だと言っておけ。どうしても犬だって言わなきゃいけないのか?」

「人だったら、酒びんが入っていくだけで次の段階に行かないことの説明がつかないんですよ。このレベルなら高位権力者クラスなのに、身元も明かさない方が変に見えるじゃないですか。チョン先生が野党選挙事務所の人間なら、そんなのを見て放っておけます？裏取りに入るでしょ」

「知るか。犬は外せ」

「外せませんよ。ずっとそんなことおっしゃるなら、私、この仕事やりませんよ」


結局チョン教授はイ博士を研究チームから外した。すると日程に深刻な誤算が生じた。動員された三人も本格的に仕事を手伝わないわけにいかなくなった。

「何も難しいことないよ。ただ片づけていけばいいんだ。一年間蓄積してきたデータだから量はけっこうあるだろうけど。何か変なことがあったら電話して」

イ博士がそう言った。気軽な言い方だった。しかしこの仕事が難しくないはずは絶対になかった。イ博士が一人でやっていた仕事を三人で分けたのだが、三人はまるで仕事の要領がつかめなかった。

実は彼らにとっては、ビーンスタークという環境そのものが生まれて初めて見るとてつもない空間だった。674という数字からして問題だった。1階ごとに区切られた秩序ある空間が674個きちんきちんと積み重なっているのではなく、テトリスブロックのように勝手にでき上がった空間が674階分重なっているだけなので、正確には何階建てのビルなのか確定することもできない。どこから数えるかによって階数も違うからだ。

お手上げなのは、その分野を専攻した者でも同じだった。ナム博士が言った。

「僕もどうしようもないよ。超高層ビルの生態学にもこんなビルは出てこないもん。いくら超高層だって、普通は人が通勤してくるもんだからね。ビルそのものの用途もある程度限定されてて、その仕事をやる人たちが人口のほとんどで、残りはサービス業っていうふうに区分できてるもんだけど、ここの人たちは外に出もしないし、ただ一か所に集まって住んでるだけでしょ？　それより、ソンさんは権力場分析の専攻なんだから、こういうのには慣れてるんじゃないの？」

「専攻ではあるけど、こんなのやったことないわよ。ここの権力場は三次元で描かないといけないでしょ。都市の中心地の構造も三次元だし。正直、三次元空間で権力場の中心に向かってたわむっていうのはどういうことなんだか、理解できないよ。二次元空間だったら、ずーっと広がった平面を思い浮かべてから、権力が集中したところに重い物体を置くと考えればいいけど。そしたらその地点が下にすーっと下がるじゃない。それで周辺に傾斜ができるでしょ、そして周囲のものは自然にそっちへ吸い込まれる形になるよね。それなら直感的に理解できるけど、これを三次元空間に移すとどういうことになるのか、わかりゃしない」

ファン博士が割り込んだ。

「だったら私はどうなるんです。戦争史の専攻なのにいったい何でここに引っ張られたんだか、それも年末に」

「お父さまがチョン教授のお友達なんですってね」

「だとしたって」

できようとできまいと、とにかくやるしかないのだった。それもかなりうまくやらなくてはならない。

そのようにして時は流れた。年末になるとビルの外壁にも派手な飾りつけがされた。ビーンスタークタワーは高いだけではなく、縦横もかなりある建物だ。だから、ビルの外側に看板広告を設置すれば国じゅうに見える。もちろんビーンスタークの人たちには見えず、周辺国の首都の人たちだけに見えるのだ。ものすごく高くて巨大なので、見ないようにしても見ないわけにいかない。もちろん、看板を出せばその分日照量が減るので、建物内の温度が多少下がりはしたが、すさまじい広告収入のことを思えば十分耐えられる犠牲だ。ミクロ権力研究所のある27階の事情も同じだった。ソン・ヨンジュ博士は手に息を吹きかけてぼんやりとモニターを見つめていたが、不意に二人の方を振り向いた。

「行かなくてもいいのかなあ?」

「何でそんなとこ行くの?　親しいわけでもないのに」

「チョン教授が言ってたじゃん。妻が、絶対に来てくれって言ってたって」

「奥さんがどういうつもりで言ったと思う？　言葉だけだよ」

「前に研究所に遊びに来たのよ、あなたがいないとき。ファン博士と私とであいさつしたんだ。自分と同年代だから喜んでてさ、それで来いってことらしいの。だから、行かなきゃいけないいんじゃない？」

「暇なら行ってもいいけど、仕事が終わらないもん」

「それでもさあ」

　ナム博士の言うように、仕事はとうてい終わりそうになかった。初めはもうちょっと早くまとめるつもりだったが、研究が計画通りに進むはずがない。年末に近づくと「ほんの気持ち」のプレゼントがふだんよりずっと活発に動くため、新たに追跡すべき資料が爆発的に増える。ソン博士は焦った表情で時計を見上げた。

「でも、他の人たちはみんな行くのに、私たちだけ行かなかったら変じゃない？」

「あーもう。本来、出産後三週間は訪ねていかないものなんだよ」

「だって、ビーンスタークではそれが習慣なんでしょ。実際に奥さんや赤ちゃんに面会するんじゃなくて、ただプレゼント渡して、来たっていう印象を残せばそれでいいんだってよ。他の人たちはみんな行くんだよ」

「他の人たちは僕らより仕事が進んでるじゃないか。明日も出勤するつもり？」

「そんな、お金もくれないのにクリスマスまで出勤なんてできないよ。あーもう、知らない」

チョン教授は報酬については全く何も言っていなかった。それでも仕事はちゃんとこなさなくてはならない。納得いかない役割だが、チョン教授から見放されないためには仕方がない。そうしないと、学界で生き残れないのだ。嫌そうな顔をしてもいけないし、やっつけ仕事でもいけない。誰かに聞かれたらただ、「学ぶところの多い研究です」とだけ答えなくてはならない。成功するためにはあまり役に立たないかもしれないが、チョン教授は少なくとも他人の出世を邪魔する力はある人なのだ。後々、ビーンスターク大学の政治学科教授の席でも狙いたいのなら、ぶつくさ言わずに働くしかなかった。

「ちょっとは暖房入れてくれたらいいのにね」

ソン博士は誰かが飛行機から持ってきた紫色の毛布を肩にかけて、ぼんやりとモニターを見ていた。それはチョン教授がやるべき仕事だった。働かないことで有名なチョン教授とはいえ、それでも毎日少しずつでもやるべきことはやっていたのだが、その日は朝から病院に出勤だった。十七歳も若い二度めの妻の陣痛が始まったからと、この忙しい中、三日も休暇を取ったのである。それでも足りず、赤ん坊を見に来いと病院へ人を呼びつけたりする。おかしな風習だ。当然、休暇は取ってしかるべきだが、他の人たちまで呼ぶなんて理解できない。

「でもやっぱり、行かなきゃいけないんじゃない？」

またソン博士が尋ねた。ナム博士がもどかしそうな顔で答える。

「何しに行くの？　あの年で若い女と浮気したことだって隠しておくべきなのに、内縁の妻が妊娠したからって、糟糠《そうこう》の妻を捨てて新居まで構えてさあ。子供が三人もいるおっさんが、初めて子供をさずかった二十歳のパパみたいに浮かれてさ。見てるこっちが恥ずかしいや」

「だから奥さんの方が積極的に人を招待してるんじゃないの？　あなたみたいに後ろ指をさす人がいるだろうと思ってさ。そういうのも殺生な話じゃん。とにかく、いい関係を作っておくチャンスなんだよ」

「君が今日じゅうにそれ全部終えたら、一緒に行ってあげるよ」

ソン博士はまた振り向いた。ソン博士ももちろん、他人の配偶者の出産見舞いでクリスマスイブまでばたばたしたくはなかったのだ。あわてたところで、うまくいっていなかった仕事が急にすらすら運ぶわけでもない。

またモニターに目を向けた。何かがしきりに目に引っかかる。100階の近辺をじっと見つめた。とにかく変だった。何がおかしいのか、端的に指摘することもできないのだが。

常識的に見て、ビーンスタークの権力の中心は明らかに、250階から350階の間で球形をなす市の業務区域にあるはずだった。何か所か例外があったが、それにはすべて納得のいく理由がある。だが、一か所だけ引っかかる。90階から130階に至る地区の北東の端にかなり密度の高い権力の中心が形成されていたが、いったいなぜそうなるのかまるで理解できなかった。

ソン博士はじっと考え込んだ。一次資料をもう一度よく見直したが、そこに権力が集中する理由は全くない。組織暴力関係者かまたは地域の有力者か、現地の人はみんな知っているがよそものにはわからない何かがあるのではと推測されるのみだ。

「ナムさん、ここ、この区域ね。100階の近くのこっちの端に何だか密度の高いところが一つあるんだけど、これ、いったい何だろう」

ナム博士はしばらくモニターをのぞき込み、あれこれ資料を引っくり返して原因を探してみた。しかし満足の行く説明は見つけられなかった。

「そうだなあ、市長の愛人の家かな。現地の人に聞いてみないとわからないいんじゃないかな？　そういう女性関係のことは、チョン教授がいちばんよく知ってるはずなんだけど」

「電話してみようか？」

もちろん、チョン教授には電話が通じなかった。ソン博士はどうすべきかしばらく悩んだが、結局、イ博士に電話した。幸い電話はつながった。イ博士は面倒くさがりもせず、だからといって嬉しくもなさそうな声で、487階に住んでいる犬の話をしてくれた。

「わかんないんだよね、何でそうなるのか。犬を入れずにシミュレーションすると、変なところに権力集中地点ができるんだろ？　僕がやってたときは高層階だったけど、入力データが違うから、たぶんそのたびに違う結果が出ると思う。それ、最終的にはチョン教授がどうにかすべきだよ。自分の名前で発表するんだからね。後で困ったことになっても、あなたたちが責任を取れるわけでもないし」

「チョン教授は今いらっしゃらないんです。朝から病院に行ってらして」

「ああ、あの人が子供を産んだんだろ？　歌手だっけ、俳優だっけ、売れない芸能人だったよな、全く騒がしいこった。とにかく、その件についてはアドバイスはできないんですよ。へたに僕の言った通りにして、後で問題でも起きたらどうするよ。僕がやらせたせいだとか言われたら、僕一人が困ったことになるだろ。とにかく、チョン教授のはっきりした指示をもらうことだね。でなけりゃ、ご自分でどうにかするまで放っておくか」

　ソン博士は電話を切るとまたモニターをぼんやり見つめた。他の二人にイ博士との相談の内容を伝えたが、権力場分析プログラム関連の技術用語が多すぎて、二人は何のことだかほとんど聞き取れなかった。

「僕は学問の機械化には反対だ。何のことだかさっぱりわかんないよ。ソンさんがうまくやってくれ」

　ソン博士はもちろん機械化された学問や学習能力のある機械への抵抗はなかった。むしろ信頼している方だった。他の二人にはまさか言えなかったが、通常は二次元都市の構造に適用される権力場分析プログラムをビーンスタークのような三次元空間向けに改良したのは、決して無視できないチョン教授の業績だという気さえしていた。

「二バージョン作らなきゃ。犬入りバージョンと、犬なしバージョンと」

無謀な決心だった。ただでさえやるべきことがいっぱいあるのに、その仕事を倍に増やすわけである。他の二人の博士は口をそろえて反対したがソン博士の決心は固く、急いで仕事に着手した。

「何があっても今日じゅうに終わらせないと」

学問が機械化されたからといって、資料を入れればひとりでに結果が飛び出してくるわけではない。機械化された学問も実際には道具にすぎず人がずっと見守って、修正して、手入れしてやらなくてはならない。上手に使えばけっこういい道具だが、ただ、あまりに複雑なのが問題だった。ソン博士はまず、入力すべき資料のリストに487階のA57に流入した酒の軌跡を追加した後、公演チケット引換券、高麗人参セット、事務用水性ペンといった多様なレベルの現物貨幣を追跡して得られた五種の予測モデルを参照モデルとして設定し、それぞれの参照順と信頼性レベルを入力した。機械が適当にやってくれるのではなく、純然たるソン博士個人の判断に則ったプロセスだ。

やがてソン博士は、二バージョンの両方を作るという自分の決定が果たして賢明だったのかどうか疑わしくなってきた。だが、引き返すにはもうかなり作業が進んでしまっている。初めのうちは変数も一つ一つ確認できていたが、管理すべき変数が徐々に増えてくると自然と見逃しも増えた。すると間違いが雪だるま式にふくらんでいく。ソン博士は巨大なミスのかたまりを肩にかついだようになって、しばらく奮闘した。一つ解決すると他の間違いが生じる。それでも時間が経つと、問題解決のスピードが新しい問題発生のスピードを追い越した。もちろん、それほど大幅な追い越しではない。結局は時間の問題なのだ。

三時間経つと、ついに使えそうなモデルが導き出された。そのころにはもう他の人たちはみな帰ってしまい、研究所にはこの三人しか残っていなかった。

「ほぼ完成！」

ナム博士とファン博士がソン博士の方へ近づき、モニターをのぞき込んだ。ナム博士が聞いた。

「じゃあ、家に帰れるのかな？」

「いや、今のと同じようなのをもう一度やらないと」

そう考えるとソン博士は気が重くなった。むしろ487階のA57を抜いたバージョンを先に作っておけばよかった。そうだったら、適当にしめくくって家に帰れたのに。とはいえ、何かを完成させた後だから気分はよかった。しかもこっちの方が真実に近いのだ。犬入りの権力。

三人はモニターの前で頭を寄せ合い、ビーンスタークタワービルの真の権力構造を見つめていた。中心部と周辺地区の区別がはっきりしていて、今まで取り組んできたモデルよりはるかにすっきりしていた。本物の権力はこうでなくてはならない。複雑に分散し、互いに牽制し牽制されることに頭を悩ませる権力なんて、何となく本物の権力ではないように思われる。もちろん三人は必ずしも権力主義者ではなかったが、確かに学者の目には単純なものの方がより美しく見える瞬間があるものだ。

「かっこいいことはかっこいいですよね。でもこれ、どう見たらいいんですか?」

ファン博士が聞いた。するとソン博士が答えた。

「そうですね。正直、私もちょっと」

沈黙が流れた。三人は五分ほど何も言わなかった。ファン博士がまず口火を切った。

「明るい色になってるところが、密度の高いところでしょう?」

「ええ、そうです。実際に物質や人口の密度が高いんじゃなくて、理論上ね。そっちに品物が屈折して入っていくところから、密度の高いものがあるはずだと逆追跡した概念です」

「ここのこの線は、権力空間がどう歪むかを表しているんでしょうか?」

「そうですね。仮想線です。これは実測データがあるから、実際に近いでしょうね」

「私、正直、こういうものの見方はよくわからないんですけどね。でも、ここ、この部分、明るいところがあるでしょう。このちょっと突き出したところ。これ、チョン教授のお宅の近くじゃないですか？　違う？　そんな気がするんだけど」

それを聞いてソン博士は、ビルの入居者名簿をしばらく引っくり返した。そのようだった。酒が配布される前、最初に集結したのもそこだった。住所を確認してみるとその地点で合っている。権力の中心から190階あたりへ向かって細い線が一本伸びていた。そしてチョン教授の家の住所は193階のＭ225、まさにその地点である。

「変ですよね」

ファン博士が言った。本当にそうだ。その部分を拡大してみる。もちろんソン博士も、チョン教授が学界で行使している影響力を知らないわけではない。だがチョン教授は今、モニターに映っているような急カーブを作り出せるほどの大物ではない。しかもその屈折の形は、一方向へ向かって長く伸びる一般的な権力のパターンでもない。

ソン博士は資料を再検討してみた。チョン教授本人が酒を配ったという点を考慮しなかったわけではない。それはすでに排除された変数である。言い換えれば、最初に配った時点ではなく、ある程度時間が過ぎた後に何かがそっちへ流れ込んだのだ。

だが、移動経路がおかしい。拡大図を見ると、339・7階のＡ1から193階のＭ225の間に通路のようなものができている。標準階数339・7階のＡ1は理論上ビーンスタークの権力構造全体の求心点にあたる地点だが、193階のＭ225は珍しいことに、そこから直接物質を吸い込んでいた。最高権力の集中地点から物資を奪う形になるので、物量自体は多くはないが、物品一つ一つに適用される加重値がすさまじいことになっていた。

「これ、いったいどういうことだろう？　あのさナムさん、チョン教授って市長と親しい？」

「まさか、そこまでじゃないだろ。チョン教授がお歳暮あげた人のリストに市長は入ってなかったよ。直接の面識はないってことだろ」

「だよね？　でもこれ、ブラックホールにこっそり手を入れて、その中に吸い込まれた星を取り出していくところみたいなんだよ。人でいえば泥棒？　じゃなかったら、愛人？」

ソン博士が言い終わるや否や、沈黙があたりを包んだ。愛人！　ありえないことでもなさそうだ。

「それじゃチョン教授が市長と？」

ファン博士が言った。ソン博士とナム博士が虚脱した表情でそちらを振り向く。

「いや、そういうことじゃなくて」

それでファン博士も、何のことかわかったというようにデスクをパンとたたいた。

「まさか教授の奥さん？　一分野で大成功はしてないけど、多才な人みたいだったよね。ゴシップ記事がときどき出てて、ある日消えたでしょ？」

また沈黙が流れた。三人はひたすら頭をひねった。とにかく何か発見したことはしたのだが、それが自分たちにとって何を意味するのかわかるまでにはもう少し時間がかかると思われる。

「チョン教授にばれたら大騒ぎになりますよね」

ファン博士が言った。ソン博士はチョン教授に電話をかけようとして、ふと何か思いついたのか、受話器をおろした。実際、つきつめてみれば問題はチョン教授ではない。本当に重要な相手は市長なのだ。絶対に再選される保証はなかったが、今も支持率はかなり高い政治家である。

チョン教授の夫人が彼らをどう助けてくれるか考えてみた。具体的には何も思いつかない。だが、権力場とは本来そういうものだ。具体的に何かを処理してほしいと頼み、その見返りとして何かを支払うという明示的な契約関係ではなく、単に誠意を表して顔見せをするだけのことだが、それがきっかけでいつか予想外のいいことが起きるかもしれぬという、繊細にして奥深い関数なのだ。その関数を解くには、精巧で正確な計算よりも、ご機嫌うかがいのタイミングの方が重要なのだ。

「だけどさっき、奥さんが私たちにも絶対来るように言ってたと」

ファン博士が言った。どの列に並ぶか決めなくてはならない。チョン教授にこの事実を知らせるべきか、またはなかったことにして沈黙すべきか。決定を下すまであまり長い時間は必要なかった。どの列だろうと、列の先で会うことになる人はチョン教授ではなく、チョン教授の妻だった。

「とにかく私たち、病院に行った方がいいんじゃない？」

ソン博士が言った。すると他の二人もうなずいた。

「じゃあ、このことはまずは秘密にしておこう。これが公になったら選挙どころじゃないからな」

ソン博士がモニターを指差して言った。そして、すぐに資料をバックアップした。脅迫なんかするつもりは全然ない。ただ、時が経った後で自分たちが市長のために何をしたか立証する証拠資料ぐらいは、残しておきたかったのだ。

「報告書に書く分は明日また出勤して新しくやらなきゃいけないけど、いいよね？ いいでしょ？」

「当然だよ」


病院は647階、富裕層居住区の近くにあった。ビーンスタークという名前はもちろん、「ジャックと豆の木」のお話に出てくる巨大な豆の木にちなんだものだが、その年の十二月、ビーンスタークタワーの屋上には巨人の形の構造物が作られた。人々がそれを見て思い浮かべたのは、ジャックと豆の木の巨人ではなくキングコングだったが、色がついてみるとサンタクロースだった。三人はその巨大なサンタクロースが吊るされたところの近くまで上らなくてはならなかった。

ミクロ権力研究所は、27階のビザ免除区域を抜けてすぐのところにあった。地下はもともとビーンスタークの領土ではなく、1階から12階までは階の区分のない巨大な庭園である。その上にはデパートやショッピングモール、映画館といった商業施設が21階まで続いていたが、そこまでは外国人でも誰でも出入りできる中間地帯で、また非武装地帯でもあった。そして22階から25階までを「警備室」が占めていた。つまり、ビーンスターク陸軍二千二百人のうち二千人あまりが駐屯する国境地帯であると同時に、六か所の国境検問所が位置する場所でもあった。研究所は、国境のすぐ真上に位置しているわけである。

国境が4階にもわたっているのは、それだけビーンスタークを狙う敵が多いという意味でもある。二度の爆弾テロ未遂事件を経て、最初は22階だけだった国境地帯が4階分に拡大された。コスモマフィアとの敵対関係がこれからも続けば、ミクロ権力研究所も遠からず国境地帯に入ってしまうかもしれない。

荷物を持って三人はまず近くのショッピングモールに向かった。国境の上は物価がとても高いので、病院に持っていくプレゼントを選ぶ気になれない。そこで三人は、国境を通過するエレベーターに乗ってショッピングモールのある19階まで降りていった。

「三十分後にここで会おう。私は金の指輪を買うからね。知ってるでしょ? ビーンスタークでは、一歳のお祝いの指輪を一年前倒しで贈るのが習慣なんだって。だから指輪は買わないでね。じゃあ、いいもの選んで三十分後にね」

ソン博士が先にそう言うと、ショッピングモールに消えた。

「ひどいなあ。悩むのが嫌だから自分が指輪買うなんてさ」

ナム博士は何を買えばいいのかわからずキョロキョロしていたが、ちょうど近くの香水売り場に酒びんの形の香水があったのを見て、あまり悩まず一つ手にとった。

「これにしようっと。ちょうど実験に使ってる酒びんとも形が似てるし」

ファン博士はすぐにはプレゼントを決められず、店から店とうろうろし、三十分近く経ったころ、やっと、ちょっと一回りしてくると言って席を離れた。しばらくしてソン博士が戻ってきたが、悩まずにすんだのはいいが、金の価格が跳ね上がっていたので、結局自分がいちばん損したみたいとこぼした。そしてしばらく後、ファン博士が何か持って帰ってきた。

「買いましたか?」

「買いました」

「何買ったんです?」

「ええと、漢方薬局でこんなの売ってて」

「何ですか?」

ファン博士が手に持ったものを差し出すと、ナム博士はプレゼントの表書きに書いてある説明をぼそぼそ読み上げた。

「経絡《けいらく》に気が円滑に流れるようにし、血液の循環を助け、瘀血《おけつ》による疼痛を根本的に治療し……」

「瘀血を解消してくれるから、産後の腹痛なんかにもいいんですって」

ソン博士はナム博士が持っていたものを取り上げて一しきり眺め、しばらくしてファン博士を見ながらこう言った。

「ああもう、ファンさんってば。だからってこんなの買ったら笑いものじゃありませんか。没薬《もつやく》だなんてさ。これのせいで私たちのプレゼントまで変に見えるじゃん。よりによってクリスマスイブに、金の指輪と香水と没薬なんて。しかも博士が三人」

「でも、ナム博士のは乳香じゃないでしょ。香水だもん、全然違いますよ」

「えー、でもまあとにかく、変に連想しちゃうじゃないですか。プレゼントに没薬がまじってたら」

自ら進んで物品貨幣になる者もいる。これほど権力場が歪んでいるとあっては、そっちに吸い込まれないはずがない。三人は自発的に東方の三博士セットになって、急いで647階へ上っていった。

三人とも、30階より上には行ったことがなかった。毎日、周辺国の首都からビーンスタークに通勤していたが、その上へ行くのは初めてだ。ガイドブックに出ている通り、まず研究所の横の階段を30階まで上ってから近くのエレベーター乗り場まで行った。定期券がないので当日フリーチケットを買わなくてはならないが、年末なのでチケット代が高い。三人用のクリスマスパッケージを買えばほぼ二人分の価格で往復できるが、その代わり、道中ずっと一緒に行動しなくてはならない。

ビーンスタークタワーでは、エレベーターで1階から最上階までまっすぐ行くことはできなかった。といって、各階停止でてっぺんまで上ろうとしたら、まるまる一日かかるかもしれない。そこで一つのエレベーター路線が20階から30階程度を行き来しているのだが、100階以上まで行く長距離エレベーターに乗るには別のターミナルに行かなくてはならない。折よく30階ターミナルには500階まで直行で行ける長距離路線があったが、クリスマス前なのでものすごい行列で、予想待ち時間が一時間半に達していた。三人は番号札を握りつぶすと、ひとまず60階行きのエレベーターに乗った。そこからはガイドブックに出ている路線図に従うことにした。

60階に到着すると、どの通路にも人が溢れていた。人に押されてお互いを見失わないよう、ナム博士が定額チケットを持った手を頭上にかざして先頭に立った。チケットには大きな銀色の星が捺してあり、ときどき周囲の華やかな照明を浴びてきらきら光った。

60階の広場を通り過ぎ、B77番の路線に乗って84階に上る。そこからエスカレーターで2階分上がった後、ビルの中央へ向かって五ブロック歩き、デパートの中のエレベーターで1階分を稼いだ。ところがデパートの出口を出てみると、標準階数では98階で一緒なのに、G15番エレベーターまで直に行く方法がないので、いったん1階上に上がって東側に迂回し、また下に降りなくてはならなかった。そこからG15番線に乗って129階まで降りた後、長距離ターミナルで運よく212階ターミナルに行ける直行便をつかまえた。だが、そこから320階までが問題だった。

「北側のL42番線からL57番に乗り換えて……」

ナム博士は路線案内図を見ながら角を曲がり、ふいに後ろを振り向いた。二人の姿が見えない。引き返すべきか、そこにいるべきか迷っていたとき、嬉しいことに電話が鳴った。ソン博士だった。

「何してんの？　ついてこないの？」

ナム博士が聞いた。

「ついてってたんだけど、近くまで行ってみたらあなたじゃなかったんだ。観光客っぽい人はみんなチケットを頭の上に上げて歩いてるらしくて」

仲間を連れてエレベーターを三度も乗り換え、320階のターミナルまで行き、移動中に予約しておいた長距離エレベーターで427階まで行った。十時に近かったが、人出は増える一方だ。ビーンスタークの人口の半分ぐらいが、それぞれに割り当てられた空間ではなく通路に溢れ出ているようだった。毎年クリスマスには十人ぐらいが道端で死ぬと聞いたような気がする。

ビルの中心の方へ歩いていき、エレベーターをもう二回乗り換えた後、489階でやっと降りた。三人とも顔が青ざめている。

「489階だね。487階のA57に犬が住んでるんだ。あの権力者だよ、映画俳優のP。その犬も外に出てるんじゃないかな？　ここまで来たんだから見に行こうか？　直接見たくないですか？」

ソン博士が青ざめた顔で言った。三人はそちらへ足を向けた。階段を探して2階下に降りてからA57を目指すだけでも十分かかる。権力密度は高いが、人口密度は高くない区域だ。

予想通り、映画俳優のP氏は家の近くの広場をそぞろ歩きしてクリスマスを楽しんでいた。後ろに倒れそうなほど頭をしゃんと上げて傲然と歩く様子は、間違いなく権力者の風貌である。鳴き声も朗々としている。犬の飼い主というよりボディーガードや秘書のような感じの人たちが周りを取り巻いていたが、犬が一度吠えるたびにあわてふためく姿が気の毒だった。

ファン博士が言った。

「さっき『こくみん』って吠えたの聞きました？」

「まさか。冗談でしょ」

「確かにそう聞こえたんだけど」

権力が純粋に映画俳優P自身に帰因するとは思えない。問題は、崇拝者たちが権力者に対応するときの、そして第三者に対する態度だ。その意味で、487階のA57に権力が実在することは明らかだった。権力が空間を歪めると、通行人たちが道の中央を離れ、横にさーっとよけて歩くのが見えた。

487階のA57が本物なら、193階のM225も本物なのだろう。確かにそうだと思うと元気が出た。2階下に降りてE50番線に乗り、537階まで上っていった。上に行って富裕層の居住区域に近づくと通路は広くなり、人出は減った。あちこちに私設エレベーターが目についたが、「プレミアム」「プラチナム」「ノブレス」だらけで、三人用クリスマスパッケージのチケットでは乗れない。一般大衆用の交通機関を捜すにはしばらく歩かなければならなかった。金持ちの住むあたりだからといって見るべきものはそんなに多くないが、1階の高さが標準のほぼ4階分もあり、塀が高そうで、天井の随所にカメラが設置されている点だけは特異である。それだけだ。ときどき門が開いている家もあり、そのすきまから広々とした個人庭園が見えた。まるで日差しを浴びているように、人工太陽が明るく照りつける庭だった。

各階の天井が高い区域なので、短距離エレベーターは約50階の間を行き来しているが、それは標準階数で計算しただけのことで、実際には20階程度に当たるらしい。エレベーターをさらに二回乗り換えて632階に到着すると、三人は何となく息が苦しくなった。

「海抜高度はどれくらい？」

「えーと、二キロぐらいかな？」

東の端から階段で2階分を歩いて上る。人の流入を防ぐために開発が制限された地区なので、長い無料エスカレーターが窓に沿って、まるで動く展望台のように伸びていた。三人はエスカレーターに乗った。そして窓の外に広がる夜景を見おろした。疲れて、顔色が悪かった。もう十時四十分だった。


ついに病院のドアを入るとすぐに庭園が現れた。かなり太い木が一本植わっており、いったいそこまでどうやって運び込んだのか知らないが、運送費や土地代だけでも途方もなく高価な木に違いない。そんなことを考えているとと病院の職員が一人、ファン博士をじっと見て心配そうな声で聞いた。

「お具合が悪いんですか？」

「いえ、私ではなくて」

答えながら考えてみると、こちらのメンバーが変なのだった。もうすぐ夜の十一時なのに産婦人科を訪ねてきた、同い年ぐらいの男性一人と女性二人。

きよし　この夜
星は　光り

下では、人々が救世主サンタクロースの誕生を祝って思いきり浮かれていた。それに比べると649階にある病院の三階の病室は、敬虔といっていいほど静かだった。

「男の子ですか、女の子ですか？」

「男の子です」

天使ならぬ看護師が赤ん坊の誕生を告げた。三博士は金の指輪と乳香ではなく香水、そして没薬を持って、看護師が案内してくれる病室へ向かった。他の部屋は明かりが全部消えており、見ようによっては、誰も訪ねてこない粗末な馬小屋に行くようなわびしい錯覚を呼び起こすのにぴったりだ。だが彼らが訪れたのは、来るべき者がすべて来た後の、超豪華な病室の応接室だった。

ソン博士が用心深くドアをたたいた。返事はない。

「チョン先生、奥様、お休みですか？」

何度も呼んでみたが、何の音もしない。ソン博士が用心深くドアを開けた。すでに犯行はすべて終わった後だった。

きよし　この夜
星は　光り
649階は　血まみれ

窮地に追い込まれた人間は窮地そのものに攻撃をしかける。三人はチョン教授がどんな窮地に追い込まれていたのかすぐに悟った。それは文明世界の権力であり、見えない権力が作り上げた窮地だった。権力者がわざわざ脅迫したり指示を出したりしなくとも、万人をして、略奪してくれと自ら品物を差し出させる力。上でいちいち指図せずとも誰かが勝手に政敵を排除してくれて、批判者の口をふさいでくれる魔法。権力者の頭が空っぽでも、どんなごたくを並べても、統治機構が合理化・正当化してくれる深奥なる権威。目に見えないから、どんなに卑怯な真似をしても絶対に追及されない権力。

権力場は刺客を送り込んで敵を暗殺することはない。自分の手を血で汚すはずもない。その代わり、敵に刀を抜かせ、自分自身の政治的・社会的生命に打撃を与えさせるのだ。

人は文明と野蛮が適度に共存する社会に生きるのだから、野蛮さのない社会はありえない。文明世界の権力が個人を限界まで絶望的な状況に追い込んだとき、個人が野蛮世界の暴力を用いてそれに抵抗することは思ったより多い。それでもいいやという錯覚に陥ったせいだ。チョン教授もそうだったのだろう。しかし文明社会の権力は、暴力以外に抵抗の手段がないと知っているからこそ、普通の人が思うよりはるかに極端に暴力を嫌悪する。そして報復する。だが、チョン教授は果たしてその事実を知らなかったのか。たぶん知っていたとしても無駄だったのだろう。

明るく温かな照明の下、白い画用紙のように清潔であるべきベッドの上には、アクションペインティングでも行ったかのように血が散っていた。一度刺すだけでは満足できなかったのか、血が飛び散った方向は一、二か所ではすまなかった。産婦の血液がそれより活発に循環することはありえないから、没薬は必要なさそうだった。

三博士はドアを大きく開けることもできず、その場に呆然と立ちつくしていた。何も知らないと思っていたチョン教授が、実は犬入りバージョンのビーンスタークの権力構造を一人で四回も突き止めていたとは、三博士は本当に、夢にも思っていなかった。

チョン教授は全身血まみれのままで、ぼんやりとした表情でドアの方を見つめた。手にはまだナイフを持っていた。

「こんな時間に何事だ?」

何ともなさそうな声だった。三人にはその言葉が、何か知っているのかという追及に聞こえた。

ゲームは終わった。彼はもう人間ではなかった。

きよしこの夜、649階から悲鳴が聞こえた。いつ悲鳴が聞こえてもおかしくはない場所だから、声だけでは特に何の感慨も起こさせない。しかし、みんなが走り出すと初めて実感が湧いた。見てはいけない光景を見てしまったのだ。行くべきではない場所に足を踏み入れたのだ。

三博士は呼吸を整えて冷静に病院の玄関を出た。庭園を通り過ぎ、何もなかったようにゆっくりと病院の正門まで歩いていった後、青ざめた顔で下の階に向かって走りに走った。夜景が広がるエスカレーターを通り、エレベーターを乗り換え、来た道を下へ、下へと。

チョン教授は彼らを追ってこなかった。そこでそのまま警官を、ビーンスターク式に言うなら警備員を待っていた。しかし三博士は走りに走った。エレベーターの中でも足踏みをした。天井の高い富裕層居住区を通過するときには、ちらちらと見える背の高い影法師が、宝物を奪っていく巨人の幻のように見えた。犬入りバージョンの権力場で発生した巨人の幻影が、三人を追いかけて降りてくるかのようだった。

妄想ではなかった。急がなくてはならない。できるだけ早く国境を越えなくてはならないのだ。そうでないと、隠された権力の中心である193階Ｍ225占有者殺人事件の重要参考人として、事件に巻き込まれてしまうかもしれない。

走りながら考えてみると、339・７階Ａ１事件は密かに葬り去られてしまうかもしれなかった。選挙のためである。だが、事件を握りつぶすのと調査を中断するのは全く別次元の話だ。公式に報道されようがされまいが、権力が作動する過程は同じだ。彼らの知る限り、そうした場合、権力の作動原則は単純にして明快だった。193階Ｍ225の存在を知る者は全員消すこと！　もちろん権力者の手を血で汚さずに！

「チョン教授、あなたともあろう方が何でこんなことを！」

だが、そのような権力は国境を越えてまで作動することはない。三博士は長距離エレベーター三回に短距離エレベーター九回の合計十二回も乗り換えて下まで降りた。看護師が発見するにせよチョン教授が自首するにせよ、警備員が現場に到着して調査が始まり、権力の核心部に話が及んだ瞬間、ビーンスタークの権力場全体が歪み、22階の国境が閉鎖されることは明らかである。

どれだけ時間がかかるかはわからない。問題はチョン教授がいつ口を開くかにかかっている。十分後かもしれないし、一日かかることもありうる。眠っていた権力場が一度崩れたら、身をかわす方法も止める方法もない。適当なえさを与えられておとなしく従うか、もっと大きな権力場に出会わない限り、人の力ではとうてい止められない。

とうとう警備室地区にたどりついた。幸い、まだ権力場が歪んではいないようだ。三博士は顔を紅潮させて出国審査場を通過した。ショッピングモールのある21階の非武装地帯に入ると、後ろで突然権力場が歪み、警備員たちがあわただしく行き来する姿が見えた。そして出国ゲートがまたたく間に閉鎖され、入国審査まで一時中断された。権力場が口をかっと開いて、鋭い犬歯をむき出しにする瞬間である。三博士は一瞬、ぐっと緊張した。

「ちょっと、そこの三人！」

後ろで誰かが呼ぶ声がした。後ろを振り向く。警備員が一人、自分の部下を呼んでいる声だった。三博士はそのとき初めて、自分たちがもう出国審査場を通過したことを実感した。そして安堵のため息をもらした。

今からは走らない方がいい。ビーンスタークの警備員は彼らの顔を知らない。警備員たちは193階M225の正体を知る者を捜すのではなく、単に殺人事件の容疑者かもしれない重要参考人三人が建物を出られないように止めようとするだけだ。だから怪しい動きさえしなければ、もう出国した人を呼び止める理由はない。

もちろん、まだビーンスタークの影響力の及ぶ区域ではある。三人は三人組に見えないよう、一人ずつ別々に階段を降りていった。そして12階分の高さを持つ巨大な庭園を無事に抜け出した。

ソン博士はまず、1階を抜けてビルのすぐ前の大通りでタクシーを待ったが、乗せてくれる車は一台もなかった。やむをえず、歩いてビーンスタークから遠ざかった。後ろを振り向くと、一目では見渡せないほど大きな構造物が威圧的な姿で人々を見おろしていた。常識外れの圧倒的な大きさなので、しばらく見上げているだけでもめまいがする。すぐにファン博士がビルを出てきたが、二人は互いに知らないふりをした。

緊張が解けると足が痛かった。そしてソン博士はようやく、病院で見たむごたらしい光景を思い出した。どうぞチョン教授に天罰が下りますように！

入り口から十分に遠ざかると、震えながら振り向いてもう一度タワーを見上げた。全身血まみれの巨人がビルのてっぺんから彼らを見おろしていた。よく見るとただのサンタクロースだった。

自然礼賛

再選が確定すると同時に市長は、市郊外での垂直運送体系の再整備は妥当であるかという検討に入った。もちろん、このとき初めて出てきた話ではない。ビーンスタークのような定住人口が五十万人にも及ぶ建物で、エレベーターを拡充しろという議論が絶えるはずもなかった。運送手段が増えるほど利用者も増えるのだから、エレベーターをどんなに増やしても、674階もの上り下りはいつだって不便で、みんなが常に不満でいっぱいだった。誰かこの問題を根本的に解決してくれる人がいるのなら、その人は他に何の業績もなくても死ぬまで市長の座を守れることは明らかだった。従って、市長選挙に出馬する人なら誰でも、一度はこのカードに手をかけたことがあるのだった。

その事業が今回また問題になったのは、垂直運送企業と政権との癒着のためである。癒着の決定的な証拠が明らかになると、最初から批判するものと決まっている人たちがまず批判を開始した。すると政府は批判者たちを呼んで埃を払った。表現の自由を制限するのではなく、他の規則を厳しく適用するのである。

Kはたたけば埃の出る人間だった。他の人よりひどかったわけではあるまいが、といって他の人よりましかといわれれば自信もない。本人が捕まって埃を払われたことはない。ただ、他の人がそうされるところを見ていただけだ。黙ってじっと見ていたところ、誰をたたいても結局、埃は出るものらしい。業務推進費の運用の仕方が間違っていたとか、特定の学生の保護者と何度も食事をしたとか、登録された住所と実際の居住地が違ったとか、過ちではないとは断言できないそうした些細な過誤が、誰にでも一、二個は間違いなく発見されるのだ。閻魔大王の前に呼ばれて生涯に犯した過ちを全部言えと言われる前には絶対に思い出せないであろう悪事が、世論の審判を待って俎上に載せられること、その可能性だけでも彼は十分に怖かった。

真っ先に政府を批判することになっている人たちが批判を引っ込めると、批判しなくてもいい人たちが批判を開始した。するとまた警備隊が現れて埃をたたいた。もちろん今度も、表現の自由や集会の自由が抑圧されたことは一度もない。単に、他の規則が多少厳しく適用されただけである。321階の広場で大規模集会が開かれた翌日、広場使用申請書を提出した人々が「上下階騒音法」違反で警備隊に連行されて取り調べを受けた。演説の中で垂直運送企業と政府の関係をからかった作家何人かが、わいせつ騒ぎに引っかかって誌面から消えた。政府が指示したわけではない。単に、それができる権力を持った誰かが、誰かに強制される前に自分でやったことである。

するとビンスタ作家組合（地元民は「ビーンスターク」と書いて「ビンスタ」と読んだりする）はストライキに入った。ある作家たちは次の選挙まで絶筆すると宣言した。それでもKは書きつづけた。そのときから彼は自然礼賛の作家になってしまった。

「大自然の美しさを歌い上げるようになっちゃってさ」

「そうですか、それであんなにパッと作風が変わったんですね」

「そうだよ。問題はね、あの人が低所恐怖症だってこと」

「低所恐怖症？」

「もう二十五年になるかな。小さいとき、どっか外国へ行って爆弾テロを間近で見たんだって。そのせいであいう、根っからの社会派になったらしいんだけど、そのとき低所恐怖症にもなったんだって。だから1階には行けないんだ。以来ずっと高層階ばっかり転々として暮らして、今に至るということらしい。稼ぎはばかしくないし家賃は高いし、それでちょっと苦労したみたいだね。低所恐怖症が障害認定されて、市から補償金が出てるでしょ。それが切られるのが怖くてあんな自然礼賛作家になったんじゃないかって疑う人もいるけど、見たところ、それは違うと思うな。最近は稼ぎがいいから」

「とにかく、あの人の影響力って無視できないですよね？」

「もちろんだよ。『ビーン』だけでも十万部は売れるんだから。この前の選挙じゃ市長は十万票に届かなかったんだから、市長よりすごい」

「ですね。でも、低所恐怖症だったら変ですか？　単なる病気でしょ？」

「違うよ、十年以上建物の外に一度も出たことがない人が、座ったままで自然を礼賛してるのが変なんだよ」

そう言われてDは最近読んだKの作品を思い出した。変だと思ったことは特にない。地球温暖化によって徐々に薄くなっていく氷の上でえさを求めてさまよう一頭の白熊の物語である。自分とえさの間に存在する強靭な縁に気づいて三日三晩悩んだ末にこの世の万物の叡智を悟り、ついに涅槃《ねはん》に至るという結末は感動的でさえあった。

「建物から出たことのない人が自然をほめたたえたら、問題がありますか？」

Dが尋ねた。すると編集長が答えた。

「だって、ほんとのことじゃないもん。結局、どこかで見たことを書き写してるだけだから。そのせいか、何か強烈なものがないんだよね。あなた、見ててそう思わない？」

そこでDは編集長の指示に従い、Kに、また以前のような、社会批判をまじえた作品を書くよう勧める任務を引き受けた。

Kは410階の南側に位置する窓際リゾートで日光浴を楽しんでいた。Dがありきたりのあいさつをして、訪ねてきた目的について話すと、Kはそれを言い終わるより早く立ち上がってプールに入ってしまった。

「他にも人はいっぱいいるのに、何でよりによって僕?」

彼は水にぷかぷか浮いたまま、天井を見つめて考え込んだ。

「とにかく、それはだめ。できないよ」

その姿勢のまま、彼は首を振った。それはフリヒリアーナにある別荘のためだった。

別荘といっても、そんなに大きなものではない。フリヒリアーナはスペイン南部の海岸近くの小さな村である。しばしば「白い村」と呼ばれる地中海風の村で、狭くて急な路地をたどって坂を上っていくと、白いという以外には共通点が一つもない家々が、かなりの高さまでずっと連なっていた。どの家にも青い門や青い木の窓枠、壁にかかった植木鉢などのかわいらしい装飾があり、さらに床に敷かれた石の飾りまでが視線をとりこにする。だが、何より印象深いのはそのすばらしいお天気だった。丘に上って南を見ると遠くに地中海が広がり、水平線の上から広がる青空が頭上を通って村をすっかり覆った様子はまたとなく美しかった。その鮮やかな青さのおかげで、白い家々がいっそう白く見えた。すなわちそこでは大きな家ではなく、きれいな家を建てることが大事なのである。

もちろん、実際に行ってみたことはない。そこへ行くには1階まで降りて飛行機に乗り、マドリッドまで飛んだ後、また汽車に乗ってマラガへ、そこでまたバスに乗ってネルハまで移動しなくてはならない。そこからさらにバスで山道を上っていくと、山の中腹に万年雪のように散らばった白い家々が現れる。ということだった。前に住んでいた人がそう教えてくれた。

聞いただけでもぞっとするような旅程だ。汽車に乗った上にバスにも乗るなんて。しかも、1階まで降りなきゃいけないなんて。ヘリコプターからヘリコプターへと乗り継ぐのでない限り、彼はほとんどどこにも行けなかった。それだって、コスモマフィアが民間航空機を要撃するというあの事件が起きて以来、全然安全ではなかった。もはや純粋に安全な交通手段というものは残っていない。だからといって1階に足を踏み入れることもできない。50階以下の、地平線が視野のかなり上まで食い込んでくるところまで降りると、彼は得体の知れない恐ろしさで次第に息が荒くなった。

30階以下まで降りると、自分でも納得できないひどい妄想によって、いつの間にか理性が麻痺してしまう。無数の死体が地面を突き破って起き上がり、彼の方へいっせいに顔を向けるという想像だ。そんなの絶対起きっこないと何度自分に念を押しても無駄だった。結局はパニック状態に陥って、誰かの助けを借りるしかなくなるに決まっている。それでも彼は根気強く精神科に通った。フリヒリアーナに行くためである。しかしどんな方法を用いても低所恐怖症はなかなか克服できなかった。それで彼は腹を立てていた。

その家は、名前を明かせない人がくれたプレゼントだった。もちろんただではない。依頼の意味ははっきりしており、何をどうしてほしいというメッセージも明確だった。最初その家を紹介されたとき彼は、からかわれているのかと思った。スペイン南部の海岸だなんて、それこそ絵に描いた餅だから。だが、家についているオプションを見て考えが変わった。

オプションとは、他でもない、ロボットだった。さほど精巧だったり、性能の高いロボットではなかった。機能もあまり多様ではない。ただ命令通りに家の中を動き回り、粗雑な腕でものをつかむことができるだけである。屋外に出ることもできなかった。ロボットのような形はしているが、単に機械と呼んでもかまわない品物だ。だが、それでも十分だった。

正確には、彼の心をとらえたのはロボットそのものではなく、ロボットに搭載された高性能カメラに映る外の景色だったのだ。ロボットを通して、まるで自分がその家に住んでいるかのように家の中を動き回ったり、外を眺めることができる。ロボットの目に映った窓の外の景色を試しに一度見た瞬間、彼はもう完全に、地中海に近い山村の絵のような景色のとりこになってしまった。

彼はプレゼントをわしづかみにした。あんまり嬉しそうに受け取ったので、提供した方がむしろとまどったほどである。それが彼の最大の埃だった。返すこともできず、返したくもない埃だった。厳密にいえばフリヒリアーナの家は彼の所有物ではない。ロボットだけが彼のものなのだ。さらに、書類の上では彼が、家の持ち主にロボットを貸与している形になっていた。だが、それほど完璧なトリックではなかった。その気になれば誰でもすぐに見抜くことができる。

　そしてその家には、その気になれば誰でも一瞬にして彼を追い詰め、天下の恥知らずに仕立て上げられるだけの証拠が一つあった。ときどき来てはロボットを整備して家の掃除もしてくれるあの子、ロサのことだ。

　ロサがその家を訪れたのは、彼が家をもらって一か月後のことだった。つまり最初からいたわけではないという意味だ。ロサはその仕事の対価としてかなりの報酬を受け取っていた。月に二回の仕事としては過ぎた高給である。Kは後でそれを知ってびっくりした。そこで家の持ち主に、あの子の報酬は自分が負担するのがよさそうだと申し出たが、相手は、有望なロボット工学の学生に奨学金として支払っているんだから気にするなと固辞するのだった。善意でやっていることだけに、彼もあえて自分が払うと固執したりはしなかった。

　だが後で考えてみると、それらのすべてが先方の計略だったのだ。もちろんロサは本当にロボットの整備と家の掃除をするだけで、他には何もしていない。だが、その対価として過剰に多額の金をもらっていた。そして過剰に美人だった。誰かがあの子の存在に気づいたら、そしてその誰かが悪だくみをする気になれば、妙な噂を広める余地は十分にあった。「月に二回で末端公務員の月給より稼げるなんて、いったいどういう仕事なんだ?」

その一言で十分である。

それを思うとKは何となく悔しかった。だが彼はロサが好きだった。ロサはまじめないい若者だ。約束を破ったことは一度もないし、遅刻したり、決められた時間より早く帰ったりすることもない。友達を連れてきてパーティーを開くことはおろか、私物をやたらと持ち込んだりもしない。家の中はいつも清潔で、ロボットも常にベストコンディションに保たれていた。ロサはそういう子なのだ。どういうやり方であれ、世界をもっと生きやすいところに変えてしまう人。彼はロサに渡る「奨学金」を止めさせたくなかった。

Dが水着に着替えて水に飛び込むと、Kはのろのろと手足を動かして水の外へ逃げ出した。返事をするのが億劫だった。本当は考えることさえ億劫だった。

「先生、先生ともあろう方がそんなにびびる必要ないじゃないですか。先生の影響力は国内限定じゃないんですから。何でそんなにためらうのかわかりませんねえ。もしかして、気になることでもあります？」

Dが聞いた。そんなに簡単な問題ではない。説明するのはえらく面倒だが、誤解を招くのはあまりにたやすい。いっそ何も言わない方がいい。純粋な気持ちとか誠意とかいったものは、言葉ではとても説明のつかないものなのだ。言葉にすればするほどかえって、何となく詐欺を働いているような印象を与える。彼は何も返事をしなかった。Dはしつこくにつきまとって同じことをくり返した。

「どこまでついてくるんだよ?」

「最後までです」

「ここ、男子更衣室」

「待ちますよ」

「待ってたら出てくると思うか? むこうの出口から出るよ。それに、君は着替えないの?」

ごもっともな話である。困ったことになった。

「それじゃ私もすぐに着替えてむこうの出口で待ってますからね。先に帰っちゃいけませんよ」

Dがいなくなると K はまたプールに戻った。どんなに待っても K が出てこないので、Dはどうも自分が一歩遅かったようだと悔しがりながら家に帰った。

翌日出勤すると D は編集長にそのことを話し、「バカだなあ」と叱られた。そこでやっとDはKの作戦に気づいたのである。怒りにかられたDはいきなりKに電話した。Dがすっかり興奮した声で、あれはないじゃないですかと問い詰めると、Kは白々しくこう答えた。

「帰ったんじゃないよ。出てからしばらく待ってたんだぞ。それで、先に行ったんだなと思って僕も帰ったのに。君が先に帰ったんじゃなかったの?」

もちろん嘘である。

だが、DはKが嫌いではなかった。適当に扱っていい相手だとか、俗物だとか、そんなふうには全然思っていなかった。たたけば埃は出るだろうが、Kはまともで正直な人である。唾棄すべき相手は存分に罵り倒すし、その気もないのにうっかり人を貶めるようなことを言っていなかったかと、自分を振り返ることもできる。

問い糾すつもりはなかった。ただ、いらいらしただけである。何か事情があってグッとがまんしているのだろうとは思ったが、Kが一生沈黙を守るとも思っていなかった。Dはその思いを伝えると、Kはこう言った。

「で、僕がかみつき屋だってことか？　批判する相手を捜していると？」

「いいえ、そんなこと言ってないでしょ」

Dはもう一度丁重に依頼した。

「先生しかいないんですよ」

「僕しかいないなんて。他に人はいっぱいいるのに、何でよりによって僕？」

口ではそう言ったものの、Dの粘り強い説得にKの気持ちもとうとう軟化した。

「何か書いて送るから、使えるものがあれば載せて、なかったら捨ててくれ。それと、こういうのはもう終わりにしてくれよな」

それから二か月後、約束通りKは原稿を送ってきた。Dはどきどきしながら静かに原稿を読んでいった。だが、何行も読まないうちにすぐに顔が歪んでしまった。その様子を見た編集長が聞いた。

「どうしたの？　今イチ？」

「いいえ、まだ十行しか読んでないからよくわかりません」

「え、そんなに最初から変なの？」

「また大自然の美しさですってよ」

「またあ？」

四角い世界に閉じ込められた人間が丸い世界について語るからといって、絶対に間違いだとはいえない。ギクッとするほど鋭くリアルな言葉で社会の暗部を描いていた人がある日突然、釣り人みたいに悠然と自然美を讃えだしたからって、必ずしも変節したわけでもない。世の中のどこかで残酷な戦争が起きる瞬間にも、ある人は気候変化の推移を見守らなくてはならないし、またある人は夜じゅう地震計をにらんでいなくてはならない。それが世の中である。だが、どう考えてみても、その誰かがよりによってKである必要はなかった。

「どうしましょうか、編集長？」

「そうだねえ、とにかく読んでみないと。読んで、よかったらそれはそれで載せればいいし。それも全部君の仕事だよ」

Dは席について、期待も偏見も持たず冷静に原稿を読んでいった。そして二枚もめくらないうちにまたKに電話した。

「これ本当に先生がお書きになったものですか？」

「何だよまた。何で怒鳴ってるんだ？」

「すみません。でも変な文章が多いから」

「急いで書いたからだろ。まだ草稿じゃないか」

もう五枚読んだところでDはまたKに電話した。

「先生、何か、弱みでも握られてます？」

「何だあ？」

「こんな起承転結もない味気ない話、お好きじゃないでしょ」

「年とったからだ。最近は起伏のないのが好きなんだよ」

電話を切って、Kはぼんやりした顔でしばらくモニターを見つめていた。

「僕の書くものが、味気ない？」

ショックだった。十五年めにして初めて聞く評である。もちろんそれまでも、つまらない、味気ない作品を書いたことがないわけではない。ただ、そういう原稿は公開されなかったというだけのことだ。文章の味気なさが問題なのではない。それを選り分ける目が鈍ったのでない限り、つまんないものを書いてしまったと緊張する必要はない。破棄すればいいのだから。だが目が鈍ったのなら、そこでおしまいだ。

そう思うとにわかに腹が立ってきた。フリヒリアーナのせいだ。そしてロサのせいだ。あまり書きたくもないものを無理に書こうとするうちに、創作の苦痛と作品の質をごっちゃにしてしまったのだ。これだけ苦しんだのだからいいものができるに違いないと思い込んでしまったのだろう。そうやって徐々に目が落ちていったのだ。だが、心を鎮めて考えてみると、必ずしもフリヒリアーナやロサのせいではなかった。どう見ても彼が自分で選択したことだった。理由は他にもたくさんある。ロサがいなくても同じことをしただろうに、ロサを言い訳にしたにすぎない。

モニター越しにフリヒリアーナの家が見えた。第三土曜日、ロサが来る日だ。まだ早朝なので、ロサを見るにはしばらく待たなくてはならない。空は朝から晴れ晴れと青く、家にはちょっと埃がたまっていたが、それでもやはり居心地よさそうだった。しかし彼の目には何も入ってこなかった。

彼はDに電話した。そして、淡々とした声でこう言った。

「書き直して送るから、今そっちにあるものは責任を持って破棄してくれ。他に確認事項はないよな？」

「はいっ！」

Dはそう答え、Kが受話器を置くより前に原稿をびりびり破り、Kは怒鳴った。

「それはあんまりだろう！」

畢生《ひっせい》の力作を書くと誓って座った。だが、何も思い浮かばない。もしかして参考になるものがあるだろうかと本棚を見てみた。何かが目に引っかかる。彼は本棚に並べた本を一冊残らず取り出して、色別、大きさ別に分類し直した。それを終えてみると、いったい何をやってんだという気がした。もう一度テーマ別、作家別に整理し直し、それが終わってみると、もうずっと前に太陽は山のむこうに沈んだ後だった。

頭の中に入っているモチーフを一つ一つ取り出してみた。どのモチーフにも物語が付随している。あるモチーフにはかなり長い物語が、あるモチーフにはついこの前起きたことや次に起きることだけ。完結した物語がまるまる一個紐づけされたモチーフはなかった。そんなことが可能なら、作家は必要ない。

そうした短い物語は、ばらばらに転がっていたモチーフをつなぐ役割を果たすことがあった。そして時が過ぎれば、特に努力しなくても頭の中にかなり大きな物語のかたまりが作られることもある。彼は頭の中をのぞき込んだ。これならすぐに書けそうだという大きなかたまりが三つも浮かんでいる。そのうち一つは、キーボードに手を乗せるだけでひとりでに文章がどっとあふれてきそうな、ほとんど完全な形を備えた物語だった。

しかもタイトルまで決まっている。市長とエレベーター！　だが、まだその物語を引っ張り出すタイミングではなかった。政権が変わり、当事者の全員が持ち場を追われるまで、まずは静かに待たねばならない。そのときが来たら、懐古するような淡々とした口調で、一つの時代を支配した不条理について、反省の声を上げることもできるだろう。

「畜生！　長生きしないとな！」

いっそ「犬とエレベーター」というタイトルで487階の犬の話でも書こうか。

「犬の寿命は短いからな」

モニターを見た。もうすぐロサが来る時刻だ。ロサは定時の十五分前に到着した。村を行き来するバスの間隔は常に一定なので、十五分早く来たことは、必ずしもロサのまじめさを証明するものではない。でも、毎回十五分遅刻するよりはましだ。いや、大いに違う。彼はマウスでロボットを動かした。ロボットが手を振った。二秒ぐらいの時差がある。するとロサがカメラに向かって微笑んだ。それだけだった。

彼はロボットを動かして窓際まで行った。家の持ち主の話では、フリヒリアーナでいちばん見晴らしのいい窓だそうである。窓際に寄り添って青空を見上げていると、ロサが近づいてきてガラス窓を拭いてくれた。空がいっそう澄み渡る。何もかもうまくいきますようにと祈らずにいられない子だ。正義は生きていると言えるためには、まさにロサのような若者が幸せでなければならない。

もう一度空を見上げた。心が澄んでいくような気がする。こんなにも透き通った、淡々とした、清潔な気持ちが、ロサの目に嫌らしい、臭気を放つ、恥知らずなものに映らないといいのだが。しばらくしてロサは掃除を終えて帰宅した。彼はその姿をじっと見守った。歩く姿までがまさに若者そのものである。つまるところ、やっぱり正解は「自然」なのだった。

「そうだ、自然を書いたらどうだっていうんだ。そもそも自然が一番なんじゃないか！しょせん人間は自然を離れては生きられないんだし」

またキーボードに手を伸ばした。何度か書いたり消したりをくり返した後、ついに何かを書きはじめた。彼は夜遅くまで一度も休まずキーボードを打ち続けた。いい感じだった。だが、書いたものを閉じて床につくころ、再び心に葛藤が湧いた。市長が再選された日から五か月というもの、心の片すみに大切に秘めていた物語が頭の中をいっぱいに満たしたのだ。彼はかけ布団を鼻のすぐ下まで引っ張り上げ、心の中で「市長とエレベーター」について思いをめぐらせた。強烈なモチーフだ。こまごまとしたモチーフがつながって、自然な物語を構築しており、最初の一文さえうまく書ければ後はすらすら出てきそうだった。人物も、文体も、テーマも、一つも修正することなく、ただそのまま書きさえすればいいくらい完璧な構成。「構想」ではなく「構成」なのだ。これほど完全な物語にはなかなかお目にかかれるものではない。

彼は横になったまま、頭の中で小説を一つ書き上げた。満足できる出来だった。そして寝床からバッと起き上がった。しかしまた横になった。目がぼうっとしてきて、天井を見上げた。やっぱり正解は自然なのだ。どう考えても、誰かを非難するときではない。眠気が押し寄せてきた。

一か月後、DはKが送ってきた原稿を受け取った。半分ぐらい書き終えたものである。またもや自然を描いた作品だった。

太初に木があった。人類の出現よりはるかに前だったので、神という観念もまた存在していなかった。ただ天と地、海と草、そして木しかなかった。木々の神はまた木であった。この世でいちばん大きな木だった。五千五百年の間、一か所に根を下ろして生きてきた木。葉は限りなく豊かに青々と茂っていたことだろう。四方を見回しても、自分より上に葉をもたげている木はなかったので、誇りに満たされ、感きわまっていたことだろう。しかしその木が何億年もの眠りを破って世の中に姿を現したとき、あれほど茂っていた葉はただの一枚も残っていなかった。巨大な幹だけが組織を鉱物に置き換え、生きていたときの姿そのままで地中深くに眠っていた。

それは人類が発見した生命のうち、最も巨大なものだった。世界最大の生命体は、鯨や恐竜や象やダイオウイカのような、骨と肉があって動ける生命体ではなかった。自分が他の存在と比べていかに巨大であるかを日々自認し、傲然と振る舞っていた動ける存在たちは、ついに姿を現した巨大な太初の神を前にして、取るに足りない虫けらの位置に転落した。

二百七十九メートル。発掘チームは驚愕を禁じえなかった。掘って、掘って、さらに掘っても一向に先端が出てこない巨木。横たわったまま地面に埋もれているのだから、あるとき一度倒れたことはあるのだろう。だが、一か所で五千五百年もの歳月を、誰にも頼らず直立して耐え抜いた偉大な生命体のしかばねを見た瞬間、発掘チームは、彼らの遺伝子の奥底にずっと埋もれてきた「生命から生命への礼儀」が自然と発動するのを感じた。涙がこぼれた。

……

がっかりだ。こんな時局に現実逃避だなんて。それも、他ならぬKともあろう人が。Dはとにかく、Kに一度会った方がよさそうだと思った。電話して時間を作ってくれと頼むと、KはDを家に招待した。異例のことである。Dが家を訪ねると、KはDを作業室に呼び、まじめな声で切り出した。

「フリヒリアーナってとこがあるんだ。スペインの南方に」

「そこ、知ってます。先生は何でご存じなんですか？」

「君も行ったことあるの？」

「ええ、もともとネルハの近くのトロス海岸に父の別荘があったんですけどね。そこ、イギリスやドイツの人が大勢来るんですよ。北の方の人たちだから、真冬でも半袖に半ズボンで歩き回っててね、引退後はそこに家を買って定着するんです。そういう人が大勢いました。父がそっちでイギリス人相手に不動産仲介業をやってまして。でも先生は何でご存じなんですか？　行かれたこともないでしょうに」

Kはうなずいて、ここ何か月か彼を苦しめてきたことをすっかり打ち明けた。別荘、ロボット、そしてロサのことまで。それを聞いてDはびっくりしてしまった。表には出さなかったが、正直、失望を禁じえない。Dはそんな思いをそっと隠してKにこう言った。

「お気持ちはわかります。困りましたね」

Kは何とも返事をしなかった。そこでDは尋ねた。

「ところで、その見返りに何をしろって言われたんですか？　そんなに値の張るものをくれたなら、何か思惑があるんでしょうに」

攻撃的な口ぶりだった。

「えーと、それはね、大したことじゃない。ある人を出版社につないでやってくれっていう件だったんだが」

それを聞いてDはぎょっとした。ひやっとするような話だったのだ。ビーンスタークは賃金が高い代わりに就職口が少なく、外国人が仕事につくのは至難の業である。Dは自分がビーンスタークの出版社に就職が決まったとき、いったい誰のコネで入れたんだと友達にからかわれたことを思い出した。当然、父親のおかげである。Dはそれにも気づかないほどうぶな人間ではなかった。父親はかなり有力な不動産会社をやっていた。ビーンスタークの市議会にもクライアントがいたし、市庁関係にもいる。出版界にも人脈がないはずはなかった。あれ、ちょっと待って、この話って？

「あの、先生、もしかして……」

「そうだよ、君の父上だよ。何のことだかもうわかるだろ？　あれでごちゃごちゃしはじめたんだが、今さら返したところで、なかったことにはならないし、とにかく、よからぬ具合になっちまったな」

Dは初めて、編集長が、新入りの自分にKのような大事な作家を担当させた理由を悟った。編集長はKにすっかり腹を立てているようだった。ひょっとするとDに対しても同じ思いかもしれない。これ以後、DはKに対応するのがとても気まずくなった。編集長に対してても同じである。

会社に戻ってDはKの原稿を注意深く読み直した。そして、このように心を入れ替えた。

「そうだよ、自然ばっかり書いてたらって、それがどうなの！　作品がよければそれまでじゃん。残り半分はいつごろできるかな」

……もともとはリゾートを造成する予定だった。それも、世界最大のリゾートを。しかし巨大な地下空間を作るために地面を掘削する過程で、思いもよらない障害物が現れた。丸太のような、長い岩である。岩を割らないことには絶対、下に掘り進めない。だが、どう考えても変だった。そんなに長い岩は見たことがない。そんなものが存在するという話も聞いたことがない。岩を割る前に、地中に入っているのが何なのか確認しなくてはならなかった。

周辺を掘り下げていった。長い柱のような形の岩が出てきた。もう少し掘り進むと柱の形がはっきり見えてきた。誰がこんなものを埋めたのだろう。全然わからない。だが何はともあれ、まずその柱がどこまで伸びているのか確認しなければならなかった。三十メートル離れた地点に鉄芯を突き刺した。岩があった。また五十メートル離れた地点に鉄芯を突き刺した。やはり岩があった。七十メートル地点、九十メートル地点、そして百八メートル離れた地点に鉄芯を突き刺すと初めて岩のないところに当たった。思ったより長い岩である。その上、反対側はもっと長かった。

何だこれ？

わかる人は誰もいない。ついに地質調査チームが派遣された。岩石中に、さらに固い石柱が形成されているという結論が出た。

そんなこともあるんですか？　いったい誰にそんなことができるんですかね？　よくわかりませんねえ。もっと不思議なのは、それが少なくとも八億年前にできたものだという事実です。八億年？　八億年前にいったい誰がこんな石の円柱を作ったっていうんです？

地中から何かを掘り出すことを専門とするあらゆる種類の人々が、その岩石に関する意見を表明した。そしてほどなく、岩石の正体が明らかになった。それは木だった。組織を構成していた物質が少しずつ、少しずつ鉱物に置き換わり、ついには生きていたときの形そのままで化石となった巨木。彼らが掘り出したのは、まさに神の墓だった。

……

木は思いにふけっていた。長かった、絢爛たる夏が思い出された。雨が盛んに降りしきり、湿った風が吹いてくると、根っこでしっかりと大地をつかみ、水と生命の温もりを同時に吸い込んだ。そうやって吸い込んだ生命の温もりは、巨大な幹を通り、体のすみずみまで伸びた血管を通って、遮られることなくいちばん高い枝まで一気に上っていった。

熱い日差しの照りつける日には丈が伸び、嵐の吹く日には幹が堅固さを増した。二千二百歳から、考えるということをやってきた。三千歳のころに知恵がつき、三千二百歳を迎えて以降は音が聞こえるようになった。大地の巨大な心臓が鳴り響く音が根を伝ってかすかに伝わってきた。木には心臓がなかった。だからその音を聞くためにいっそう耳を澄ました。さらに力をこめて大地をつかんだ。

四千二百歳で神になり、四千九百歳になると他の木たちが話す声が聞こえた。五千二百五十歳では根を震わせて話す方法を学んだ。会話が始まり、世界が開けた。木たちが話す声が大地に満ち溢れた。木は、それらの声をしっかりと握りしめた。

聞いた？　何を？　ちょっと前？　音がした。聞いた。大地が怒ってる？　大地は優しい。いつもそうではない。今は優しい。私だよ。何が？　私のいるところ。そこがどうしたの？　音が出ているところ。そうなの？　そうか？　そこなのか？　大地が怒ってる？　違う。ではなぜ？　大地は優しい。何の音？　響く音。何が響く？　巨大なもの。大地が爆発した？　大地は優しい。では何が鳴ってる？　ぶつかった。何が？　他の大地が。他の大地？　私たちのじゃない。他の大地があるの？　飛んできた。どこから？　わからない。爆発した？　いや、ぶつかった。私たちの大地に？　そうだ。大きい？　小さい。私たちの大地より？　ずっと小さい。でもうるさいんだけど？　心臓が動いてない。飛んできた大地の？　うん、死んでるみたい。死ぬってなあに？

　聞いた？　何を？　響く音。誰が聞いた？　私だよ。前のあなた？　いや、別の私。音がしてたところ？　そう。そうなの？　そうなんだ？　またぶつかったの？　うん。他の大地が？　うん。心臓が動いてない大地？　うん。死んだ？　死んでるみたい。死んだ大地がどうして？　なぜ飛んできた？　うん。わからない。誰が知ってる？　わからない。わからない。わからない。私も。誰もわからない。わからないって。私たちはどれくらい離れてる？　私は近い。私は違う。私も。私はわからない。大地はどれくらい大きい？　わからない。わからない。……

197階の北の窓から人が落ちて死んだ。垂直運送体系の再整備に直接関係のある再開発地区で起きたことだ。死者は、十日間そこを占拠して立てこもっていた集団の一員だった。その日の夜、警備隊が鎮圧を強行したが、そのさなかに事故が発生したらしい。

　どういう経緯であれ、鎮圧によって人が死んでしまったのでは作戦は失敗と思われた。弁明の余地は全くないように見えた。ところが政府には、非を認める人が誰もいなかった。

悲痛なできごとだった。Ｋはコンピュータ画面でロボットの目に映ったフリヒリアーナを眺め、ウインドウを閉じ、ロボット管理者認証プログラムと操縦関連プログラム、そして映像受信プログラムをすべて削除してしまった。そして残りの原稿を仕上げてＤに送った。

……どこかから死んだ大地が飛んできてはぶつかりつづけた。木たちは、自分たちがつかんでいる大地がどれほど巨大であるかよく知っていた。そこで、その大地こそ世界のすべてだと思っていた。だが、大地の外から死せる大地が飛んでくると考えが変わった。世界の外にもまた別の世界がある。心臓の動いていない、小さな大地たちの世界があった。

地面がどんどん鳴り響きはじめた。衝突はさらに増えた。木たちは大地をぎゅっとつかんだ。地中の深いところまで、ざわめく音は絶えなかった。

これじゃ割れてしまう。私たちの大地が？　そうだ。またぶつかった。死んだ大地が？　どきどきしてるじゃないか。小さい大地。そうだ。また飛んでくる。

そして冬が来た。絢爛たる夏と同じぐらい、長い長い冬だった。小惑星は小止みなく地球にぶつかりつづけた。するとまず大気が曇り、ついに太陽を完全に遮ってしまった。葉っぱが一枚、二枚と落ちはじめた。木はあっと驚いた。たった何日かであんなにもはらはらと落ちていくなんて。落葉は根の上にうずたかく積もった。落ちないで。枝先で揺れていた葉が、耐えきれずに二百メートル下の凍った大地に墜落するたび、木は根をぎゅっと握りしめた。野太い悲鳴が大地を揺るがした。

すまない。私が悪かった。

だが、冬が来るのは木の責任ではなかった。葉が枯れるのも木の責任ではなかった。死ぬとはどういうことか？　すでに千年前に神になってしまった木は根をゆるめて思いに沈んだ。……

その日もロサはいつも通り、土曜日の午後三時四十五分に家に着いた。ロボットは動かなかった。別におかしなことではない。ロボットの主人が地球の反対側に住んでいるので、ロボットもいつも昼夜が逆だった。ロサはロボットを点検し、家の掃除を終えると、ロボットの充電状態を確認して家に帰った。

二週間後、同じ時間にロボットを訪問した。そのときもロボットは全然動かなかった。念入りに点検したが、どこにも悪いところはない。掃除を終えてもう一度バッテリーを確認した後、家に帰った。翌日、おかしいと思ってまたロボットのところへ行ったが、ロボットは全く動かず、止まったままぼんやりと空を見ているだけだった。

二日後、ロサは毛布と服を持って現れ、ロボットのそばで一夜を明かした。夜が明けるまでロボットは何も音を出さなかった。モーターもレンズも動かなかった。

「死んじゃった？」

ロサはあらゆる知識を動員してロボットを点検した。だが、ロボットは正常だった。

「魂が抜けちゃった？」

もちろんロボットに魂はない。ロサは、地球の反対側に住むというロボットの主人を思い浮かべた。一度も会ったことのない人だ。話をしたこともない。名前も知らないし年も知らなかった。男なのか女なのか、どんな人種なのかも。ただ、ドアを開けて家に入ったときにロボットの腕を振ってあいさつしてくれる人、仕事を終えて坂道を降りていくとき振り返ると、窓からロボットの頭を突き出させて見守ってくれた人。それこそまさにロボットの魂だった。

「ほんとに死んじゃったの？」


……冬が来た。葉っぱが全部落ちてしまった枝の上に、雪がたくさん積もっていた。木は生まれて初めて冷たい感触に接して、根っこが縮み上がってしまった。ものを言おうとしたわけではなかったが、思わず大地をつかんでしまった。すると他の木たちがその声を聞きつけた。

沈黙していた木だ。生きてたんだ。生きてたんだね。言っただろ。死んでなかったじゃないか。もうすぐ死ぬ。みんな死ぬ。葉っぱがないじゃないか。枝が折れたし。重いのが積もってるし。枝が重い。体が重い。みんなすぐに死ぬ。でも死ぬってなあに？

木は他の木たちの言うことをじっと聞いているだけだった。何も言わずに根っこをゆるめていると、他の木たちの言うことがいっそうよく聞こえた。そうやって二十年間、木は一言ものを言わず、他の木たちが話すことをじっと聞いているだけだった。そんなある日、木はついに大地を力いっぱいつかんだ。

夏を到来させるには、どうすればいいか？

長い問いだった。どっしりとした響きが大地に食い込んだ。木が投げかけた問いが直接、地殻の下のマントルを伝って世界じゅうの木に広がった。答える木は一本もなかった。

心臓のない大地が我々の大地に落ちてくるのを止められるか？

長い問いが再び大地を響かせた。木たちはその長く美しい響きを聞いて戦慄を覚えた。心臓のない木たちの胸がどきどき鳴った。

我々は十分に多いか？　そうか？　音を出せる木はみな音を出せ。

すると、世界の目覚めた木のすべてが、根っこをぐっと締めつけて大地をつかんだ。木はその音を聞いた。その数は多かった。無数だった。木は、世界に木がこんなにたくさんいるとは思っていなかった。近くに限っても無数の木がその問いに答えていた。木たちが規則的に大地をつかむ音が、まるで心臓が脈打つように激しく鳴り響いた。大地がもう一つの心臓を手に入れたかのようだった。

音を出せる木がこれほどいるなら、聞けるだけの木はそれよりはるかに多いはずだ。また、聞くすべを知らない木がその何倍にも達することは明らかだった。知恵のついていない木、考えることを知らない木まで合わせれば、その規模は木の想像の及ぶ範囲をはるかに超えることは間違いなかった。

私たちはもう世界を埋め尽くしているのだ。私たちは一人でなく、森だったのだ。

その声に、大地の二番めの心臓は激しく打った。

さあ、木たちよ！　我々は世界を満たしているのだから、心臓のない大地が我々の大地に到達する前に、上方ですべてを受け止めることができるのではないか？

あの世界がどれほど高いところにあるのかわからないが、我々がもう少し伸びればあの上までぎっしりと埋め尽くせるのではないか？　心臓のない大地が我々の大地を打つことを止めれば、また夏がやってくるのではないか？

歌のように続く長い言葉の連なりに、心臓がどきどきした。大地は生命の温もりを、新たに手に入れた心臓の方へと送った。すると木たちはその温もりを浴びて、上へ上へと伸び上がっていった。雪が積もり、氷が張り、白い吹雪しか残っていない土地で、森がひくひくとうごめき、空に向かって突き上がっていった。雪に覆われていた二百年。神になってしまった木たちは、葉を一枚もつけずに伸び上がっていった。空を突き破ることが彼らの目標だった。空を見たことはなかった。どれほど高いのかも知らなかった。しかしいつか太陽に届くように、夏が頭上に華やかに降り注ぐように。二百七十四億本もの巨大な木たちが大地を覆い、歌を歌った。ときどき打つ心臓のような、太く、単調な歌が、一日も休まずに響きわたった。

　しかし冬は長かった。枝の上に積もった雪の花の重みが、耐えられないほど辛かった。木々は一本また一本と命を落とした。死んでいった。二つめの心臓が力を失いつつあった。ついにすべての生命が絶えた日。大地には再び、一個の心臓しか残っていなかった。

　そしてここに及び、私は書く手を止めて、自分は今いったい何をしているのかと考えてみた。木の歌なんか歌っている場合ではないのだった。人間というものは常に生まれ常に死んでいくのが定めだが、だからといって死の重みが軽くなることはない。公権力が呼び込んだ冷酷な冬が踏みにじったのは、わずか命一つ、真実一つにすぎないとはいえ、その冬が寒くないわけがないのである。

市の検察は、警備隊には何の責任もないと言った。しかし新証拠が出てくるたびに新たに捜査に入った。新証拠を事件から切り離し、その部分についてだけ追加捜査を行った。ビーンスタークを美しくする責任のある人々は、亡くなった方のことは大変残念だが、世の中を美しくする責任のある人々の中に過ちを犯した者は一人もいないようだと語った。そのようなでたらめを聞きたくてニュースを待っているのではなかった。

死者が死の直前に見たものが絶望、憎悪、憤怒、悲しみに満ちたこの世であったとすれば、それは責任ある者全員の過ちだ。この世を美しくする責任を自然が負っていたころがあった。大自然さえ美しければ、人の世の埃はすべて払われていた時代があった。顔をそむけてこう言っていればすむ時代があった。

「これもまた大王の恵みなり！」

そうとも、それがどうだというんだ。これもまた偉大なる市長閣下の恵みなり。しかし人の命が197階に吊るされており、真実は黒いベールの後ろに見え隠れしてはらはらさせられるのは、どなた様のおかげであろうか。誰かが過ちを犯したことは明らかなのに、そんな者はいないとはおかしな話である。ということはつまり、私が悪かったのではないか。どうもそうであるようだと思われる。考えてみると全部私のせいであったのだ。

　二十六歳のときに書いたものを引っ張り出してみた。私は不満に満ちた若者だった。気に入ることは一つもなかった。何もかもがすべて上の世代の過ちだった。私は上の世代を罵り、非難した。「情熱を持ってぶつかれ、挑戦せよ」という言葉に、情熱を捧げて働いたらそれだけ返してくれる世の中を作ったのかと反問した。いちいち問い詰めた。

　だが、今や私がまさにその世代になっている。そのようにして二十年も経ったのに依然として世の中が美しくないのなら、もはや他の誰かを非難している場合ではない。私のせいだった。私が悪かったのだ。世の中が美しくないのはまさに私の責任だ。私は私を楽しませてくれる多くのものを手放し、これを書くことに決めたのである。


　そこからはもう言葉になっていなかった。罵倒だった。幸か不幸か、いかれた出版社がその作品をそのまま刊行してしまった。

「あんたら、いかれてるね」

「ありがとうございます」

「はははは、また」

もちろん、誰も芸術と表現の自由を抑圧したわけではない。単にKをたたいてみたら埃が出たというだけのこと。フリヒリアーナ、ロサ、常識外の依頼、そしてその他多くの埃。埃は思ったより多かった。周囲の人たちだけでなく、K自身も驚くほどだった。

「そんな人じゃないって言ってたのに」

「いや、私もあそこまでひどいとは思ってなかったんです。間違いのない方だと思ってたのに、ショックでした」

Dが言った。そして辛い日々が始まった。Dにとってもにとってもそうだった。世の中は一向に美しくならなかった。

Kはときどきロサのことを思い出した。ロサに支払われていた奨学金はぴたっと途絶えてしまった。だがどこで何をしているにせよ、元気に暮らしていることだろう。だがときどき、もしそうでなかったらどうしようと心配になった。十七年経ったある日、Kはふとフリヒリアーナが見たくなった。もしやあれ以後、あの村が安っぽい観光地になってしまったのではないかと気になったし、心配でもあった。低所恐怖症は全然治っていない。下手をすると広場恐怖症まで起きそうだった。いつか一度実際に行ってみたいという夢は、ひょっとしたら永遠にかなわないかもしれない。

写真でも見てみようかとインターネットを検索した。幸い、まだ安物観光地になってはいないらしい。ネット上には相変わらず、彼のロボットが住んでいた家の写真もあった。リタイアしたイギリス人夫婦が一年の半分ほど滞在すると聞いていたが、それももう十二年前のことだから、今はどうなっているのか全然わからない。ただ、外観を見た限りでは、十七年前と比べて大きく変わったようではなかった。

だが、しばらくインターネットを検索していると、妙な文章が目に留まった。

フリヒリアーナ脳死ロボット。なくした魂を捜しています。

広告かと思ったが、よく読んでみると広告ではない。ロサが書いたものだった。リンクに飛んでみると、魂に再接続する方法が英語、中国語、スペイン語で詳しく書かれている。そこに書かれている通りプログラムをダウンロードした。以前の暗証番号を思い出すのにしばらく苦労したが、とうとうロボットへの再接続に成功した。まる一日かかった。

ロボットが目を覚ました。カメラがとらえた風景が彼のコンピュータのモニターにそのまま伝わってくる。見覚えがある。彼が最後に見たフリヒリアーナの景色そのままだった。彼は記憶をたどってロボットを操縦した。キャスターもカメラもあのときのままである。

いつもそうだったように、ロボットはベストコンディションだった。十七年も経ったのに、一つも変わっていない。家の中を回ってみた。誰もいなかった。だが、埃一つない清潔な家だった。

土曜日の夜だった。フリヒリアーナ時間では土曜日の午後だ。三時四十五分になると、いつもそうだったようにロサがドアを開けて家に入ってきた。ロサはロボットが自力で移動したことに驚き、びっくりしてカメラをのぞき込んだ。

Kは画面いっぱいに映ったロサの顔を眺めた。そしてマウスを動かしてロボットを操縦した。ロボットが手を振った。二秒ぐらいの時差があった。十七年前と全く同じだった。するとロサがロボットに向かって微笑した。

命が命に、生きている魂が生きている魂に。

君がどんな存在だったかが重要ではないんだ。死なずにこうやって生きていてくれれば。

「こんにちは！　元気だった？」

そういう意味だった。それだけだった。

Kは記憶をたどってみた。これだけは確かだった。彼の記憶の中で、生きてきてあれほど明るい微笑を見たことは一度もなかった。

タクラマカン配達事故

そう言われて、ウンスはミンソを思い出した。二十四歳のあの日のことを、同い年の初恋の人ミンソのことを。そういう人がいたよね。優しい、いいやつだった。五年前のことだ。ビーンスタークに引っ越すとき自然に連絡が途絶えたのだが、今振り返ると真っ先に微笑んだ顔が思い浮かぶ。けれども、改めて彼を捜したことはない。

初恋の人というのは、そのまま心に埋めておくべきものなのだ。無理に再会してもがっかりするだけだから。当時のウンスは世間知らずの子供にすぎなかったし、たぶんミンソもそうだろう。昔の写真をちょっと見るだけでもすぐにわかる。ひょっとしたら写真を見なくてもわかる。見ようと見まいと写真の中のミンソはウンスの記憶とは違い、野暮ったい髪形に野暮ったい恰好をして、純朴な笑顔を見せている。純朴な笑顔。その瞬間ウンスはその純朴な笑顔が懐かしくなった。

「何でミンソをご存じなんですか？」

ウンスが尋ねた。するとビョンスはウンスを見ながら、自信のなさそうな声で話を続けた。

「知ってるというべきか、知らないというべきか。話が長くなるんですが、ちょっとお時間ありますか？」

「どれくらい？」

「そうですね。五分？　十分？」

ウンスはしばらくためらっているようだったが、ひとまずビョンスを休憩室に案内した。

「少々お待ちください。やってた仕事を片づけてきますから」

ウンスは胸がどきどきした。何でミンソを忘れるなんてことができたのか。自然に連絡が途絶えたとはいえ、どうして彼を忘れて暮らしてこられたのか。

五年前、ビーンスタークタワーに引っ越してきた日のことが思い出された。春まっさかりの五月のある日だった。ビーンスタークの599階にインターンの仕事を得て、初めて国境を越えた日だ。ミンソがキャリーバッグを引いてウンスの後からついてきた。二人は横断歩道の前で立ち止まった。

「もう帰りなよ」

「国境まで送ってやるよ」

「そう？」

ミンソはウンスを見た。ウンスはその目を正面から見ることができず、黙って爪先を見るばかりだった。ミンソが言った。このまま別れたら終わりになっちゃいそうだと。

「そんなはずないじゃん」

ウンスが言った。車がいっせいに停まった。横断歩道をまだ半分も渡っていないのに、青信号がちかちか点滅して歩けとせかした。ミンソはのろのろとウンスを追ってきた。

「早く！　危ないよ！」

ミンソをせっついた。

「うん」

力なく道を渡るミンソを見ていると、ウンスはいらいらしてきた。

「遠くに行くわけじゃあるまいし、すぐそこなのに。あんたんちからせいぜい二十分じゃないの」

「だからって、君がしょっちゅうこっちに来られるわけでもないじゃん」

「せっかく入れたんだから、一生けんめいやらなくちゃ」

「連絡も取れないっていうし」

「セキュリティのためだって、何度も言ったでしょ」

「どこのアホがインターンの携帯メールまで禁止するんだよ」

「ミンソさあ、あっちはもともとそうなんだよ。みんなそうやって働いてるの。セキュリティが厳重だからインターンにも仕事を教えてくれるんじゃん。じゃなかったら、誰が私に仕事を教えてくれる？　私だってあんたと遊んでる方が楽しいけど、今、何歳だと思う？　やりたいことばっかりやってたら、いつ就職できるの」

「でも一年は長すぎるじゃん」

「あんたは二年も軍隊行ってたじゃないの」

「行きたくて行ったんじゃないよ」

「私が行きたくて行くと思ってんの？」

行きたかった。本当は行きたくてたまらなかった。E&Kは世界最高の衛星デザイン会社だ。ウンスみたいなひよっこデザイナーにとって、まさに夢の会社という他はない。

「じゃあ、行かないでよ」

ミンソが言った。

「ねえミンソ、言ったでしょ。この業界じゃ、履歴書にE&Kって書いてありさえすれば自分の名前を書き忘れたって就職できるんだよ」

「E&Kでコピーとってるだけでも？」

「そうだよ！　E&K方式でコーヒーいれてるだけでも就職できるの」

ウンスはそんなことを思い出しながら、途中だった仕事をざっと片づけた。そして急いで休憩室に行った。ビョンスを見るとウンスは何気ないふりを装って、いちばん気になっていたことを尋ねた。

「で、ミンソは今どうしてるんですか？」

ビョンスは急に顔を曇らせ、前から準備してあったような口ぶりでこう言った。

「失踪したんです。タクラマカン砂漠で八時間前に」

「え？　そんなとこで、なぜ？」

「撃墜されたんです。軍で今、位置を追跡しています」


眠ってしまったのか、気を失っていたのか、夢と現実がしきりに混ざった。何もない砂漠だということははっきりしているのに、ぱっと目が覚めると大きな影が見えた。影を追っていくとビーンスタークが目に入ってきた。ビーンスタークが浸食されて砂嵐が吹いていた。そんなはずないのに。これは現実じゃないんだな。

ミンソの目に、ビーンスタークはまぎれもなくバベルの塔に見えた。彼はウンスがビーンスタークに就職するのが嫌だった。正規雇用でもなくただのインターンなのに、ウンスはビーンスタークにさえ行けば夢が全部かなうようなことを言うのだった。

そんなはずはない。ウンスみたいな中途半端な外国人労働者に、ビーンスタークはそれほど寛大ではない。建物全体が周辺国の領土に居候しているくせに、その周辺国の人たちにさえビザ免除の恩恵を与えないほどなのだ。

ミンソは五年前のあの日を思い出した。ウンスを最後に見た日だ。地下鉄を降りてさらに一ブロック行くと、ビーンスターク交差点の横断歩道が現れた。車が停まり、信号が変わった。横断歩道をまだ半分も渡っていないのに、青信号がちかちかして歩けとせきたてる。ミンソは胸が苦しかった。せきたてなくても、ウンスはもう行ってしまうのに。ためらいもせずに、あのスピードのまま国境を越えてしまうのに。ウンスはそういう人だった。心を決めたらその通りにやってしまう人。

「君だけがそうなの？　俺だってそうなんだよ」

ミンソは不意に腹が立ってきた。彼はウンスの最後通牒が悔しくてたまらなかった。選択の余地が全然ない。結論はどうせお別れなのだ。

「反対なら、これで別れるしかない」

だが、反対しなくたって同じだ。笑ってウンスを見送ったところで、ミンソにとってはどうせお別れだった。

ミンソはウンスがすり減って消えてしまいそうな気がした。あんな悪魔の巣窟にウンスを行かせるなんて！　頭を上げて上を見た。視野いっぱいにビーンスタークタワーが入ってきた。一目では視野に入りきらないほど大きなタワーだ。もちろんミンソも、ビーンスタークが必ずしも悪いところばかりでないことはよく知っている。だが、ミンソは何となくビーンスタークが嫌だった。領土といったって建物一個が全部なのに、対外的に承認された主権を持つ場所。家からバスでたった二十分の距離なのに、彼の住む場所とは国境によって完全に分離された674階の建物。それでいて、バベルの塔などという呼び名は死んでも嫌だと言い張る場所。

「マジでむかつくと思わない？」

ミンソの言葉に、ウンスは気まずそうな表情でうなずいた。

ミンソはそんなことを思い出しながら空を見上げた。いつしか太陽は中天にかかっていた。どうやら脚を骨折しているらしい。首も折れているのかな。体が全然動かなかった。休めそうな物陰も見つからなかった。

彼はそのむかつく国の戦闘機のパイロットとして爆撃の任務を終え、帰還するときに対空ミサイルで迎撃された。先に敵に見つかったら一大事だ。だが、ビーンスターク防衛隊が先に発見してくれる可能性はほとんどなさそうだった。彼が墜落した地点はどう見ても味方より敵の方に近い。ビーンスターク防衛隊の主要兵力はすべて、タワーの24階に駐屯しているからだ。

「とことん運が悪かったな」

あと六か月で除隊だった。そのうち二か月は休暇を取る予定だった。このままあと半年だけ頑張れば、ビーンスタークの市民権がもらえるのに。三年半も頑張ったのに、たった六か月分の運が足りなくてこんなことになるとは。

「ウンスがE＆Kの正社員になったんだってね。そのままビーンスタークにいすわることにしたって。君に相談しなかったの？」

五年前、誰だったかが彼にそう尋ねた。もちろん彼はそんなこととは全然知らなかった。連絡が途絶えてもう三か月めになる。内情はともあれ、表面的には単なるささいなけんかにすぎなかったのだが、そのけんかを最後に連絡が完全に切れた。予想通り、結局ウンスはすり減って消えてしまったのだ。ウンスが浸食されてできた砂が、乾いた風に混じって彼のところにも飛んできた。

熱い砂嵐ではっと正気に戻った。しょっちゅう気絶するところからして、思ったより出血がひどいらしい。それなのに何の痛みもないなんて、どうやら脊椎か首を痛めたようだ。先に敵に見つかったら一大事だ。だが、誰にも発見されないことの方が一大事だという気がした。どうも、そうなってしまいそうだった。


「長い話なんですが」

ウンスはビョンスの言葉に静かに耳を傾けた。ビョンスが話を続けた。

「キム・ミンソさんを個人的に知っているわけではありません。初めてキム・ミンソという名前を知ったのは四年前です。そのとき私は……」

四年前のことだ。ビョンスはビーンスターク市運営委員会の行政官で、三十四歳の平凡な勤め人だった。彼はビーンスタークっ子だった。そしてビーンスタークを心から愛していた。だから彼はビーンスタークがバベルの塔にたとえられることに強い拒否感があった。領土内の時間と空間のすべてがくまなく商品化された、現代の資本主義の象徴のような場所ではあったが、といってビーンスタークが必ずしも悪魔の巣窟というわけではない。

「住んだことない人にわかるはずがないよな」

周辺国の人々はビーンスタークをガン細胞だと思っていた。周辺国の首都は言語も民族の構成もビーンスタークとほとんど同じであり、国境線が引かれているだけで、実際にはビーンスタークと分離できない単一の社会を成していた。その中でも特に非人間的で、見境なく産業化された部分をすっかり集めたのがビーンスターク、というのが周辺国の人々の見方だった。

もちろんビョンスはそんな言説を信じていなかった。一〇〇パーセント都市化された国だからといって、そこで営まれている人生のすべてが人間味を欠き、酷薄であるはずがない。匿名社会では匿名の人どうしでのみ通じる信頼が形成されるもので、その意味で、ビーンスタークは他者への信頼がかなりのレベルに育った都市だった。それを証明するために、ビーンスタークっ子はよく、エレベーター乗り場の近くに設置された青いポストを根拠として挙げた。

ビョンスもそうだった。ビョンスはビーンスターク市の広報担当官である。そのため国境を越えて周辺国に出張することが多く、ビーンスタークはガン細胞だと主張する人たちを説得しなくてはならないことも多かった。そのたびに彼はいつも青いポストを例に取った。

「ビーンスタークでは郵便物が無料で配達されるんですよ。エレベーターで1階上がるのにも料金が発生する国でそんなことがあるのかとおっしゃる方もあるでしょうが、ほんとに不思議ですけど、郵便物だけはただで送れるんです。もちろん、市が運営する公の郵便システムがあることはあります。でも、重要な書類を送るとき以外、わざわざそれを使う必要はないんです。有料ですからね。日常的な手紙なら、よく見えるように封筒に相手の住所を書いて、近くのエレベーターまで行って青いポストに投函すればいいんです。青いポストは、町ごとに違いますが、仕切りで五十くらいに分けられた本棚みたいな形をしています。仕切りごとに何階から何階までという階数が書いてあります。該当する階数の仕切りの中に郵便物を入れておくと、郵便物がひとりでに目的地に行くんです」

「それ、怪談ですか?」

「いいえ、エレベーターの利用者がちゃんと運んでくれるという意味ですよ。エレベーターに乗る前に青いポストをまず確認して、自分が行く階宛ての郵便物があれば、乗るときにそれを持っていきます。そして目的地のエレベーターの横の受信箱に入れておくんです。そしたらその階に住んでる人たちが、自分宛ての郵便物があるか確認しに来たとき、受信箱の郵便物をさらに細かく分類していくんです。誰かそこに行く人がまた配達できるようにね。全員ではありませんけど、とにかく誰かがその仕事をやってくれるから、ひとりでに手紙が届くんですよ」

「それじゃ配達事故が多いでしょうに」

「それが、意外に事故はないんですよ。ビーンスタークミクロ権力研究所で実験したことがあるんですが、地区によって違いはあるけど、平均九三・七五パーセントが二日以内にちゃんと配達されるというんです。その上、国境を越えてくる手紙も九四・七四パーセントが正確に配達されます」

「でも、すごく大事なものはその方法じゃ送れませんね」

「もちろん、とても重要なものは有料郵便で送らないといけません。だからといって、青いポストの意味がないわけではないんです。普通、業務用ではなく他の用途に使いますからね」

「どういう用途ですか？」

「対話ですよ。安否を尋ねたり、近況を伝えたり、気持ちを表したり。お金や訴訟の話なんかではなく、ふだんの生活の話ですね。それが毎日何万通もビーンスタークを行き交っているんです。だからビーンスタークはバベルの塔なんかじゃないんです。言語がばらばらになってはいませんから」

「そうはいっても、プライベートな話をなぜそんなふうに送るんでしょうか？」

「お互いを信頼しているからです。都市化率一〇〇パーセントの国でのみ可能な、絶対的な信頼ですね。ビーンスタークは個人個人を信頼しているんです」

するとと相手は言葉に詰まってしまう。そのたびにビョンスは胸を張った。

そんなある日の夜のことだ。疲れた体を引きずって599階の自宅に帰ってきたビョンスは、周辺国への出張中に使った会議費の領収証を捜そうとして、ふだんはあまり使わない出張用の書類カバンを引っくり返していたとき、正体不明の紙束を発見した。

「何だこれ？」

手紙だった。青いポストから持ってきた手紙の束であることは明らかだった。カバンに入れておいてうっかり忘れて、そのまま家に持ってきたらしい。

あーっと思った。配達事故だ。最後の出張はいつだったたっけ。考えてみると、もう四か月も経っている。もちろん大事な手紙は入っていないだろうが、それでも何だか気になる。

彼は手紙を詳しく見てみた。はがきがあった。キム・ミンソという周辺国の男性がE&Kデザイン事務所のチョ・ウンスに送ったはがきだった。

ごめん、謝るよ。君の話を聞いて十日間じっくり考えたんだけど、とにかく僕が焦りすぎてたと思う。そうだね、君の言う通り、もう一度やり直そう。愛してる。

一大事だ。ビョンスは顔がかーっと火照ってきた。

こんなに大事な話を青いポストに託すなんて！　何で直接会って話さないんだ。電話でもすりゃいいじゃないか。

「僕の責任じゃないぞ」

しかし明らかに彼の責任だった。もちろん、送り主の責任でもある。青いポストには必ず、利用方法と注意事項が掲示されている。そこには「平均六パーセント以上の紛失可能性があり、法的な責任はすべて発信者にあるので、各種の書類や再生産不可能な原本文書、また私的な内容が含まれる重要な手紙を送る際には必ず有料郵便システムを活用すること」という項目があった。

「何だよ、配達事故の可能性が六パーセントもあるのに、どういうつもりでこんな大事なものを赤の他人任せにするんだ？」

はがきをカバンに戻してリビングに行った。そして、ソファーに座って考えてみた。大したことじゃないという気がする。頭を空っぽにするためにテレビをつけた。どこかの映画祭の授賞式が中継されていた。特別賞を受賞した犬が壇上に飛び上がるのが見えた。

「受賞の所感を述べてくださるのかな？」

司会者のジョークに爆笑が湧き起こった。ビョンスはぼんやりとその場面を見守った。目では一生けんめいテレビを見ているが、音は一つも耳に入ってこなかった。結局、また部屋に戻って書類カバンを探した。

E＆Kデザイン事務所　チョ・ウンス様

彼はパッと立ち上がると家を出た。そして、E＆Kのオフィスがある東側区域に行った。かなり遅れてしまったが、今からでもはがきを渡さなければと思った。

「でも、会って何て言おう？　郵便受けに入れて逃げようか？　そしたらもっとこじれることもありうるけど。そのときと今とじゃ状況が違うはずだからな」

五分ほど歩きながら考えてみたが、余計なお世話のような気もする。四か月も過ぎたのだから、もう問題は解決済みかもしれない。青いポスト以外にも連絡手段はいくらでもある。あんな手紙を出したのに何の返事もなかったら、他の方法で連絡を試みたはずだ。バカでない限り、どうにかして連絡を取ったことだろう。バカでなかったら絶対、そうしたはずだ。

彼はまた家に足を向けた。だが、家の前に着くと不意にこんな思いが浮かんだ。

「バカだったらどうしよう？」

家に帰って寝た。そして朝起きると出勤した。何ごともなく一日を過ごしたが、退勤時間になるとまたそのことを考えた。

ビョンスは六時になるや否やカバンをつかみ、エレベーターのところへ走っていって青いポストを調べた。受信箱には手紙がたまっていた。住所別に手紙を一通ずつ分類していると、その様子を見て満足そうな微笑を浮かべる人がいる。観光客らしい。しかしビョンスは笑わなかった。キム・ミンソからの手紙は一通もない。国境を越えてきた手紙が目立つところを見ると、あちらのポストにあった手紙がまだ回収されていないわけでもない。

翌日も同じだった。ビョンスは職場を出るや否や599階のポストに駆けつけた。人より先にポストを確認するためだ。幸い、ポストはまだ整理されていなかった。ビョンスは前日と同じく手紙を分類し、詳しい住所別に受信箱へきちんきちんと整理していった。だが今回もやはり、チョ・ウンス宛ての手紙は一通もなかった。

別に驚くようなことではなかった。手紙のやりとりがないという事実だけをもって、二人が本当に別れたと見なすことはできない。チョ・ウンスが職場を移ったか出張中ということもありうるし、午前中に手紙が配達された可能性もある。何より、単に二日ほど手紙の間が空いただけで、二人の関係を断定することはできない。

だが、一週間経っても半月経ってもキム・ミンソが出した手紙は全然見つからなかった。

「ヤン・ヒョンミさん、あの青いポストだけどさ、若い人たちは使ってるの？　恋愛してるとき、みんながあれで手紙出したりするわけじゃないでしょ？」

「私、あのポストで出してますよ」

「何で？　メールもあるし、電話もあるのに」

「何言ってんですか、市の広報官が。あれ使わなかったら最近じゃ完全に変人扱いですよ。恋人に出さずに誰に出すんです？」

「いや、つまりさ、それでも例外はあるんじゃないかってことだよ。十人に一人ぐらいはさ」

「三十人に一人ぐらいでしょうね」

「そうなの？」

まさかと思ったが、やっぱりそうだった。予想以上に事態は深刻という意味だ。

その日の夜、ビョンスはイ・ギョンファンに会いに行った。イ・ギョンファンは、前にビョンスが妻を尾行するために雇ったことのある私立探偵である。

「何のご用ですか。また奥様が何か……」

「いや、そうじゃなくて、この二人なんだ」

ビョンスはキム・ミンソのはがきを差し出した。探偵は無言ではがきに目を通した。そして陰険な微笑を浮かべるとこう言った。

「ほんとに心配性なんですねえ。前の奥様のときもそうですけど、次の奥様まで……」

「次の奥様って、それ何のこと？」

また二週間が過ぎた。へそくりをはたいて中途金を払うとき、ビョンスは急に懐疑心に襲われた。そもそも恋愛には別れがつきものだ。特に、最近の若い人たちは別れるためにつき合ってるようなものだ。もちろん、純愛は完全に滅びたと断定できるわけではない。問題は確率だ。よりによってミンソとウンスが純粋な愛を育む運命的なカップルである確率は、三十分の一もないと思われた。

そう思うとビョンスは心がちくちくとうずいた。何がしたくてこんな金を使うのかという気がする。金額そのものは実際、大した問題ではない。問題はそれがマネーロンダリングで作った金だという事実だ。

「この金をまた作ろうとしたら少なくとも五年はかかるのにな。こんなことまでしてやる必要あるんだろうか。誤解が解けたところで、一生添い遂げるとも限らないだろうに」

彼は妻との結婚生活のことを思い浮かべた。あんまりいい思い出ではない。だが、彼がやらかした配達事故を思うとやっぱり顔が火照った。どうしようもなかった。二人がうまくいっていようといまいと、とにかく何とかしなくてはいけないだろう。

また一週間が過ぎた。事務所へイ・ギョンファンを訪ねていくと、感じ悪く笑いながら彼が言った。

「次の奥様はやっぱり美人ですね」

書類を受け取って家に帰った。業務の性格上、仲睦まじい家庭が必要だったのだが、妻は必要なとき以外は家を空けた。そして、どうしても必要なときだけ家に帰ってきて良妻賢母役を務めた。やっつけ仕事ではなく、本当に上手だった。驚き呆れたことが一度や二度ではない。

「何が欲しいんだ？」

だが、妻は何も返事をしなかった。ただ黙って家を空けるのみ。

結局、家を出ていった日も同じことだった。家の中に入ると全く温もりが感じられなかった。これだからビーンスタークをバベルの塔というのかな。

ビョンスはそんなことを思い出しながら、イ・ギョンファンにもらった書類の封筒を開けた。生活にやつれたウンスの写真がいちばん上に載っていた。続いて、世の中に背を向けたようなミンソの写真も一枚出てきた。


白です。全く接触はありません。

イ・ギョンファンの結論はこうである。キム・ミンソの最近の動向がさらに目を引いた。

最近、ビーンスターク海軍下請けの民間防衛会社に応募しました。四年間の兵役延長勤務ということで海外派兵に志願していますが、すでに周辺国で兵役を終えているため、加算点がつく模様です。よくご存じでしょうが、四年間の海外勤務を終えればビーンスターク市民権獲得審査で二七パーセントの加算点がつきますので、キム・ミンソはこれを狙っているものと見られます。

ほんもののバカなんだ。海軍だなんて。それも、軍隊に一度行った人間が。彼は何としてでもビーンスタークに入るつもりなのだ。愚かな考えだ。四年後もこのまま愚かでいられるだろうか。チョ・ウンスは四年後もビーンスタークに残っているだろうか。

そんなはずはなかった。同じであるわけがない。二十四歳のままで二十八歳になれるわけはない。四年経つ前に二十四歳が完全にすり減ってしまうだろう。そうなってから市民権を与えるんだから。だからビーンスタークをバベルの塔と言うんじゃないだろうか。

　書類を置いて妻の部屋に行った。人の気配の代わりに埃がたまっていた。妻が風化した痕跡である。妻の空き部屋に一人で座ってしばらくぼんやり考え込んだ。どういう方法であれ、やりとりの途中で誤解が生じないよう、そのつど気持ちを伝えることができていたなら、それでも妻の部屋は空いていただろうか。

「全く、こんなバカなやつのせいで何やってんだろ」

　彼は海軍にいる同期の友人に電話して、下請け軍人の採用選考についていくつかの「助言」を伝えた。

「キム・ミンソ？　その人を採用するのは難しくないけど、どうしたんだ、お前がそんなこと頼んでくるなんて。知り合いか？」

「いや、知り合いどころか。とにかく、そうしといてくれよ」

　彼にできることはそれぐらいしかない。

　だが、あれでよかったのだろうか。ビョンスはしきりとそんなことを思った。それがもう四年前のことだった。

「パイロット採用のとき助けてやらずに放っときゃよかった。飛行機に乗ってる方がずっと安全だと思ったのにな。とことん運のないやつみたいだなあ」

一人でしばらく考え込んでいると、ウンスが割り込んだ。

「タクラマカンのどこで失踪したんですか？」

「正確な地点は今、確認中なんです」

「まだわかってないんですね。でも、撃墜されたってことは、もう死んでるかもしれないわけですか？」

ビョンスは返事の代わりにうなずいた。

「生存の可能性も十分あります。救助作業が早ければそれだけ生還の可能性も高まるでしょう。問題は、救助作業が始まる様子がないことなんです」

「どうしてですか？　飛行機が撃墜されたのに」

「ビーンスターク防衛隊がいてはいけない地域だからです。防衛隊が動くと、ビーンスタークがそこのミサイル基地に先制攻撃を試みたという事実を認める形になりますのでね」

「でも、自国の軍人が砂漠の真ん中に落っこちたのに、どうして何もせずにいられるんです？」

「それがですねえ、厳密にいうとキム・ミンソさんはビーンスターク軍じゃないんですよ。ビーンスターク海軍で雇用した民間防衛会社の職員であって、海軍所属のパイロットではないので……」

ウンスは、何言ってるんですかと言おうとしてやめ、黙ってカップをいじっていた。

「それで、私は何をすればいいでしょう?」

ウンスが尋ねた。

「まず、このことをお伝えしようと思いまして」

ビョンスはウンスに四年前にミンソが書いたはがきを渡した。

「これです。もうすっかり遅れてしまいましたが、もっと手遅れになる前にお渡ししなくてはと思ってここまで来たんです」

ミンソを海軍のパイロットとして就職させたのが自分だということは、よもや口に出せなかった。それを言おうとしてウンスに会いに来たのだが、様子を見るとウンスはそんな話は別に聞きたくないらしい。

ウンスははがきをじっと見ていた。ミンソの字に間違いない。昔の思い出が蘇った。

「ウンス、俺はね、君がすり減って消えちゃうような気がするんだよ」

「またその話。何でしょっちゅうそんなこと言うの? 私がいつあんたに別れようって言った?」

「いや、ただ、君があそこに行ったらなぜかそうなっちゃいそうで」

あのときは、それを聞くとすごくうんざりした。そう言うミンソの表情も、ことさら元気なさそうに聞こえる声も。ごめんねという言葉がなぜ、すまなそうに聞こえなかったのか。あのときは彼の言葉が全部嘘に聞こえた。

「もういいかげんにしてよ、キム・ミンソ！　私に圧をかけようとして、わざわざ辛そうなふりしてるんじゃん」

ウンスは自分がミンソにそう言ったことを思い出した。いったいどういうつもりであんなことを言ったんだろう。私はいったい、どんな言葉を聞きたかったのか。今もミンソははがきの中に閉じ込められて、ごめんという言葉を際限なくくり返していた。

ウンスが言った。

「あまり気になさらないでください。このはがきがちゃんと届いてたとしても、私たちはいずれけんか別れしたでしょうから。あのときはけんかの理由がほんとにいっぱいあったので、これのせいで別れたわけじゃありません。単にだんだん距離ができたと思っていて、そんなきっかけがあったことは今お話を聞いて初めて知りました。それに私、結婚予定の人もいますし、あのときのことを身にしみて後悔しているというほど不幸でもないですから」

本心だった。ウンスは今や、E&Kの正規の衛星デザイナーである。夢見ていた職場に入り、よい人たちとの出会いもあった。ビーンスタークはウンスを失望させなかった。はがき一枚が届かなかったからといって、大きな違いがあるわけではない。

「ミンソのこと、お手伝いできなくて残念です」

「はい」

ウンスとしばらくあれこれ話した後、ビョンスは苦々しい気持ちで立ち上がった。会わなきゃよかったと思った。

「そもそも何のために来たんだっけ？　何か伝えに来たんだけど、何だったたっけ？　はがき一枚のために来たんじゃ絶対なかったのに。遺体が発見される前に何か伝えようとしたのに」

ビョンスは事務所に戻った。ミンソが撃墜された位置はまだはっきりしないらしい。飛行機に海軍の追跡装置が装着されていなかったためだ。ただちに大規模な捜索隊を派遣したとしても、手遅れになる前に操縦士を発見できる確率はさほど高くない。

海軍はミンソを見捨てるつもりなのだ。いや、すでにあきらめたも同然だった。防衛隊には兵力を動かす気がない。その代わり、ビーンスターク軍のマークのついていない民間救助ヘリで近隣地域を捜索し、救助しようとしたらしい。そのために動員されたのはせいぜい六台だ。一日二日でタクラマカン砂漠全域を探索するには全く足りない。

むしろ、敵の方に有利なのだ。コスモマフィアがすでに該当地域への接近路を確保したという諜報が入ってきていた。コスモマフィアは衛星迎撃ミサイル技術を保有する旧ソ連系の武装勢力であり、最近は軍事衛星だけでなく民間の衛星まで攻撃対象としており、ビーンスタークの主力事業でもあるグローバル衛星サービス産業の最大の脅威として浮上している組織だった。

コスモマフィアに対するビーンスターク防衛隊の公式的な立場は、無条件先制攻撃だった。しかし先制攻撃を支持しない国家の領土でコスモマフィアの衛星迎撃ミサイル基地が発見された場合には、ビーンスタークもまた、戦闘機を直接差し向けることは難しい。

このような場合海軍は、民間防衛会社を使って乗り切っていた。ビーンスタークのために働いているけれど、あくまでビーンスターク軍ではない傭兵パイロットを派遣労働者という形で雇用し、彼らを活用して爆撃を敢行した。問題が起きても責任をとらないという意味である。言い換えれば、海軍には初めからミンソを助ける気がなかったのだ。彼らはミンソを見捨てるつもりだった。すでに七年前に定立された原則に従って。

「死んだか生きてるかもわからないのに、危険を冒すわけにいかないだろ」

「死んだか生きてるかもわからないのにあきらめるわけにはいかないって、言うべきじゃないですか？」

「だって、うちの市民でもないのに」

ビーンスターク憲法は、防衛隊の任務を、ビーンスタークの市民権を持つ者の生命と財産の保護に限定していなかった。なぜなら、ビーンスタークはそもそも国家ではないからだ。ビーンスタークは単なる建物にすぎない。防衛隊の本来の任務は、国籍によらず住民と訪問者のすべてを安全に保護することだった。そういうのが本当のビーンスターク・スタイルなのだ。従ってビーンスタークはバベルの塔ではない。

だが今や、そうではないらしい。彼が知っているビーンスタークは単に、広告のための建前にすぎなかった。

ビーンスタークを元通りにする方法はなかった。彼がいかに辣腕公務員だとしても、外国で撃墜されたパイロットを救出できるほどの目覚ましい装備をただちに準備することはできない。せいぜい、山火事鎮火用のヘリコプターを二台、追加で二日間借りるぐらいがすべてだ。

「衛星からでも捜せたらいいんだけど」

だが、海軍が軍事用衛星写真を提供してくれるわけはない。この事態に対する海軍の公式見解は「そのようなことが起きたという事実自体を知らない」というものだった。しかも、写真を入手したとしても、分析の専門家に援助してもらわないことには、タクラマカン砂漠全体を撮った写真を漏れなくチェックするなんて、試すまでもなく無謀なことである。

「何とかして軍を動かさなくては」

「どうやって?」

「知らんけど」

国防委員会所属の議員補佐官に電話し、報道各社で働く知人や、常日ごろ面識のあった民間機構の活動家たちに事情を説明したが、返ってきた反応は一様だった。彼らにもまた、特別な手立てはなかった。国家が乗り出さない限り絶対に解決できない問題なのだ。

「第一次世界大戦のときにさ、ドイツの艦隊は北海に一度も出てないんだよね。だけど相手のイギリス海軍は、内部文書を見ると、本当に真剣に敗戦について話し合ってたんだ。本土は攻撃されなかったけど、ドイツの無制限潜水艦作戦のせいで貿易路が絶たれそうになったからね。でも無制限といってもさ、大西洋に出ているドイツの潜水艦はせいぜい三十何隻ぐらいしかなかったんだって。ビーンスタークも同じことだよ。潜水艦だってケチるのに、人工衛星となりゃなおさらだろ？　タワーが無事でも、人工衛星が脅威にさらされたらビーンスタークも結局無事ではいられないからね。だから、ビーンスタークは今の立場を堅持して、救助隊は絶対に出動させないだろう」

議員補佐官をしている大学時代の同期生がそう言った。ビョンスはこぶしをぎゅっと握りしめた。


ウンスもこぶしをぎゅっと握りしめて、黙ってテーブルの上を見つめていた。

「チョ・ウンス、食べないのか？　サラダが君に何か話しかけたのかい？」

「え？　あ、ごめん。ちょっと別のこと考えてて」

「今日がその日なのかな？　季節の変わり目ごとに来るっていう、チョ・ウンスが考える日」

「笑える」

そしてウンスはまた考えに浸ってしまった。婚約者のジンスももう話しかけなかった。ミンソは今ごろどうしているだろう。生きているだろうか？　砂漠の真ん中に落ちたんだから、生きている方が辛いんじゃないだろうか。

好きでもない軍隊に何でもう一度行ったりしたんだろう。徴兵期間中だって、ほとんど脱走しそうなぐらいだったのに。飛行機の操縦はいつ覚えたんだろう。せっかく覚えたのにこのざまだなんて。変だよ、全然ミンソらしくない。どうして？　本当にあのはがきのせい？　だったら結局、私のせいだ。ああ、まさか、あの人だってバカじゃないのに。いや、バカだったんだ。

「ジンスさん」

「ん？」

「衛星を一個レンタルしてくれないかな」

「衛星？　何で？　どれくらい？」

「えーと、二十秒くらい」

「何に使うの」

「写真撮るの。タクラマカン砂漠が全部映らないといけないの。高解像度で」

「ふーん。明日調べてみるよ」

「今調べて」

「今？」

「早ければ早いほどいいんだけど……」

「今すぐ？　二十秒だなんて、個人的に使うの？　会社関係じゃないだろ？」

「うん。高いかな？」

「高いのもあるしあんまり高くないのもある。えーと、時間別料金はどうなってるかな。観光写真用の衛星ぐらいの解像度でいいよね？　顔まではっきりは映らないと思うけど。これなら大丈夫だと思うよ。どうせそのあたりを通るやつなら、その時間には予約も入ってないだろうし」

「いいよ。じゃあこれ、ジンスさんの社員割引で借りられる？」

「くー、こいつ。溺れた人を助けて身ぐるみはがれるってやつだな。また何か陰謀を企ててるみたいだね。タクラマカンだなんて、いったいどうしたの？　逃げた恋人のストーカーでもやってるの？」

ウンスがうなずくと、ジンスはけらけら笑った。

ウンスはビョンスに電話をした。そして衛星写真の話を切り出した。ビョンスはしばらく黙って聞いていたが、途中で話を遮って話しはじめた。

「衛星写真を手に入れるのはこっちでもできます。だけど、コンピュータ解析に回すにはもっと解像度の高い写真が必要なんですよ。完全な飛行機でも着地状態によってはほとんど見分けがつかないこともあるのに、粉々の破片だけで捜すんじゃなおさらでしょ？　モザイク画面レベルの解像度じゃ、もっと大変です」

「機械での判読は不可能ですか？　それじゃ、方法がないってことですか？　人がチェックすれば可能なのでは？」

「できるでしょう。できますが、百人で五年ぐらい取り組んでやっとですよ。正確な数字じゃなくて、まあそういうもんだってことです。いつか見つかることは見つかるでしょうけど、それがいつかは誰にもわかりません」

「じゃあ、解像度の高い写真を入手すればいいんですね」

「ですからそれが欲しいんですけど、くれないんですよ、海軍が」

ウンスは電話を切り、ビョンスの説明が事実かどうかジンスに聞いた。

「そりゃそうだよ。高解像度の写真があっても、分析プログラムがなかったら役に立たない。軍事技術だからどうにもならない。それにしても君、ほんとに何か企んでるんだなあ」

「うん」

ウンスはがっくりと肩を落とした。

「とあるバカのせいでさ」

「そうか、バカのせいで。その様子じゃ、どういう種類のバカかは聞いちゃだめなんだろうね。とにかく、観光写真用の衛星はレンタルしなくていいんだね？」

ウンスが言った。

「ううん、して」

「何で？」

「何ででもいいから」

「バカ」

まだ宵の口だった。ウンスは家に帰ってコンピュータの電源を入れた。そして、衛星写真ビュアーでタクラマカン砂漠が写っている写真を開いた。一部分を拡大して、さらに詳細な映像を見る。詳しく、もっと詳しく。最大限度まで写真を拡大した。ファイル全体の中で画面に見えている部分が占める面積がだんだん狭くなっていき、とうとう小さな点になった。

何もなかった。タクラマカン砂漠は砂また砂の大地である。どこかには由緒あるオアシス都市があり、どこかにはシルクロードがあるのだろうが、そのどこかがいったいどこなのか、写真だけ見ていてもわからない。見えるものといっては、ただ砂山だけだった。

ウンスは砂漠全体が画面に入るまで写真を縮小した。ミンソを撮った写真だ。いったいどこにいるのかわからないが、とにかくどこかにミンソがいる写真だということだけははっきりしていた。

そのとき急に電話が鳴った。悪い予感がした。

「おーい、何してた？　おバカさん」

友達だった。

「私よ、私。ウンスってば何かあったの？　声が変だよ」

ウンスは何だか気が抜けそうになった。

「何そんなにびっくりしてんの。悪いことしようとしてた？」

「悪いことじゃないよ。昔の恋人の写真見てた」

「うわー、結婚前なのに」

「だよね。何やってんだかと思うよ」

「かっこいい人？　昔の恋人じゃないふりしてネットに上げてみてよ。私も見たい」

「えー？　でもこの写真じゃわからないと思うよ？」

電話を切った。ふと、不吉な思いが頭をかすめた。ウンスはビョンスに電話した。

「私も捜してみます。墜落地点そのものはわからなくても、だいたいの予想地点はわかってるんでしょう？　それだけでも何とか調べていただけないでしょうか？」

「一人でできることじゃないんですよ。救助ヘリが捜索に向かったそうですから、待ってみましょう」

「このまま何もしないなんて不安です。救助ヘリがどっちへ飛んでいったか、だいたいの位置だけでも教えてください。そうすれば、海軍が予測地点をどのあたりと見ているかわかるじゃないですか」

「そうも行かないんですよ。海軍でも全然見当がつかないらしい」

「じゃあ、救助ヘリが行かなかったところを捜してみます。どうせ、他には方法がないでしょ。そうやって衛星写真を撮っていけば、少なくともヘリ一機が捜索するのと同じくらいの仕事にはなるんじゃないですか。それくらいやってみないと。見つからなかったらそれはそれで仕方ないでしょ」

ヘリ一機分の仕事か。

「そうですね、わかりました。では」

ビョンスはいったん電話を切ると、ビーンスターク対外広報局から資金援助を受けている周辺国の民間環境監視機構に電話した。「あ、これは指示じゃなくてお願いなんだけど、ウェブサイトを一つ作ってくれ。こっちの事情がちょっとあれなんでね。そりゃ、うちにもサーバーはあるさ、あるけどね、今、ちょっとだめなんですよ。こっちでは作れないの。うちの政府の方じゃ手をつけられない事情があるもんでね。二日ぐらい使ったら消しちゃうものだから。うん、そうなんだ。え、あたりまえだろ害は及ばないよ、君らの不利益になるようなことだったら、こうして頼むと思う？　僕がどういう人間か知ってるでしょ、うん、僕が衛星写真を一枚送るからね、それをアップするだけでいいんだ。あ、それともう一点だけ……」

ビョンスはウンスから写真を受け取った。もっと解像度の高い写真を入手しようとしたが、その位置を通過する適当な衛星がなかったのだ。写真を受け取るとすぐ、技術支援チームに駆けつけて写真に分割線を入れてくれと頼んだ。

一般人が飛行機の残骸を見るだけで事故現場だとわかるには、区画一つ一つがかなり小さくないといけない。区画が小さければ小さいほど、高倍率の写真をモニターに出せるからだ。

「何個ぐらいに区切れる？」

「およそ二十万個です」

一人が一マス三十分程度でチェックすると仮定して、百人で千時間作業しなくてはならない量だ。

「広報局の職員を十五人ぐらい動員して、ヘリの数字まで合わせれば……」

それでもざっと一年はかかる作業量だ。優先的に探索する地域を半分にしても最低半年。やってもやらなくても変わらないような作業であることは間違いない。だが、ヘリ一機分の仕事だというのに手をこまねいているわけにもいかない。ビョンスは区分けされた写真を周辺国の環境監視機構に送るとウンスに電話してこう言った。

「チョ・ウンスさん、今はそれじゃなくて他のことやってください。写真は他のサーバーにアップしました。アドレスをお伝えしますから、一時間後に入ってみてください。それより先にやってほしいことがあります。私が行政力を動員できる状態じゃないんでお願いするんですが……」

国家が完全に動きを止めている間、個人がせっせとビーンスタークをかけずり回っていた。ウンスは知人たちに手紙を書いた。

大切な仕事仲間のキョンヒさん、私は五年前にビーンスタークに引っ越してきました。ビーンスタークに来て夢をかなえ、誰よりも幸せに暮らしています。でも、引っ越すときに国境の向こうに置いてきた人がいるんです。しっかりした、いい人だったのに、どうして今まであの人のことを忘れていたんでしょう。でも今日、その人に再会したんですよ。

ところがその人は今、たった一人で砂漠にいるんです。ビーンスターク海軍に雇われた傭兵パイロットとして。市民権を手に入れるために兵役を延長して、海外派兵にも志願したんです。私のためにやったことではないと信じたいですけど、その人すごくバカなので、そうとも言いきれません。タクラマカン砂漠でミサイルにやられたというんですが、ビーンスターク海軍は何もしてくれません。自分たちのやったことじゃないからって、しらを切っているんです。

大切な仕事仲間のキョンヒさん、敬愛するビーンスターク市民の皆さん、皆さんの国家は手を引いてしまいました。あの人がビーンスターク市民ではないからって。でも、皆さんはそうじゃないと信じています。ビーンスターク22階には四角い国境面が広がっていますけれど、皆さんの心は正六面体の箱に閉じ込められてはいないでしょうから。

衛星写真を手に入れて、その人を捜しています。撃墜された飛行機の残骸を捜しています。その人は砂漠に一人で見捨てられ、私はその人を捜して砂漠を一人でさまよっています。その人はとても危ない状態かもしれないし、もう命を失っている可能性もあります。今日を過ぎたらその可能性がさらに高まります。砂漠に風が吹いたら、飛行機の残骸は埋まってしまうこともありえます。

このURLから入って私を助けてください。写真が分割されています。私がすでに確認したマスは青く表示されています。確認中のマスは緑です。何も表示されていないマスを選んで、飛行機の残骸を捜してください。多ければ多いほどいいのですが、一、二マスでもいいですし、一マスだけでも。

一人一人にあてて書くことはできなかったが、一文字一文字に真心をこめた。ウンスはその手紙をプリントして一枚一枚に宛名を書き込んだ後、住所を書いて青いポストに入れた。中の一部は広報局の職員たちに宛てたものである。それから帰宅して衛星写真を開いた。

一方、ビョンスは広報局の職員を全員退勤させた。

「今、非常待機中なんですけど」

「とにかく帰れ。599階のエレベーターの横の青いポストに行って、発送箱にあるものを全部配達してから帰ってくれ。その中に、君ら宛てのもあるはずだ。それを見たら、無条件で指示通りにするんだよ。コピーして十枚ずつ知り合いに送れ。そして、君らは残業扱いと考えて二時までやれ。いや、四時までやって午前中は出勤しなくていいよ。わかった？」

そして席に戻ると、衛星写真を開いた。もう三マスが青く変わっている。ウンスの知り合いに職員の家族や友人を入れて百五十人ほどを動員するのが目標だった。ネズミ講みたいだが、やむをえない。とにかくやってみて、だめならやめればいいし。

彼は一マスを選んで倍率を上げた。砂漠ではなかった。青いものがところどころ目についた。だが、からからに乾燥して茫漠として見えるのは同じだった。

何もなかった。宇宙を見ているわけでもあるまいし、地表面のわずかな断片をのぞき込んでいるだけなのに、自然はあまりに大きく茫漠としていて、その上にあるもののほとんどが何の意味もなさそうに見えた。それでもきっちり調べなくてはならない。何もないと軽々しく断定することはできない。

ちゃんと見たかな。自分の目が疑わしくなるような作業だった。一瞬うんざりして、適当に流してしまったところはなかったか。チェックしたところをもう一度見直して一マスを終えた。四十分かかった。何も見つからなかった。チェックずみという印を地図に表示した。

画面の全体を見ると、チェックずみのマスが七個、チェック中のマスが五個だった。彼以外にも五人が作業中だということだ。

そしてビョンスは砂漠に戻った。

青いポストの原型は、もともと衛星レンタル会社セトリスの内部文書伝達網だった。設立当時セトリス社は、ビーンスタークの南側区域の394階から472階までという狭くて長い空間を占有していた。そのため垂直方向に文書を流通させることが難しく、費用削減を考えて、青いポストによく似た郵便箱を試験的に設置した。

実験は失敗だった。当日の文書伝達成功率はやっと九〇パーセントにすぎなかった。しかし社内恋愛は五倍に増えた。セトリスは内部文書の郵便箱を廃止し、ビーンスタークは青いポストを作った。実用のためではなく、人情のためである。

手紙が回りはじめた。ウンスが出した手紙は599階を出発し、主に450階から600階の間の地域に素早く散っていった。対外広報局の職員たちが自分で配達したからだ。三十分後には、広報局の職員たちがウンスの手紙をコピーしてビーンスターク全域に送った。手紙の数は三百通をちょっと超えていたが、遅い時間帯だったので拡散スピードは速くなかった。しかし、外国人観光客がいつもとまどっていたように、ビーンスタークでは昼夜逆転で生活する人たちが多いため、伝達速度が完全にゼロになることはなかった。

二時間後、新たな手紙が発送された。ウンスが出したものでも、広報局の職員が出したものでもない。ビョンスが全く思ってもみなかった場所から、新しい手紙が何通か発送された。似たような時刻に、他の場所でもそっくりの現象が起きはじめた。手紙が手紙を生み、その手紙がまた別の手紙を生んだ。

ウンスは何時間も砂漠をさまよってから、ちょっと休むために人工衛星の軌道まで抜け出した。そこから一マス分上を見ると、モニター外の現実が初めて目に入ってきた。

目が痛かった。ずっと砂漠を見つめていると妙に眼球が乾く感じがする。砂漠のようになった目に目薬を何滴か垂らし、また地図を開いた。すると目の前に異様な光景が広がった。ウンスはビョンスに電話した。

「ウェブサイトに何かエラーが出てるみたいですよ」

ビョンスは砂漠から出てきて地図の全体を見た。北東側がすっかり青くなっている。

「ですね。今何時ですか？　電話したら出るかな。何があったのか確認して、また折り返します」

ウェブサイトを作った環境監視機構に電話した。すぐにつながった。

「こんな時間に何やってんの？」

「え？　あれですよ。今日あなたから来たやつ」

「何？　ウェブサイト？　あれはもうできたでしょ」

「できましたよ。だから私も、もう五マスめです」

「何であなたが？」

「人捜しですよ」

「人？　どうしてそれを知ってるの？」

「どうしても何も、今大騒ぎですよ。みんなこれのために寝ないで頑張ってるのに、始めた人がそんなこと言っちゃだめでしょう」

「何のこと？」

「今、二万七千四百七十人がアクセスしてますよ」

「何のアクセス？」

「何って何です？　さっき私が作ってさしあげたあれですよ。タクラマカン砂漠に墜落した飛行機捜し」

ビョンスの眠気がサッと吹き飛んだ。

「どういうこと？　こんな時間に二万七千人もどこにいるんだ？　この真夜中に」

「どれどれ。ビーンスタークで六千人ちょっと、うちの国で五千人くらい、残りは他の国からのアクセスですね」

「何のために？」

「何のためって何です？　人捜しですってば」

「だからその人たちが何で人捜しを？　何かエラーがあったんじゃないか？」

「エラーなんかありませんよ。何もないのにエラーは出ないでしょ、写真がたった一枚アップされてるだけですもん。チョ・ウンスさんがビーンスタークで出した手紙が翻訳されて、外国にまで広がってるんですよ。みんな、それで捜してるんです、それだけ。理由が要りますか？　そもそもインターネットってそういうもんじゃないですか。ただやってんですよ。ただ」

そしてもう一時間経つと、アクセス人数は四万人を超えた。そこからさらに一時間後には七万五千人を突破した。青いマスは徐々に増えていく一方だった。そのまわりに緑のラインが炎のように広がっていった。ビョンスは手を止めて画面全体を見守った。この光景が理解できなかった。

ウンスも同じだった。エラーじゃないという言葉にウンスはびっくり仰天した。

「じゃあ何なんでしょう、これ？」

「ですよね」

夜が明けるころ、二十二万人もの人がすでに青く表示されている区域の再チェックに入った。地図全体が青く変わったのにミンソがまだ見つからないところを見れば、誰かが見落としていることは明らかだ。

するとしばらくして、新しいウェブサイトが立ち上げられた。ビョンスが電話でそのことを教えてくれた。ドイツで作られたもので、チェックずみ区域かどうかを表示するだけでなく、何度もチェックすればするほどそこがだんだん濃くなるしかけになっている。

また三十四万人が作業を開始した。三十分後には接続者がほぼ五十万人に達した。地図の色が一瞬にして濃く変わった。等高線が密になり、地面が盛り上がってくるような錯覚を覚えた。

ウンスは地図を見た。徐々に色が濃くなっていく様子は、まるでタクラマカン砂漠全体が空に向かってだんだん持ち上がってくるかのようだった。人々が、タクラマカン砂漠と失踪した傭兵パイロットを丸ごと天に捧げんばかりの勢いだった。

そしてビーンスターク時間の朝七時五分、赤い点が一つ地図上に現れた。電話が鳴った。

ビョンスだった。

「見つかりました」

その瞬間、アクセス数の数字が目の前にちらついた。

二百七十七万四千八百六十七人。

赤く点滅している地点を拡大すると、気を失って倒れているミンソが見えた。涙が出た。

「脱出するにはしたけど、致命傷を負っている模様です」

「救助隊はいつごろ……?」

ウンスは最後まで言えなかった。

「位置は知らせました。今ごろ向かっているはずです」


ミンソはふと正気に戻った。誰かが自分を見守っているような感じがした。だが、周囲には誰もいない。ときどき意識が戻るたびに、死の敷居は本当に高いんだなと彼は思った。

「まだ生きてる。死ぬってもともとこんなに大変なのかな?」

世界はあまりに静かだった。砂漠の真ん中に落ちたのではないとしても、彼の体が外部世界とつながる通路が遮断されてしまった今、彼のいる場所がどこであろうと砂漠には違いない。

もしかしたら、もともとそうだったのかもしれない。手足がまともで感覚がちゃんと作動していたときも、世の中はこれと同じくらい無意味な場所だったのかもしれない。愛や悲しみ、後悔なんかも、実は無意味な感覚が作り出した虚像にすぎなくて。

「俺、今、何してるんだろう？　悟りを開いて仏様になっちゃうのかな？」

変な話だが、涅槃に到達したくなってきた。二十年も唯一神を信じてきたが、いざ極限状況に至ると、久遠に至る道より解脱《げだつ》の方が近く思える。

「この状況でこんなとんでもないこと考えるなんて。まだ死ねないみたいだな」

また気を失った。

しばらくしてまた意識が戻った。また誰かの視線が感じられた。上から誰かが見おろしているような気がする。その感じがあまりにも強烈だったので、ついにそのときが来たのかと彼は思った。

確かに神様だった。魂をいっぱいに満たすこの熱い視線。天の門が開いたに違いない。遠くから、神の使いが飛んでくる音が聞こえた。神の使いが出しているけたたましい音が、彼の耳になぜかHH‐60Gのエンジン音のように聞こえた。

「おかしいな。こんなはずじゃ」

神が遣わしたヘリコプターが頭上を舞った。これは間違いだ。ジャンルがおかしい。それが気になってとても涅槃に入っていけなかった。

エレベーター機動演習

厳密にいえば、私は垂直主義者じゃない。ただの交通公務員だよ。毎日エレベーターの路線図とにらめっこばかりしていたから、私のことを垂直主義者と誤解している人がいるけど、ちょっと考えてみてごらん。垂直移動のことだけ考えててこの仕事が務まるかどうか。

何かといえば垂直主義者・水平主義者のどっちかに人を区別する人がいるけど、そういう連中が「直派」とは何か「平派」とは何か、ちゃんとわかってるとは思えないね。あれは本来、「垂直運送組合」とか「水平運送労組」から出てきた概念なんだよ。高層ビルだからエレベーターしか運送手段がないと思ってる人が多いが、ビーンスタークって建物は上下にだけ長いわけじゃないからねえ。水平方向の距離もかなりある。だから、水平運送業の従事者もけっこういるんだ。ビーンスタークを建てるときからそうだった。クレーンで何でもかんでも高く持ち上げて終わりじゃないからね。上へ運び上げた建築資材を水平方向に運ぶのだって、一仕事なんですよ。で、それは結局人の手でやるしかないわけだろ。歩く歩道みたいなのが敷設されてはいるが、それだって貨物用のじゃないからな。

実際、荒っぽい労働だよ。筋肉仕事で、特に知識や資本がなくてもできる。それに比べると垂直運送組合は完全に雰囲気が違う。あっちは荷役作業をやる人たちで、労組という言葉はあまり使わず、組合とだけ呼ぶんだね、「労働」は入れずに。エレベーターで運ぶから人力じゃなくて設備が重要なんだ。だから垂直の方が資本家っぽい雰囲気がある。それに比べると水平労組は、文字通りの労組って雰囲気だ。

最近の若い人はそういうこともよく知らないで、垂直主義っていえばとにかく金持ちの論理、水平主義っていえば貧乏人の論理だと思ってるんだね。でも、そんなに単純な話じゃないんだよ。生きることが垂直か水平かだけで解決できるわけないからな。こっちで誰かがエレベーターに乗せて持ち上げたら、あっちで誰かがそれを目的地まで運ぶ、それで初めてちゃんと配達できるわけだろ。

私の仕事がまさにそういうものだったんだ。非常時の陸軍兵力再配置計画一つとってもそうだよ。便宜上、エレベーター機動演習と呼んではいるけど、それがエレベーターだけで成り立つわけがないだろ。22階の国境に集中している兵力を670階に運び上げ、同時にそれを戦闘状況に合わせて配置するには、垂直移動の速度に負けず劣らず、水平行軍の速度も重要だからな。その二つを適切に組み合わせることによって、兵力配置は完成するわけだ。

ちょっと大げさにいえばだ、人生というものがそもそもそうじゃないかと思うわけ。人生は本当に複雑なのに、何でそれを垂直派、水平派にスパッと切り分けられる？　私にしたってそうだった。うちはもともと、そこそこの資産家だったんだよ。77階にあるバスケットボール場、知ってるだろ？　あれは本来私の父親の財産でね。ホームチームの成績がとんとふるわず、観客収入はよくなかったが、どうせ成績はそれほど重要でもなかったんだ。不動産価格がずっと上昇しつづけていたからね。

あの上に、まだ動いてるかどうかわからんが、旧式の気象観測衛星が一個あるんですよ。古くてあんまり役に立たないやつだったが、ある日父親がどこかで何か聞き込んで、それをボンと買っちまってね。一人で買ったんじゃなく、投資組合みたいなもんに入ったんだが、そこに入るためにバスケットボール場も何もかも財産を全部担保に入れちまってなあ。ほんとに、ものすごい借金だったんだよ。いったいどうするつもりだと思ったな。屑鉄代にもならんようなもんが、何でそんなに高いんだと。

後でわかったんだが、再開発の噂が立ってたらしい。気象観測衛星が欲しかったんじゃなくて、軌道が必要だったんだ。それは停止衛星だったんでね。地球の自転速度と同じ速さで軌道を回るから、地球から見るといつも同じ位置にいるように見えるが、実は静止衛星も軌道を回ってることは回っているわけですよ。その軌道に宇宙ステーションを建設するって噂が出回ったかどうかして、それで父親も全財産を注ぎ込んだんだ。一世一代のチヤンスだと。

ところがそのとき世界金融市場がもう一度破綻して、宇宙ステーションも何も、再開発の話はすっかり白紙に戻っちまったんだな。そのときから家運が傾いたよ。傾いたっていうよりつぶれたんだな。それもすっきり、さっぱりとね。

ただでさえほとんどつぶれかけてたところへ、またうちの母親がやらかしてくれて。残りの財産をぜーんぶかき集めて、よろしい仲の野郎と二人でトンズラなさったんだ。どうやって財産を移したもんだか、私も知らない。もう何十年も前の手法だけど、私みたいな人間にはいまだに見当もつかない。たぶん十年勉強したって同じだろう。

母親が外国に行っちまって、二年後に父親が亡くなった。そういう人間だったんだなあ。ひどく社交的な人だったから、社会的な死亡宣告を受けたら生物学的にも死亡しちゃったんだ。

私にはかろうじて一部屋だけが残された。520階に、考試院（韓国でもともと公務員試験の勉強用に作られた狭小で安価な住居）と呼ばれてたちっちゃい部屋が集まってたんだが、そこに浴室つきの部屋が一つあってね、母親が外国に高飛びするとき、せめてもと私の名義にしといてくれた唯一の財産がそれだったんだ。

薄情だって？　まあ、ビーンスタークの考試院一部屋の価格は周辺国のマンション三棟分の値段だったから、実際はそんなに薄情なわけでもないよ。チョンセ（韓国特有の賃貸方式で、入居時にまとまった金額の保証金を預け、その代わり毎月の家賃が発生しない。退去時に保証金は全額返却される）じゃなくて私の所有だからな。それを売って周辺国に出て暮らせば、何の問題もなく、羽振りよくやっていけただろう。でもそのとき私はたったの二十歳だったから、世の中の事情を知らなかったんですよねえ。ビーンスタークで生まれ育ったから、ビーンスタークの外に出たらもう大変なことになると思ってたんだ。それで、どうしていいかわからなかったんだな。自分はものすごく貧乏だと思っていたから。

決定的だったのは、その年の冬がまたひどく寒くてね。500階台の考試院地区は、ただでさえ冬はめっぽう寒いんだ。近くにでっかい換気口があるからだって言う人もいるが、とにかく寒い。しかもその年は例年より気温がずっと低かったから、あのあたりの人たちはほんとに死ぬ思いだったのさ。

私はまあ、最初の一か月はあったかく過ごしてたんだよ。ちゃんと暖房入れてたから。でも、次の月に管理費の通知書が届いて、いやもうほんとに、それ見て息がウッと止まりそうになったよ。暖房費がすさまじくて、それを払うために三か月もバイトにかけずり回ったんだからなあ。考試院なんて名ばかりのあの界隈で、本当に公務員試験の勉強をしてたのは私だけだったが、三か月間、文字なんか一字も読めなかった。

試験は目と鼻の先に迫ってるのに、本を読んでも何が何だか、目はチカチカするし、三か月も暖房を入れずに過ごすと、家じゅうから温もりというものが一切消えるんだよ。がたがた震えて、夜も眠れないんですね。だからって昼間、行く場所があるか？　手元に金もないのに。

そんなある日だった。布団を三枚もかぶって机の前に座って、ふーふー手に息を吹きかけて本をめくっていたら、今までの歳月がバーッと思い出されて、今後の人生もお先真っ暗って気持ちになってきてな。大学の入学金はおろか、公務員試験予備校の受講料も払えないありさまで、でも、今休んだらそのまま永遠に勉強とは縁が切れそうで、だからって私に仕事があるか、有力な親戚がいるか？　もうおしまいだと思ったんだ。今思えばおかしいけど、そのときはほんとにそう思ったんだよ。そもそも絶望ってそういうもんだろ。状況を客観的に見られないから、考えれば考えるほどなおさら絶望的になる。自殺も考えたんだよ。具体的に決意したわけじゃなく、漠然とそう思いはじめたという程度だけど。あの三か月は私にとって、ほんとに辛かったからな。

そのうちひどい風邪をひいて、自殺も何も、指一本動かせなくなって寝てて、これでほんとに死ぬんだなあと思ったよ。それほど具合が悪いならちょっとは暖房入れればよかったのに、暖房を使ったら大変なことになるって強迫観念が頭にしっかりこびりついてて、入れる気になれないんだ。電気ざぶとんさえずっと使わなかったんだから。

真っ暗な部屋に一人で横になって、静かに死にかけていたとき、暗闇の中でかすかに温もりが感じられたんだ。こうやって眠るように死ぬのかな、と思いながら自然と眠っちまって、朝起きたらまだ生きてたんだよ。よく眠ったんだなあ。ぐっすり寝たら体もすっかりよくなってて。

でも、その日は寒波が半端じゃなかったんだよ。それがその年最後の寒波だったが、ビーンスタークの外ではほんとに死んだ人も何人かいたんだ。ここじゃホームレスといっても直接夜風に当たることはないけど、下の方に行くと文字通り露天で寝ないといけないだろ。なのに私がその夜をどうやって耐えられたと思う？　隣のおかげだったんだ。壁の向こうのお隣さんの。

新しく引っ越してきたらしいんだが、まあどんだけガンガン暖房入れてたか、私の部屋にまで温かさが伝わってくるんだからね。その人としては私のためにわざわざ入れたわけじゃないが、私はその温もりだけで一年もちこたえたんだから、私にとっちゃ命の恩人だ。

翌年の冬、一週間ほど隣が留守だったことがある。そのとき、自分の命の恩人が誰なのかはっきり悟ったわけだよ。その一週間は本気で寒くて、死ぬと思ったもんな。そしてちょうど八日めから、そっち側の壁伝いに温もりがふんわり伝わってきてさ、それがほんとにどれだけ嬉しかったか。あれはほとんど、愛だよな。それも至高の愛だよ、絶対的な愛。笑われたってかまわない。だってそうじゃないか、顔も知らない人を無条件であんなに喜ばせるなんて、愛の原型ってそんなもんじゃないの？

そうやって暖房費をケチりながら、生活費を稼ごうと思って水平労組に入ったんですよね。専業じゃあなかったんだ。公務員試験の勉強もこつこつ続けていたからね。引っ越し荷物でもスーパーの配達でも、金になるなら選り好みせず必死にやったよ。そのころの経験があるから私は、水平分子の連中が何かにつけちゃ「神聖なる筋肉」とか云々するのが理解できるんだ。垂直の奴らはその意味がわかってないから、すぐ笑いものにする。だが、生を変革してゆく労働の価値ってのは、ジムで体を鍛えたときに感じるプライドなんぞとは比較にならないほど、大きいのだよ。

まさにあの感覚のおかげで生き返ったんだ。おかげで勉強も再開できたしね。他の人みたいに時間をたっぷりつぎ込めたわけじゃないが、人よりずっと集中して勉強したよ。あのときはそれだけでも十分に幸せだった。もう絶望しなくてもいいんだから。

そうやって落ち着いてみると、ふと、隣の女性のことが気になりだしたんだ。ああ、女だってことはわかってたんだよ。話は聞き取れなくても、ときどき声が聞こえたりはしてたから。顔は見てない。その壁の向こうはもう考試院地帯じゃなかったからね。ビーンスタークに住んでるとよく感じるだろうけど、すぐ隣に接している空間でも、そこに行くにはどうすればいいのかわからないことがよくあるだろ。その家がまさにそうだったんだ。壁もくっついてるし、ときには音まで聞こえるのに、いくら地図をにらんでも、いったいそこがどの通りにあるのかわからないんだよね。だからって壁に穴あけるわけにもいかないし。気になったけどそのままあきらめてしまったよ。

結局、試験には合格しましてね。合格できなかったら、今、ここにいることもないよな。

そしてすぐにビーンスターク警備隊の交通課に入ったんだ。そのときから私も垂直野郎になったというわけ。

でも私は、垂直野郎としてはかなり清廉潔白だったらしいよ。交通課に入って二年ぐらい経ったころ、住んでた部屋を売って407階にあるちゃんとした家に引っ越したんだが、その後で、あの考試院地区がエレベーターの郊外路線の関係で再開発されるって記事が出たんだ。その後、あのへんの不動産価格がものすごく上がったんだが、あそこに住んでた人たちはみんな賃貸生活者だから、不動産価格が上がっても一つもメリットはない。だけど私は賃貸生活者じゃなくて大家なんだからな。なのに、再開発で全然儲けてないんだよ。

しかも公務員なんだから、なおさらやりようがあったはずなんで、バカ正直といえばこんなバカ正直もいないよな。課長の目にはそれがご清潔野郎みたいに見えたんだろう。それで、他の部署に追い出しちまえと。後で気づいたんだが、交通課はご清潔じゃ務まらない部署だったね。

それであそこに配属されたんだ。そのとき我々の部署名は陸軍参謀部動員計画課だった。今は戦略計画課だけどね。ビーンスタークには予備軍が四万人ぐらいいて、建物全体に動員予備軍集結のための場所が四十か所ぐらいあるわけですよ。四万人が同時に22階の国境地帯に移動するには、エレベーターの輸送計画をしっかり立てないといけない。完全武装した軍人を十五人ぐらいずつ乗せるとして、ほぼ二千七百台を前線に送らないといけないから。

しかも、戦時だからって、民間人が全員エレベーターの使用を控えるわけじゃないだろ。戦時におけるエレベーター統制権が陸軍参謀部の所管であることは間違いないが、経済活動も維持しなくちゃいけないから、現実的にはエレベーターを全部徴発することもできないし。

動員計画課で毎日やってることといえばそれだった。エレベーターのダイヤを組むことだよ。第一次世界大戦当時にドイツ軍の総参謀部が列車のダイヤを組むのに頭を悩ませていたみたいにね。

とはいえ、列車のダイヤ編成は、二次元空間だけを考えてればいいんだからそんなに難しくはない。でも私たちの仕事は三次元空間が相手だからな。しかも動員計画書だ。これはね、一つ作って終わりじゃないんですよ。だってそうだろ、戦況がいつも同じなわけないからな。それに人員資源の現況も毎年変わるし。あのとき私たちが作成した動員計画はたぶん二十三通りもあったと思う。

それでも足りなくて、後で「無計画室」って部署を作ったんだからね。つまり救急室みたいな部署だね。二十三通りの動員計画でさえ予測できない状況に、何の事前計画もなく、数時間以内にぱっと新しい動員計画を作らなきゃいけないという、おっそろしい部署だった。

だけど私はそこでもまた出向になったんだよ。ご清潔に見えたんだろうな。私はそのときもう三年めだったから、裏金の作り方もちょっとは身についてたし、実際にも少々受け取ったりもしてたんだが、上から見るとまだ足りなかったんだろう。

これはもうどうしようもないよな。行けと言われたら行くしか。でもほんと、死ぬかと思ったよ。毎年二回ずつ機動演習ってのをやるんだが、簡単にいって毎年二回ずつ公務員試験を受けるようなものと思えばいい。参謀総長が自分で問題を出して、想定戦況みたいなのが提示されるんだが、設問が異常なんだよ。

「ビーンスタークタワー327階の東側○○地区に敵機が自爆攻撃を敢行、衝突発生。建物の外壁が損傷し、そのすきを狙って軽武装した敵勢力五千名が侵入……」

ありえないだろ。327階に穴があいたからって、そこから五千人もの敵の軍人がどうやって入り込むんだ？　でもとにかく、参謀総長がそんなふうに状況を想定すると、将軍たちが措置命令を下すわけ。そうなるともう、私らが死にそうな目にあうわけ。将軍たちは

「機動打撃隊を迅速配備して負傷者を移動させた後、○軍区の予備軍二千名を動員……」

とか何とか、言葉だけで命令してりゃいいけど、私らはそうはいかない。軍人二千名の輸送計画を十七分以内に立てるなんて、全く、ほんとに。

それ一回のために予習を三か月もやったんだよ。しかもその機動演習っていうのが、計画立てて終わりじゃなくて、二百人ぐらいの小規模の兵力を率いて、それが実際に成立す

ることを立証しなくちゃいけないんですよ。当然、公務員試験より大変そうだろ？　実技試験まであるわけだから。実際、退職して司法試験に路線変更して判事になった人もいたしな。私はまあ、タイミングを逃してしまったけど。

　毎年それで大騒ぎだったが、たぶん三年めの機動演習がいちばん辛かった。徐々に呼吸が合ってきてはいたけど、まだチームが完璧になる前だったから。その日以降は上の見る目も違ってきたが、とにかくそれまでは苦労が多かった。

　その年の機動演習は問題そのものがまあ、ありえないようなもんでね。あれよりあわてたことはないよ。ビーンスタークの陸軍参謀部が反乱を起こしたという設定で、現役兵力の半数程度がすでに陸軍参謀総長の手に落ちてるってんだ。最初から使える人員が少ないわけだろ。それだけじゃなくて、参謀部所属の将校たちも動員できなかったんだ。参謀部全体が反乱に加担しているわけだからな。一言でいって動員体系が全滅なんだ。

　だからってしょうがない。やれるところまでやるしか、なあ。当時の野戦司令官は後に長官にまでなったパン将軍だったんだが、まずは動員可能な軍区に総動員令を出し、警備隊の人員で時間稼ぎをして、反乱軍の方に兵力を移動させるよう命令を下すんだそうで、けっこうそれらしいだろ。反乱軍を450階の半径五百メートルの空間に追い込んで、八方向から同時に包囲して入っていく形だったからな。鎮圧軍の主力が下から攻め上ってくる間、予備軍の人員が反乱軍の退路を断って時間を稼ぎながらね。

問題は、それをやるためには、予備軍動員の集結地点が絶妙な位置になくちゃならんってことだ。反乱軍に接近しすぎてもいけないし、集結が完了した瞬間に敵を立体的に包囲できるよう、戦場から離れすぎてもいけない。そうなると、集結地が何と三十七か所に分散されるわけ。

「どうしろってんです？」

あちこちで不満が爆発したんだ。言うのは楽だよ、でも実際にダイヤを組む人にしてみれば、仕事が三十七倍にふくれ上がったわけだから。

まあともかく、そういう、全く予想がつかない状況だったんだよ。とはいえ、どんな状況でも対応できるように予行演習はしてあったから、それほどあわてなくてもすんだ。こっちも経験は豊富で、どうすべきかわからないってことはなかったからな。ところがまさにそのとき、参謀総長が条件をいくつか追加したんだよ。それが何だったと思う？「陸軍参謀部動員計画課の人員の半数が反乱に参加し、指揮所を離脱」。

で、誰が反乱に参加したかっていう名簿まで送ってくるんだ。それって、半分のメンバーだけでやれって意味だろ。うちの室長もその名簿に入ってて、あの大将ときたら出ていくときに、にやにや笑ってたんだからな。そこで抜けられた連中は本当によかったけどさ、残された者は死にそうな目にあうんだぞ。反乱軍側に行った人はそっちで演習をやればいいんじゃないかって？　だめだろう。反乱演習をさせる軍隊がどこにある？　反乱軍はただそこに居座って遊んでるだけだよ。

最後は参謀総長が自殺して、反乱はうやむやのまま終わるという異様なシナリオだったんだが、大勝利とはいえないがそれなりに反乱は鎮圧されたわけ。それで、あの遊んでた室長が勲章までもらいましてねえ。そんなありえんような状況でも、とにかく計画らしきものを作り上げたこと自体が、上から見ると好印象だったんだろうな。ところがそのおかげで私らはどうなったと思う？　人員が半分に削減されたんですよねー。半分でも任務は遂行できるんだから、別に問題ないだろうって。呆れたね。

とにかく、こういう業務だけに、私らはエレベーターに関する勉強だけはまともにやっていたんだよ。医者が骨の名前を暗記するみたいに、エレベーター路線の一つ一つを熟知してなきゃいけないんだ。調査にもよく行った。そのへんの交通課の職員より、私らの方がエレベーターの路線についてはよく知ってたんだよね。路線の勉強だけじゃない。徒歩で移動する区間についてもくまなく把握しておく必要があったから、国土地理の専門家と同じくらい裏通りの事情にも明るくなったんだ。

だけど、頑張って仕事しても人員が削減されるだけだとわかってからは、調査に行くという口実でみんな遊んでたねえ。もちろん誰も罪悪感なんか感じてなかったし、上でも特にうるさいことは言わなかったようだ。実際、無計画室が乗り出さないといけないような状況が、そんなにあるわけじゃないしな。

本当に戦争が起きたらもうほとんど決まったようなもんだろ。22階の国境に防御線を構築しつつ予備軍の兵力を適切に補充することになる。それなら、もう決められた輸送計画が二十三通りもあるんだから、その訓練をまじめにやるだけで十分だ。

でも、それは私らの仕事ではないからね。私らはただ創造的でありさえすればよかったんだ。実力もない連中が遊び歩いていりゃ上でもあまり喜ばなかっただろうが、とにかく私らは一度認められていたから。

時間はたっぷり、やることはないという時期だったな。そのころの私らといったら、地理の知識がもう半端じゃなくてね。すごい情報にもアクセスできたし。うまくやりさえすれば、なかなか面白いことができそうだった。そのときふと、あのことを思い出したんだ。隣の女性のことだよ。壁の向こうに住んでいたのがいったいどんな人なのか、七年間ずっと気になってしょうがなかったんだ。それで調査を開始した。別に難しいことじゃなかったから。

水平主義者だったんだよ、その人。それも半端なのじゃなくて、本物の原理主義的な水平主義者。水平主義経済学の教科書の執筆にも参加してて、水平主義文化運動の活動家としても動いていてね。当時は主に講演をして回っていたようだ。「水平主義思想の哲学的地平」とか「超高層資本主義の水平経済学的基礎」とかいったテーマで、ときどき私も講演会場に行って、一生けんめい講演内容をノートに取ったこともある。

何というか、温もりが感じられる講演だったな。彼女がそうだったからといって、水平主義者が全員温和なわけではないだろうけど、私にはその温もりが並みはずれたものに感じられた。だからってもちろん、自分も水平主義者になったわけじゃない。そんなの誰でもなれるもんじゃないよ。私は、『垂直資本論』といった基本文献もまともに読んでなかったから、どこかへ行って名刺を出すような身分じゃなかった。わざわざそういう本を手に入れて読むつもりもなかったし。

ただ、あの人が好きだったんだ。あの人がこうだと言ったら全部本当のことみたいな気がした。翌年、彼女が『520階研究』っていう本を出したんだけどね、あれはおそらく、三十年の水平主義の歴史上いちばん美しい本じゃないかな。七年間520階に暮らして観察したことを、水平主義の理論は全く使わず、ひたすら自分の洞察力だけで書いたもので、文字通り520階のことしか出てこない本なんだけどね。それなのに、すごいんだ、520階のことだけでこんなに感動的な物語ができるなんてさ。ビーンスターク全体でいえばその六百倍ってことだろ。だから水平主義者の話に自然と納得できたわけですよ。

ところがそれを読んでたら、私が住んでいた考試院地区の話が出てくるんだ。郊外エレベーターの再開発のせいで行き場をなくした入居者たちとか、またはその地区の水平労組のピクニック風景といったこまごましたエピソードもあって、知らない人が見たら何の意味があると思うだろうけど、知ってる人が見たら目が覚めるような物語だよ。

もしかして、私たちはもう会ったことがあるんじゃないか。そのときはお互い気づいてなかっただろうけど、私が寒さに震えながら仕事探しに乗り出したころ、町のどこかで彼女に会っているかもしれない。とうとう私は彼女を見つけたわけだ。

彼女はまだ私が誰だか知らなかった。熱心に講演を追っかけてはいたけど、向こうが私の顔を覚えるほどではなかっただろう。

私が誰だか明かしたこともない。彼女とどうこうしたいというつもりはなかったから。でも、いつかはありがとうとあいさつして、一言ぐらいは話をしたかった。そんなに難しいことでもないだろ。とにかく私たちは同じ建物内に住んでたんだから。

だけど、そのころに参謀総長が交代したせいで計画が狂っちゃったんだ。動員計画課が戦略計画課に改変されたのに伴い、警備隊の交通計画課の組織がうちに統合されてね。組織の拡大は別に問題じゃなかったが、勤務評定権が交通課出身の課長に移ったのが打撃だったね。つまり、生き残りたいならまた勤務時間中は席にいなくちゃいけないということだ。ものすごく忙しい毎日が始まって、当分はあの人にも会えなかった。当分はね。

新しい参謀総長は変な人だったよ。機動演習の問題からしてぐちゃぐちゃだったねえ。どういうジャンルなんだか。特に、警備隊の交通課が合流して救難救助任務の範囲がすごく広がったんで、それからわけがわからなくなっちゃったんだな。何で自分がこんなことをやらなきゃいけないんだとも思ったし、交通課でやるべきことなのに、私らの技術に頼って楽に乗り切る魂胆かとも思ったし。たぶん本当にそのつもりだったと思うよ。参謀総長はそれを口実に、警備隊の戦闘兵力に対する戦時作戦統帥権を手に入れたかったんだろう。

とにかく私らは、前よりずっと忙しくなった。業務が増えたのも嫌だったけど、実際、交通課出身の連中はこの仕事のやり方が全然わかってなかったからさ。あいつらに教えながら仕事するのはなおさら大変だった。

その年の下半期の機動演習は、347階に火災が起きて避難するというものだった。ただでさえ、何で私がこんなことしなきゃならんのだという懐疑心を抱いてたところへ、ある日課長が私を呼んでいきなり、報告書を一枚作成しろっていうんだな。

「何の報告書ですか?」

そう聞いたら、市長の執務室からビーンスタークの1階まで直行で結ぶ市長専用エレベーターの新設に関する検討用報告書を作れってんだ。参謀総長の指示だそうだ。

まずは、わかったと答えたよ。どうしようもないからな。そして、報告書も作ったよ。結論はこうだったけどね。

「必要はなさそうですが」

市長の執務室から1階までを結ぶエレベーターを作るとなったら、土地代だけでもとんでもないことになる。戦闘機三台分ぐらいの金額じゃないかな? 一言でいって、費用対効果のきわめて疑わしいプロジェクトってことですよね。それこそ垂直主義的な考え方だ。

でも参謀総長は、それを最後まで敢行したそうな雰囲気だった。そのせいで私はまたしばらく暇になったのさ。ビーンスターク陸軍の組織ってのはそうなんだ。いちばん仕事ができなくて、いちばん気に入らない人物をいちばん暇な場所に据えておくんだよ。身分だけは一応ちゃんと保障してやるって感じで。そのおかげで、昇進欲さえ起こさなければ定年退職まで、書類の上にだけ存在する公務員のふりをすることもできる。内心、うまく行ったと思ってたよ。

それでまた彼女の講演を聞きに行ったんだ。ところが彼女、その何か月かの間に目に見えて活動が減ってたんだよね。何でだろうと気になった。そして水平主義者の講演に何か所か行ってみてわかったんだが、その間に過激化しちまったんだな。すっかりピリピリして、とんがってる。何に対して？　垂直主義者側の権力カルテルがだんだん強まってきてた時期だから、たぶんそのことへの反発だったんだろう。

私も以前は水平労組に登録してたことがあるから、水平主義者の講演に行けばちょっとは顔見知りもいたんだよ。前は、そういう人に会うとただ喜んであいさつして、一言ずつジョークなんか言い合っておしまいだったんだが、そのときは違ってた。警戒されたんだ。ひどかったのは、ある人に今すぐ講演会場から出てけって言われたことだ。監視しに来たと誤解されたんだな。まあ、私は公務員だったからね。しかも、仮にもエレベーターの専門でもあったし。

それでそっちには足が向かなくなったんだが、でも講演だけは行かずにいられなくてね。ある日の講演なんか、テーマが『520階研究』だっていうんだ。しかもサイン会までやるっていうんで、行かないわけにいかんだろ。変装でもしようかと思ったが、その方が怪しまれそうだから、いつもの恰好のままで堂々と行ったんだよ。手に『520階研究』を持ってね。

講演が終わってサインをもらいに行ったら、彼女が私に気づいたんだ。

「またいらしたんですね」

ふと、何か言い訳をしなくちゃいけないという気がした。

「あのー、私はそちらで思っていらっしゃるような人間ではないんですよ」

彼女はただ黙って笑っているだけだった。私はもう、きまりが悪くてねえ。だがサインした本を返してくれるとき、彼女が言った。

「私が主宰している小さな研究会があるんです。いつか一度いらして講義をしてくださいませんか？」

「は？」

「講義料はあんまり差し上げられないんです。今、こういう具合だもんですから」

「講義料の問題ではなくて……」

「いえ、私たちがですね、垂直主義にはちょっと弱くてですね。理論もそうですし政策の方にも。それで専門家の方をお招きして勉強できたらと思ってるんですが、考えてみて連絡をください」

本を開いてみると彼女の連絡先が書いてあるんだ。こりゃまた何のこった。どう思ったかって？　どうもこうも。断るわけにもいかないだろ。命の恩人の頼みなのに。

「和気藹々《あいあい》とした討論にはならないと思います。多少の準備はなさっていらした方がいいと思いますが……」

五日後に引き受けると電話したら、彼女、嬉しそうな声ではあったがそんなことを言ったっけ。

「ご心配なく」

そう答えたけど、実際、彼女の言った通り険悪なセミナーだったなあ。私の話し方が罵倒に聞こえたんだろう、たぶん。あの人たちは全員学者だから、下品な言葉は使わずに人を罵る方法をよく知ってるが、私はそうじゃないからさ。一時間めでやっぱり怒声が飛び出したんで、私は荷物をまとめてだだっと外へ駆け出したんだが、家に着くころ彼女から電話が来たんだよ。

「すみませんでした」

こっちから先に謝ると、彼女がすっかりウキウキした声でこう言うんだよ。

「すまないなんて。今日、ほんと、最高でしたよ！」

そうやって友達になったんだ。もちろん隠れて会ってたけど。

何でかって？　そういう時代だったんだよ。もともとはそうじゃなかったのに、誰もがだんだん両極端に突っ走って、ものすごく簡単に、人を垂直主義者か水平主義者かに分類するようになってしまったんですよ。

ほんとにそんなに簡単なことだったのかな？　私には『520階研究』がすごく面白かった。それでも私みたいな人間は当然のように垂直主義者に分類される。それに彼女は、私がエレベーター機動演習で苦労した話をとっても面白がってたんですよ。二人の間の境界線は、私の目にはそんなにはっきり見えなかったね。私の目には単なる点線というだけで、そこに引っかかったら困るというわけでもなさそうだったが、垂直主義者という人たちは結局、『520階研究』を軍隊搬入禁止図書に指定したんだ。あっちでも同じことだ。水平主義者も私を講演会場に通してくれなくなったから。

「対角主義でも立ち上げますか？」

「そうしますかね」

私たちはあまり憂慮はしてなかったと思う。放っておきゃいつか終わるだろうと思いながら、それぞれにやるべきことをやってたんだ。講演会場に入れないからって寂しいわけでもなかったしな。どうせ私は彼女と会えればそれでよかったんだから。

彼女とは夜中にときどき会って、コーヒーを飲みながら話をするだけで、カクテルを飲むこともあったけど、酔うほど飲んだりはしなかった。しらふでも十分に楽しかったから。

「爆弾も作れるんですか？」

「もちろんよ」

「爆弾酒（ビールにウイスキーや焼酎などを入れたグラスを沈めて飲む風習）じゃなくて、ほんとの爆弾ですよ」

「どうだと思います？」

そういう女でした。常に穏やかで優しい人ってわけではなかったね。もしかしたら危険な人だったかもしれない。もちろん、垂直主義者が思ってるような要注意人物じゃなくて、どことなくスリルが感じられたって意味だよ。だって実際、ビーンスタークに搬入が認められているものだけで爆弾を作る方法なんて、秘密でもなかったしな。その気になれば誰だってできることだから。

そうやって私たちはお互いを知っていったと思う。ある日、彼女が自分は水平主義者としてはかなり裕福な家で育ったと言ったんで、思わずにやっと笑っちゃったよ。そのことはもう知ってたからね。あのころ暖房費をあんなに使いまくってたのを見れば、貧しい家の子じゃなかっただろう。

八年前のことを話そうかとしばらく迷ったけど、私一人の秘密として胸にたたんでおくことにした。何でかって？　しみったれてるじゃないか。それにあの話をしたら、わざわざ彼女を捜して会いに来たことまでばれちゃって、ストーカーだと思われないか心配でもあったし。

ロマンティックに見えるけど、ほんとにそれだけだった。私たちの仲なんてほんとに何でもなかったんだが、それなのに、ある日から変な噂が出回りはじめてな。水平労組の幹部だか何だかやってる人が、私たちが夜中に530階の窓際のコーヒーショップで話をしてるところを目撃したらしい。で、熱愛説だよ。職場の後輩が私にそのことを言うから、私は逆に聞き返した。

「で、どうしろってんだ？」

「上にばれたら大騒ぎですよ」

「何が大騒ぎなんだ？　それに、君も知ってるのに上が知らないわけがあるかい？」

その日の午後、課長に呼ばれた。行ってみると、あの噂は事実かと聞かれたよ。

「もう子供もいるんだって？」

「へ？」

私らの方でもそんな騒ぎだったんだから、あっちじゃどうだったと思う？　噂の発生はあっちだからね。もちろん二人とも、そんなことにはあまり神経を遣う方じゃなかったけど、やっぱり何となく気にはなるよ。彼女は水平主義理論家の中では穏健な方に属してたんだが、そういう穏健な立場を表明するたびに何となく、私のせいで一歩譲ってるように見えただろうと思う。私も同じだった。エレベーターによる垂直機動だけではまともな兵力配置はできないってのが私の立場なわけだ、彼女に会うずっと前からな。ビーンスタークの内部構造のせいで、水平機動の方が垂直機動より役立つケースが多かったから。でも彼女との噂が広まってから、それが前のようには受け入れられなくなったんだよ。

市長専用エレベーターのことでもそうだった。私はむしろ、市長の執務室がある階に防護壁を設置した避難所を八か所ぐらい作った方がいいって建議したんだよ。だってそうだろ、それなら、状況によって八か所のうちで最適のところに避難させればいいんだから。その方がずっと安全じゃないか？　残りは他の人たちを避難させるのにも使えるしさ。それと決定的なのは、そこに八か所の避難所を作る方が、1階まで降りるエレベーターを作るよりずっと金がかからないってことですよ。それに必要な不動産費用だけでも、なあ。

とにかくそんなふうに、彼女とは連絡が途絶えがちになっていったんだ。それがお互いのためだと思ったしね。距離を置こうと話し合ったわけではないけど、少しずつ会う間隔があいていったと思う。まあ、気分がよくはなかったね。同じ建物内に住んでるのに会えないんだから。八年前と同じ状況に戻ったわけだろ。近くにいるのに、相手のところに行くにはビーンスタークの複雑な迷路をかき分けていかなきゃいけない点がね。

仕事が忙しかったってこともある。本業に戻って、また機動演習に投入されることになったから。それまでは市長専用エレベーターの件で目をつけられていたせいか、半年以上も私一人が仕事をしてなかったんだ。技術を持っているから他の部署には回せないが、だからといって重要な任務は任せたくない、そんなところだったんだろうな。私はそれでよかったんだよ。後輩に教えたり、行政方面のことをやったりしてればよかったから。行政の仕事は面白くはないけど、機動演習よりはずっとましだしな。でも、そんないい時代も終わっちゃったんだ。

そのころ機動演習は二タイプに分かれてて、前半はすでに組まれた防御計画に基づく通常の兵力配置中心の訓練で、後半は突発状況に対応するウォーゲーム中心の訓練だったんだよ。つまり、前半では予習をあんまりやらなくてもいいって意味だろ？　でも、その年だけは前例のない状況になってたんだ。市長避難訓練が突然追加されたせいでね。つまり、市長専用エレベーターが完成してたわけ。

仕事そのものがしんどかったんじゃない。専用エレベーターで降りていくのが何で難しいわけあるもんか。ただ1階のボタンを押してドアさえ閉めりゃいいんだから。問題は儀式の方だったんだよ。とんでもない国防予算をつぎ込んだから、御披露目の席では何か強烈な印象を残したかったんだろう。また、交通課出身ってのはそういうのがうまいしな。

だけど、秘密保持が全然だめだったんだ。一般市民はともかく、我々みたいな専門家が見ればぱっとわかっちゃう。長距離エレベーターはみんなそうだけど、市長専用エレベーターは、垂直にすーっと降りるんじゃなくて、買収に応じてくれた敷地を伝っていくから、あっちゃこっちゃひどく経路がねじれてたんだよ。保安上もその方がずっと安全だしな。

ところで、そういう秘密エレベーターを作るときには、工事の進行過程がばれないようにすることが肝要なんだ。完成後も地図上に何も痕跡が残らないようにしないといけないし。それには、既存のエレベーター路線の保守工事を装うのがいちばん楽なんだよね。だから、ある区間については既存路線の一部を買い取ったりしてたんだよ。工事期間を短縮するにはそれしかなかったんだろう。ただ、仕上げがうまくなかったんだな。一日でばれるほどはっきりわかったから。

交通課出身者の中に一人、かなり親しい後輩がいたんだけどね。私はこいつにちょっと精神的な借りがあったんですよ。交通課と統合されたとき、どうしたらうちの課の雰囲気に早くなじめるだろうかってこいつに聞かれたからさ、がんばって足を使って、自分から企画案を出して、室長にうるさがられるような職員にならなくてはいかんって教えてやったことがあるんだ。そしたら二か月後に、室長が飲みの席で私にこう言ったっけ。

「あいつ、ほんとに面倒くさくてたまんないや。ちょっとおかしいんじゃないか」

それでこいつも私と同じく出世ラインから外れちまって、その流れで私とは自然に親しくなったんだよな。申し訳なかったのは事実だ。だから常日ごろからいろいろアドバイスしてやってたんだが、その日もそうだった。

「おい、ちょっとセキュリティがお粗末なんじゃないか？　この地図だけ見ても、市長がどこを通るのかしっかりばれちゃいそうだよ」

その一言が災いのもとだった。実際、大したことでもなかったんだけど、あの事件が起きたせいで状況がすっかり変わってしまったんだ。

あの事件、知ってるだろ？　爆発事故。その年の機動演習が終わるころに起きた事故で、133階の中心部で爆弾が爆発したんだ。訓練中に攻撃されるなんて、参謀部が上を下への大騒ぎになってさ。人命被害はなかったが、爆発地点が変だった。市長専用エレベーター路線のすぐ横で、しかも爆発した時間もほとんどぎりぎりだった。あと五分早ければ市長がエレベーターで非業の死を遂げたかもしれないんだから、あそこまで行くと事故じゃなくてテロだよ。

そのせいで、私の発言が問題になったんだ。警備隊は、テロの背後に水平分離主義者がいるとにらんでいたからね。ゴリゴリの水平主義組織がいくつか線上に上がってきてて、その中には彼女の所属団体も入ってたんですよ。前に私が講演したあの研究会だ。要するに、私が彼らに市長専用エレベーターの場所を教えたみたいになっちゃったんだ。

「交通秘密法違反容疑で緊急逮捕します」

警備隊員が六人も、私を連行しに来たよ。

もちろん、連中は容疑事実を立証できなかった。私があそこで講義をやったことは罪じゃないからな。彼女との関係もそうだし。調査してみたら気抜けするような話しか出てこなかったんだ。私たちが何かしたんなら別だけど、手も握ってないプラトニックラブだったんだから。おかしいのは、ビーンスタークの法律にはそういう関係を規定する条項が一個もなかったってことですよ。肉体関係がなければ、法的には何の関係でもないってわけ。しかもビーンスターク警備法はもともと、建物の管理を目的として作られてるんで、セックスに関する判断基準も部屋中心なんだ。一定時間、二人だけで同一空間を占有して初めて肉体関係があったという要件が成立するんだよ。でも私たちは、そんなことはしてなかったからな。ただの一度も。

「何だよ？　関係なんかないじゃないか。何でこんなに噂が大きくなったんだ」

「だから言ったじゃないですか」

そんなつまらん結論が出るまで、まる三日も取り調べを受けたんだ。控訴するほどのことじゃなかったが、それでも立場的に困ったことになったよ。スパイ容疑を受けるなんてさ。

彼女を疑わなかったわけじゃない。真偽のほどはわからないが、警備隊員がこんなことを言ってたんでね。

「あの女の方で大筋吐いちゃったよ。しらを切りつづけたらあんた一人が損をする」

「まさか、そんなこと信じろと？」

口ではそう言ったけど、絶対の自信があったわけじゃない。私が利用された可能性は十分にあったからね。正確な位置までは教えなかったけど、彼女に市長専用エレベーターの話をしたのは確かに私だったから。でも警備隊では、私たちの関係に関する噂がとんでもない誇張だってわかると、それ以上調べる価値はないと見たらしい。私以外にも調べるべき人物は大勢いたしな。

味気なく解放されて事務所に戻ると、課長がひどく面白くなさそうな態度だった。別に内部からの漏洩がなくたって、ちょっと注意深く見たらばれるだろうというのが警備隊調査チームの結論だったんだね。それだけセキュリティが手抜きだったたって意味じゃないか。課長としては気分がいいわけないわな。

うちの室長は違ってた。動員計画や無計画室のころからずっと見てたから、私がどういう人間かあの大将はいちばんよく知ってたわけだ。室長はその事件を、むしろ私を重要業務に復帰させるチャンスだと思ったらしい。気持ちはありがたいものの、体がきつくてねえ。でも仕方ないよな、ただついていくしか。そうしないと生き残れないから。

体が忙しくなるにつれて、心も落ち着いてきた。だけど時が経つうちに、また心の片すみが空しくなってきたんだよ。捜査の過程でいろんなことが浮上してきてさ。彼女、男がいたんだなあ。子供もいたんだなあ。それであんな噂が出回ったんだ。その子が私の子だっていう噂がね。

ほんとに何の縁もなかったんだなあ、とも思ったし、本当に利用されたんじゃないかとも思ったね。そうじゃないか、私自身がもう二人の仲を信頼できなくなっていたんだよ。

そんな中で、エレベーターのテロに関する捜査が本格的に進んでいた。水平主義者が一人、二人と召喚されていった。だいたいは無駄足に終わったが、警備隊の方ではあまり気にしてないようだった。事件そのものより、水平主義陣営に圧力をかけるのが目的だったんだろう。

そうなると相手も否応なく、過激になるしかない。水平主義の系列の中から、階数分離主義者というのが出てきて。そもそも水平主義理論の核心は階数分離主義にあったわけだが、伝統的に彼らは強硬派ではなかったんですよね。単に、階ごとにそれぞれの文化があるんだから、それをあんまり人為的にごちゃ混ぜにしない方がいい、ぐらいのことだったんだよ。もちろん72階の水平労組や154階の日雇労組みたいに、最初からこわもての労組としてスタートしたところもあったけど、彼らの間でもすごく文化が違うから、垂直方向での統合は不可能だったんだよね。持って生まれた水平主義者の限界というべきかな。垂直方向で統合できなかったら、どんなに数的に優勢でも、政治的に威力を発揮することはできないから。

だけど、水平主義者への圧迫がだんだんきつくなっていったんで、とうとう分離主義者が統合を始めたんだ。「分離主義者連合」っていうので、名前からしてもうありえないんだけど、当時はそんなのがやたらと出てきてたんだ、恥ずかしげもなく。そこに520階の労組が加勢して、彼女もそこに参加しているらしかった。とても重要な理論家だったから、選択の岐路に立たされたんじゃないかな？　曖昧な態度を見せるな、やるならやれ、やらないなら出てけって、まあそんなことだったんだろう。

　そして私は彼らを捕まえるために動員されたんだ。あんなに困ったことはないな。さっきも言ったように、私は何の「主義者」でもなかったからね。ただエレベーターの技術を学んだだけで、それがどういう意味を持つのか、最初からあんまり気にしたことはなかった。他の人たちもほとんどはそうじゃないの？　垂直に置いたふるいにかけたら「平派」になるし、水平に置いたふるいにかけたら「直派」になるだろ。実際はみんな、どっちにも引っかかるんだけどね。

　だけど、一応は「直派」のお面をかぶってる方が身の安全のためには有利だからね、私もあまり迷わずにそうやってたんだよ、生き残るために。たぶん彼女もそうだったんだと思う。「平派」の中で、あの人本来の姿で生き残るためにはね。でも、あのとき果たして私らは、正しい選択をしたんだろうか？　答えてくれる人は誰もいなかった。たぶん正解がわかる人は一人もいなかっただろう。

　そうやって「プラン24」が作られたわけですよ。コスモマフィアが背後にいるという諜報があってねえ。外部勢力を通して高性能爆弾の製造法が流入したというんだ。戦時動員計画は二十三通りあったわけだから、それを「プラン24」と呼ぶのは、テロとの戦いを戦時状況と同一に見なすという意思の表れだね。実際には陸軍ではなく警備隊の兵力を動員する計画だったけど、実態にはそんなに違いはなかった。

計画のポイントは主に、市の郊外に新しく建設された四十四か所の長距離エレベーター路線を非常時警備隊が徴発できるようにするという措置だった。そうすればどんな位置で「事態」が発生しても、おおむね四方から相手を包囲して入っていけるから。

概念はほんとに単純だろ？　だけど、長距離エレベーターといってもビーンスタークの全階を連結するわけではないから、やっぱり乗り換え問題は否応なく発生するわけだよ。となると、実際にはそれほど簡単な問題じゃなかったんだ。これを解決できる人間もそんなに多くはないし、特にエレベーター中央統制室の任務などを任せられるのが誰かははっきりしていた。私を入れて三人ぐらいかな？　結局「プラン24」は私の手中に落ちたも同然だったんだ。無計画室長が責任者ではあったけど、あの大将は垂直運送労組側の業者を相手にしていて、路線の面倒を見る時間はあまりなかったからね。

市長専用エレベーター爆破未遂事件は、解決に向かう様子がなかった。背後に誰がいるのかも明らかにできなかった。だけど市議会では、「プラン24」のために長距離エレベーター条例の改正案を通過させちゃったんだ。出所が明らかではなくとも、とにかく爆弾が登場したからには速やかに対応機構を作るべきってことだな。だからその週の週末に、分離主義者連合に所属している地域水平労組七十団体が一斉ストに入ったのも無理はなかったと思うよ。事態が手のつけようのないほど拡大してしまったのには、実際、そんな背景があったんだ。

　そうであろうとなかろうと、私はただ自分の仕事だけを一生けんめいやることにした。上から命令が下ったら、言われた通りに兵力を移動させればそれまでだ。悩んだところで、何ができるんだ。

「プラン24」が発動されて、私は計画通り中央統制室に異動になった。まだ事態が発生する前で、室長は垂直運送業者のところを訪ね歩いて、エレベーターを早く空けてくれとせかしているところだった。その仕事はほんとに手ごわくてね。だって業者の集団ってのは、ただの気のいい社長さんたちの集まりじゃないだろ。事態発生までは正常営業ってのが彼らの考えでね。そうなると事前の説得は容易じゃないよ。だからって業者の主張が正当だったわけでもない。彼らのお金だけで作ったエレベーターじゃないからな。政府の持ち分も相当にあったんだよ。状況発生前でも徴発する権利は十分にあるわけだ。そもそも、その条件で市の資金が入ってたんだから。

　とにかくそれで室長が業者ともめている間に、私のところには警備隊から現在の兵力配置状態が伝わってきた。警備隊の兵力は軍の兵力とは違って、国境近くにどやどや集まってるんじゃないからね。どうせビーンスターク全地域に広がった状態で始まるのだから、一方向に大規模な兵力を動かす必要はないんですよ。相手も同じだよね。七十の地域水平労組の全部が一か所に集結してるわけじゃないから、ボトルネック現象は心配しなくていい。

大事なのは、そのときどきの状況によって最も必要なところに適正規模の兵力を配置することだった。そして、兵力配置の瞬間に自動的に相手を包囲できるよう、集結地点を細かく決めておく必要もあった。その点で、「プラン24」は本当のところ、事前計画が一切不可能な計画だった。しかも、民間人の避難計画までその場で考えなきゃいけないんだから、私が見たところじゃ完全に「ノープラン24」だったよね。だけどとんでもない予算がつぎ込まれているから、それがばれた瞬間に首が飛ぶ人間が一人二人じゃすまない。だから、無計画を計画のように見せるためには、彼らも私の手を借りるしかなかったんだよ。実力を発揮するときが来たわけだ。

そしてついに「事態」が発生した。水平労組が行進を開始したという諜報が入ってきたんだ。もちろん、情勢判断は私の仕事じゃない。警備隊のコントロールセンターがやることだ。私はただ、上から言われた通りに兵力を迅速に移動させればよかったんだ。170階のF区域に二個中隊、319階のG区域に四個中隊、また489階のA区域に一個小隊、そんなふうに。

「一個小隊？　487階のA57に集結させろだと？　そこに何があるんだ？」

室長はときどき、理解できんという顔で警備隊のコントロールセンターに指示内容の再確認を要請していたけど、私は全然そんな必要を感じなかった。私はただよく働く機械というだけのことだから。使い方を間違えれば邪悪な武器にもなりうるとはいえ、私は自分のやってることは善だと信じていたからね。

　爆発物を見たという情報提供が続々と入ってきて、コントロールセンターがすっかり緊張しているのが感じられた。人間って不安になると、ない爆弾も目撃するんだよ。その当時がそうだったんですよね。爆弾目撃情報がひっきりなしに入ってきていたよ、そういう時期だったんだな。なのに上からはしょっちゅう、意味のない場所に兵力を移動させろという命令が下りてくるんだ。あわててたんだろう。私は文句は言わなかった。室長もそうだったね。何が起きるかわからない状況だったからな。勝手に動いてそれが人命被害につながったら、無駄に責任問題に巻き込まれるだろ。

　520階方面へ三個中隊を移動させろという命令が下ったときは、ついに来るべきものが来たと思ったよ。彼女のいる階だから。だけどしょうがない。私とは何の関係もない女だもんな。そう思ってエレベーター網を組み替えていると、ついに最初の爆発が起きたんだ。

　これはもう、今まで経験した中で最悪の状況だったね。ビーンスタークは、爆発物の搬入が一切不可能といっていいほど国境での検査が厳しいから。正規の手続きで入れるものについては、ということだ。火をつけたり、爆発物を使用して建物に損傷を与える行為はほぼ反乱に近い重罪として扱われるのでね。最初のスタートが国じゃなくて建物だったからだよな。とにかく、国境を通過してないってことは私製の爆弾という意味だけど、その日最初に爆発した爆弾が、私製爆弾としてはすさまじい爆発力だったんだよ。コスモマフィア側に新技術が入ったというのはそういう意味だったんだな。ふと、彼女の言ったことを思い出した。

「爆弾も作れるんですか?」

「もちろんよ」

「爆弾酒じゃなくて、ほんとの爆弾ですよ」

「どうだと思います?」

「私も作り方は知ってるんだがな」

「作って終わりじゃないでしょ。ちゃんと破裂しないとね。それも、すごくちゃんと」

意地が出たよ。そうか、見てろよって、そんな気持ちになったね。

爆弾が破裂するとすぐに軍隊が動員された。あらかじめ準備されていたみたいにね。怪しいタイミングだったが、単にちゃんと仕事をしただけという可能性もある。とにかく動員されたのはいいが、問題は戦略計画課がエレベーターの徴発を開始したことだ。こうなると私がてんてこまいになるんだよ。ちょっと前に上がってきたエレベーターが次の瞬間には25階に下りてるんだから、いったいどうしろってんだ。

業者の方も同じだったよ。ひっきりなしに電話してきて「いったい誰の指示に従えっていうんです?」ってんで、室長もほんとに死に態だったな。まあいいからこっちの指示にだけ従えとも言えないだろ。室長もしょせん戦略計画課の人間だから。

またたく間に、エレベーター路線が完全にぶっ壊れたんだよ。軍と警備隊の流れが混じっちゃって、大混乱が続出したんだ。これじゃどうにもならないと思ったよ。指揮系統からどうにかしなきゃってんで、あちこちから電話が入ってきてるときに、バーン！　二発めの爆弾が爆発したんだ。

「この○○ども！　どういう○○なんだ！」

きっちり一分後、上から電話がかかってきだしてさ。その人たちがもうありとあらゆる悪口雑言、怒鳴り倒すんだけど、指揮系統がめちゃくちゃだから、同じ罵倒語があっちからこっちから押し寄せてくるんだよ。

私は「人ならぬ犬のような野郎」と呼ばれ、「親もなく教養もない孤児のようなやつ」と呼ばれ、「生殖能力を欠いた男」と呼ばれ、ひどいのは「貧しさゆえにタコを売るしかないような人」呼ばわりまでされて、そういう、ありとあらゆる悪口雑言が電話三回線で殺到するんだから、通信網がまともに動くわけないんだ。

うちの父親があのとき軌道投機さえしなかったら、私がこんなに侮辱されることもなかったのに！　生まれて初めてそんなことを思ったりしてさ。けど、仕方ないよな。全部過ぎたことだから。それに、足元に今火がついてたら、まずはその火から消さなきゃいけないだろ？

そのとき、誰かがエレベーターを消防署の方に向けるのを見たんだ。その瞬間、まいったなと思ったけど、そっちには手を触れたくなかった。その代わり、リアルタイムでエレベーター全体をコントロールするのは無理そうだから、ターン方式に体系を変えたんだ。まずはエレベーターを全部停止させ、もう動いているのには手をつけず、止まっているのだけ動かそうってことだ。さほど待たずに戦略計画課の方でも私の意図を理解したらしい。リアルタイムで動かすよりは遅いけど、指揮系統が完全にもつれちまうよりはましだった。

まあそれでも、ちょっとこんがらがっちゃう段階があることはあった。リアルタイムで動くエレベーターが急に出てきてね。第三者が介入したわけだが、後で調べてみたら、垂直運送組合の方で民間人避難用にエレベーター二十台を提供して独自に路線コントロールを始めてたんだな。でもそのとき、戦略計画課にも「プラン24」のコントロールセンターにも、その事実が全く報告されてなかったんだよ。だから第三者がいるかどうかなんてわかるもんか。ただお互いに、相手が合意を破ったとばっかり思っててさ。

それでまた路線がぐちゃぐちゃになったんだよ。本気のしっちゃかめっちゃかだったんだ。そのさなかでおろおろしてると、三回めの爆弾が爆発して、上から電話が来てまた悪口雑言まみれ。

私らはただちに「性行為をする人」呼ばわりされ、続いて「生殖器のような人」呼ばわりされちまった。

命令語がまるごと罵倒語に置き換わった後、私らもちょっと正気に戻ったよ。室長が垂直運送組合に電話して新しい命令系統で指令を出すと、やっと何となく体系が整ってきたんだ。まずはエレベーターを全部停止させる。動いているエレベーターには手をつけない。停止しているエレベーターは遅滞なく移動させる。

そうしたら事態がまたたく間に鎮静化して、とうとうエレベーターがまともに機能するようになった。爆弾はもちろん危険な武器だが、どこまでも戦術兵器だろ。大量殺傷兵器でない限り、武器が戦略を圧倒するのは容易なことじゃない。その面から見ると、エレベーターは爆弾より強力な武器なんだよ。爆弾なんて実際、お笑いぐさだ。

ストライキに加担した七十の地域水平労組のうち、爆弾を使用するような過激集団は多く見積もっても十団体ぐらいだったかな。残りはそれほど危険じゃなかったよ。その十団体を鎮圧することもそんなに難しくはなかったし。兵力が一か所に集中しているわけじゃないから。少人員で各地区を包囲してから大規模な主力兵力を移動させ、それぞれの地区から主導者だけを連行すればそれでいい。そうやって他の地区が全部鎮圧されてから、私は初めて520階の方へ兵力を移動させた。そのときはただ、早く仕事を終えなくちゃという思いしかなかったと思う。

本当に危険なことはいつだって、そういう瞬間に起きるもんだ。みんなが安心しているときだよ。そのとき四個めの爆弾が炸裂したんだ。

バーン！

すさまじい音だった。空気を通して伝わってくるんじゃなくて、建物そのものから伝わってくる音だったから。上といわず下といわず文字通り全方向からバーンという音がしたんだよ。地震が起きたみたいな、何かが倒壊するような音も続いてな。

その日爆発した中でいちばん強力な爆弾で、建物全体に振動が感じられるほどだった。我々もびっくり仰天して一瞬で仕事を止めたほどで、エレベーターも地震だと判断して自動的にその階で停止したからな。

また電話攻撃が始まるかと思ったが、そうはならなかったね。事態が予想以上に深刻だったからだ。誰かを怒鳴って済むような話じゃなかったんだな。想像をはるかに上回る強力な爆弾で、私製爆弾がそんなに強力だとは誰も思ってなかったはずだ。あそこまで行くと、ビーンスタークではほとんど戦略兵器クラスだから。

でも何より重要な問題はだ、よりによって爆発地点が520階だったことだ。『520階研究』に出てくるあの美しい520階のことだよ。詳しい諜報はまだ入ってきてなかったけど、状況はだいたいつかめたんだ。まだ鎮圧されてないのは520階の労組だけだったからね。

振動が止まって、建物全体が倒れることはないと確信した瞬間、突然、ガーンときて倒れそうになったよ。彼女！　彼女のことを思い出したんだ。520階の住民の中で私が知ってる唯一の人のことだ。

ああ、何てこった！　これじゃいかん！

機動演習のせいだ。あんなことを何年もやってきたから、これもいたずらみたいに思ってたんだよ。戦争ごっこと勘違いしてたんだ。立体将棋盤でやる高次元将棋ぐらいに思ってたんだろうな。それができるってのはまあ立派なことだよ、稀に見る技術なんだから。だけどあの瞬間、自分は何てことやっちまったのかと思ったよ。どっと怖くなったね。

もちろん、私は何もしていない。私が判断してやったわけじゃない、ただ言われた通りにしただけだ。心の中でそうくり返した。だけど、爆発による振動が「プラン24」コントロール室をこそげ取るようにして通過した瞬間、全部無意味になっちまった。そんなごたくを言ってる場合じゃなかった。ほんとに建物全体が揺れるほどの大爆発だったから。

警備隊のコントロールセンターに電話したが、今度はそっちが通じない。半径五十メートル内地域が完全に破壊されて、死傷者が何百人にも及ぶ大規模な爆発だったからね。大惨事だよ。それでも、当時のうちの司令部の予想よりははるかに小規模だった。私らは実際、被害はもっと甚大と踏んでたんだよ。それくらいのすさまじい衝撃だった。

案の定、十分後に緊急避難計画一号が発動されましてね。それは何かというと、ビーンスターク全体を空っぽにする計画なんだ。人口五十万人が全員、周辺国の領土に脱出するという計画。まあ、そんなのがあったんだよね。実際に命令も出たし。そのとき私らはほんとに、建物全体が倒壊すると思ってたんだよ。泥棒は足がしびれてあたふたしたりするとかいうが、私らも何だか後ろめたくて、そんな感じだったんだね。

非常事態と一口に言うが、あんな非常ってなかなかないぞ。五十万人もの人間を、いったいどうやって避難させるの？　でも命令が下りちゃったんだから、何かしら、やるしかないだろ。戦略計画課が先に動きだしてさ。サイレンを鳴らして民間人の強制避難を開始したんだ。

どんな様子だったかって？　そりゃもう大混乱だよ。暴動が起きそうだった。エレベーターの数は限られてるのに逃げ出したい人は無数だし。戦略計画課では下の階から順に空にしていくのが合理的だと考えていたらしい。でもそのとき、下の階の人たちは焦ってなかったんだ。爆弾が破裂したのは520階だろ。だから、高層階の人たちの方がせっぱつまってたんだな。

下ではぐずぐず引き延ばすし、上では降りようとして大騒ぎだ。とうとう200階台で混乱が生じたんですよ。するとまたこっちはこっちで大騒動だ。警備隊の兵力をまるごと200階台に向けなきゃいけないから。すると民間人が、警備隊を先に逃すのかって騒ぎ出すし、お偉いさんは自分らが先に逃げ出そうとして、電話で矢の催促だ。騒ぎも騒ぎ、あんな大騒ぎもなかったが、やっとのことで二万人ぐらい外に送り出すと、また下で大混乱になったんだ。

二万人が急に国境を越えたんだから、周辺国の人たちが黙って見てると思うかい？　人が際限なく溢れ出してきて、道路も何も、あたり一帯が完全にめちゃくちゃになったんだよ。わかるだろ、ビーンスタークっ子はそもそも道路ってものに対するカンがないじゃないか。それが道路にただもう溢れ出てきたもんだから、とうとう周辺国政府がビーンスタークとの国境を封鎖したんだ。もう出てくるなということだね。向こうさんの立場としては当然だよ。人の国の国境をあんなにむやみに越えちゃあな。それも、検問が厳しいことで有名なビーンスタークの人間がさ。

だけどビーンスターク政府の立場としてはどうしようもなかったんだ。一度下まで押し出された人たちをまた上に押し戻す方法はなかったからね。上からは降りてくる、下じゃ降りてこられないように封鎖する。どうしろってんだ。力で突破するしかないってんで陸軍に動員令がかかってなあ。周辺国の警察のバリケードを突破しろというんだが、考えてごらん、それ、事実上の宣戦布告みたいなもんだからね。

約五万人がなだれを打って降りてきたんで、あっちでも軍隊が出動したんだろうな。数字の上ではビーンスターク陸軍が劣勢だから、こっちではまた予備軍への部分動員令まで下りて、戦争ならざる戦争が起きることになったんだ。本当に一触即発の状況だったが、幸い交戦というところまでは至らなかった。意図せぬ事態が重なってここまで来てしまったが、攻撃の意図は全くないということぐらい、むこうもよくわかってただろうから。

八万人ぐらいが国境を越えたとき、周辺国政府から公式発表が出た。人道主義的次元からビーンスターク市民を難民認定するというんだ。国防ラインを若干後ろにずらして、ビーンスターク周辺地域を難民キャンプ地区として宣布すると。もちろん、ただでやってくれたわけじゃないだろうけどね。

こうしてみんなが、なだれを打って降りていった。結局、四十五万七千人が22階の国境から抜け出したわけですよ。残ったのは人命救助スタッフや警備隊の兵力といった必須要員だけだった。道に迷った犬が487階を走り回ってるという話を聞いたような気もするけど、まあとにかく。

私も夜明け近いころには建物から脱出した。その日はけっこう寒かったね。早春だったが、ほとんど真冬なみの寒波が押し寄せてきていた。下に降りてみたら、ほんとにもう目もあてられなかったよ。いきなり道ばたに追い出された人間の群れがどこまでも路上に広がっている光景なんてさ。ほんとに終わりが見えなかったんだよ。あんなにぎっしり立て込んでいてもね。

そのときだった。風がぴゅーっと吹いてきて、みんながいっせいに悲鳴を上げたんだ。寒かったからねえ。ほんと、凍え死ぬほど寒かったんですよ。なのにこっちときたら、まともなコート一枚持たずに逃げ出してきた人たちがほとんどだった。外がこんなに寒いということも知らなかったんだな。

みんなが同じ高さで、同じ風に吹かれてがたがた震えてたんだ。そうやって夜通しビーンスタークを見ているだけだったよ。風が吹くたび、みんなが声をそろえて悲鳴を上げながら。そのたびに周辺国の警察が怒鳴るんだ。静かにしろってさ。

その言葉がほんとに辛くて、悔しくて、涙が出たよ。でもそれは私一人の感情じゃなかったんだ。私らは通りをぎっしり埋めていて、お互いの考えを直接肌で感じることができた。その瞬間、ある悟りが生まれたんだよ。

ああ、この人たちがみんな自分と同じことを考えてるんだな！

不思議な悟りだったね。他の人たちもみんなそれに気づいてるんだってことまで気づかせる、そういう悟りだったんだよな。

風が吹いていた。きゃあああっ！　悲鳴が響きわたる。きゃあああっ！　あっちからも悲鳴がこだまのように聞こえてくる。風が吹いてくる方向に向かって、きゃあああああっていう声が巨大な波のように押し寄せてくるんだ。きゃあああっ！

その巨大な波の真ん中でみんなが熱い涙を流した。そしてみんながビーンスタークを見上げたよ。ああ！　あれが倒れるなんて絶対にいけない！　悟りが生まれた。私がその事実を悟った瞬間、四十五万人がいっせいに同じ悟りを開いたんだという悟りがまた、私の心臓をぎゅっとわしづかみにしたんだよ。

そしてまさにその瞬間、彼女の姿が目にちらついてね。あの思い出がしきりに蘇ったんだ。昔、寒くて凍え死にしそうだったあのころに隣の部屋から伝わってきた温もり、壁を伝って越えてきた命の痕跡みたいなものがね。

愛だったんだなあ。至高の愛だよ。隣で、私と全く同じ悲鳴を上げている私の隣人たち、私の隣に住んでいる人たちへの無条件の愛。彼女に会いたかったよ。

私はまたビーンスタークの方へ走っていった。建物の中に駆け込むと、前に警備隊が立ちはだかった。

「戦略計画課の者です！」

身分証を見せて建物に入った。25階の国境を越えてエレベーターのターミナルに上っていった。

「戦略計画課の者ですが！」

また身分証を差し出してエレベーターに乗った。

「どちらへ行かれるんです？」

「事故現場です」

そのとき、自分は故郷をなくしてしまったんだと思った。520階。他のどの階とも代えがたい美しいあの場所。事故現場はもう存在すらなかったよ。代わりに大きな穴が一つあいているだけ。ブラックホールみたいにな。

翌日になって初めて、緊急避難命令が解除されましてね。きまり悪い朝だったな。四十五万人が集まってぎゃーぎゃー叫んでいたんだから。たぶん、一晩じゅう不倫してて、チエックアウト近くなってやっとモーテルを出た人たちが、空高く上った太陽を肉眼で見上げたときみたいな気持ちだっただろう。

後でわかったことだが、その日520階で破裂した爆弾は、コスモマフィアから流入したんじゃなくて、誰かが自分で作った爆弾だった。外部勢力が介入したんじゃなかったんだね。ビーンスターク内の問題で、軍事問題じゃなく社会問題だったわけ。いろいろとみっともない朝だった。

そのせいか、四十五万人が建物の中に吸い込まれていくところは、前日の騒ぎに比べたらあまりに平和だった。最高の機動演習だったね。雑音が全然なかったから。

結局、彼女は見つからなかった。いや、初めっから捜さなかったというべきだな。520階がまるごと吹っ飛んだんだから。二日後に発表された行方不明者名簿に彼女の名前が載っていて、それきりだったよ。遺体はその後も永遠に見つからなかったし。

行方不明者名簿でその名前を確認したとき、自分がこんなに淡々としていられるなんて思わなかった。こんな気がしたんだね――私の順番じゃないって気が。私は彼女とは何の関係もなかったんだ。私が悲しむ順番が回ってくるまでには、まだかなり待たなきゃならないだろうという、自覚みたいなもんだった。

結局、私の順番が来たことは来たんだが、それは二十年も経った後だったよ。ある日書店で人に会うことになって、時間をつぶしてると、変な本が一冊目についてね。その本を見た瞬間、たまらないほど心臓がぎゅっと締めつけられてね。一方じゃ、私の順番はまだそんなに先なのかと思うと寂しい気もしてさ。

　その本のタイトルが何だったと思う？　『217階研究』。心臓が止まるほど美しい本だった。それを見た瞬間、三十年間蓄積した私のキャリアがほんとにバカみたいな悪ふざけに思えた。『520階研究』みたいな、彼女の声を再現したような本ではあったけど、本当に彼女がビーンスタークのどこかに隠れて書いた本なのかどうかは私にもわからない。確認しなかったからね。もう蒸し返したくなかったんだ。ただそのままにしておきたかったんだ。


「年寄りがまた、役にも立たない話を」という目だなあ。君らがコスモマフィアと全面戦争に入ると聞いたから、急に昔のことを思い出して話したんだよ。コスモマフィアがすべての問題の原因なのか、一度考えてごらん。上でそう決定した以上、君らもどうしようもないだろうが。警備隊のためにできることがあったら言ってくれ。

　参考までに、緊急避難計画一号は今は実行不可能な計画だから、試してみようなんて思わない方がいい。周辺国が黙っていないだろうから。何があってもビーンスタークに長距離ミサイルが直接落ちたりしないようにしなくちゃな。そうなったら身動きもとれずに、みんな死ぬんだから。

　それはそうと、戦争ってやつはいつ終わるのかねえ。

広場の阿弥陀仏

義妹へ。

ホームレスだなんて何言ってんの。駅で寝たことなんか一度もないよ。誰のことを言ってるんだい。人生を完全に放棄した人みたいに見えたなんて、僕がそんなことになるはずないでしょ。

実は僕、就職したんだ。ちょうどビーンスタークで警備員の口が一つあいてさ。報告しなかったのは、聞いてくれる人がいなかったからだよ。君の姉さんがあんなふうに、逃げるようにして出張に行っちゃったからさ。ショックは受けたけど、それで挫折したわけじゃないんだ。その代わり、何でもいいからやらないとね。すぐに何かしないと、本当に再起できないと思ったんだ。

それからはずーっと訓練を受けてて、しばらく連絡もできなかったんだ。当分は隔離生活だったんだよ。ここの警備室が新しく騎兵隊を設けて、馬と騎手を一緒に訓練してるんだ。完全に軍隊式にね。

もちろん、僕みたいなデスクワークばっかりやってきた人間にぴったりの職業じゃないだろうな。僕もそれでずいぶん迷ったんだけど、実際にやってみると警備員ってそんなに変な仕事じゃないよ。しかもビーンスタークの警備室は、名前こそ警備室だけど、実際には警察みたいなものだろ。

とにかく、君の姉さんにも手紙を書いたけど、あの人の方じゃ何があっても返事をくれる気がないみたいだから、君がちょっと積極的に助けてくれるといいんだけどなあ。訓練中だから、長く書けない。じゃあね。連絡ください。

義兄さんへ。

車が一台も通らない674階建てのビルの、いったいどこに騎兵隊がいるっていうんです？しかも警備室に。調べてみたら、クァンドクさんとかいう人の紹介で入ったんですってね。姉さんがその人を嫌ってたことは知ってるのに、何でよりによってその人なの？　サラ金の借金もその人経由なの？　私たち家族でしょ。腹を割ってすっかり説明してくださいよ。助けられることがあれば助けるのに。

姉さんは最近こっちの家にいます。義兄さんの借金のせいで、うちもちょっと騒がしいことになってるんですよ。あっちの家に手紙を出しても受け取れないはずです。私が義兄さんから手紙をもらったことを話しても、あんまり関心ないみたいだったから、たぶんあっちの家にいても読まなかったでしょうね。

でも、口では言わないけど、姉さんもむちゃくちゃ心配していますよ。義兄さんのいるところ、厳密にはビーンスターク警備室じゃなくて、どっかの民間防衛会社なんですってね。姉さんに、それ、やくざ会社みたいなところじゃないだろうかって聞かれたんだけど、違うでしょって言っておきました。うちの国とは事情が違うだろうって。でも、私も自信を持って答えられませんでした。

一度電話ください。今どういう状況か知らないけど、それでも直接声を聞いて説明を聞けば私たちも安心しますから。


義妹へ。

嘘ついたわけじゃないよ。騎兵隊にいるのは本当だ。警備犬専門の防衛会社で、今回新たに騎兵隊を養成してるんだ。正直、馬は十頭しかいなくてあとは全部犬だけどね、それでも厩舎の匂いは本物だよ。それは確かだ。僕の話が嘘でここに騎兵隊がないなら、僕が今日の午前中に片づけたあのものすごい量の汚物は何なの。他のことはどうでも、それだけは絶対に譲れないな。

新しく象が一頭入ってきたんだけど、どうやらそいつが僕の担当になりそうなんだ。ここには動物園がないから、象を見たことのある人がいないんだって。それでみんな、異常なほど象を怖がるんだ。といって僕がこの人たちより象をうまく扱えるわけはないんだけど、それでも僕がやった方がましだと思ってるらしい。ビーンスタークの中で見ると、象の図体がはるかに大きく見えるんだな。廊下がいっぱいになっちゃうから。ここの人たちは象を屋外で見たことがないから、本来の大きさが想像できないらしい。見るだけでも圧倒されちゃうんだろうね。

変に聞こえるだろうけど、そういうことになった。だから当分の間ここにいるつもりだ。電話はしない方がよさそうだ。借金取りの目もあるからさ。その方が姉さんや君にも迷惑がかからないだろうと思う。こまめに手紙を書くから、しばらくはがまんしてください。

姉さんにも何度か手紙を書いたけど、返事はないね。僕の手紙、読むことは読んでくれてるのかな？　何かの料金の通知書みたいに送りつけたから、確認してないのかな。とにかく頼れるのは君しかいないので、よく説明しておいてね。

義兄さんへ。

わざわざ厩舎の掃除なんかしにビーンスタークまで行ったんですか？　孫悟空でもない

のに。義兄さん、自虐ごっこはやめてよ。そんなことしたら姉さんが溜飲を下げるとでも思ってます？　見てるこっちのことも考えてみて。

騎馬警備隊の話は新聞で読みました。デモの鎮圧に投入されるんですってね。よくは知りませんが、外国人の身分で人の国の問題に首を突っ込むのはいいことじゃないと思いますけどね。その会社が去年、デモの鎮圧に行って人命事故を起こしたとき、ビーンスタークの警備室は、一切無関係って言い逃れしたんでしょ。義兄さん、下手に間に入るとまずいことになるかもしれませんよ。そのときも、その会社の職員だけが法的に処罰されたみたいだけど、頼むから注意してくださいね。やばそうなら辞めてもいいじゃないですか。

そうでなくても、正直、デモの鎮圧に騎兵隊を投入するなんて危険すぎると思いますよ。義兄さんみたいな人に務まる仕事でもないし。義兄さんはそんな人じゃないでしょ。余計に心が傷つくんじゃないかと心配です。

義妹へ。

何か誤解があるようだけど、うちの馬たちは優しいんだよ。デモ鎮圧用に飼ってるのは確かだけど、ほんとに人を踏みつぶすためなんかじゃないんだ。知ってるだろ。アメリカなんかにも騎馬警察があるのは。

ここの警備スタッフは、デモ隊に比べたら全然人数が足りないんだ。でもこっちじゃ密集方陣を組めるから、ある程度は対応できてたんだけど、今はそうじゃないらしい。密集方陣って、知ってるでしょ？　四角いプラスティックの盾を持って、ぴったり横にくっついて並ぶんだよ。制服にヘルメット姿の人たちがずらりと並んでいるだけでも、訓練を受けていない市民は普通、萎縮するだろうけど、最近はむこうも同じようにファランクス（古代ギリシャなどで見られた重装歩兵の戦闘隊形）を作っちゃうんだって。密集方陣をだよ。どうやら、外から雇われデモ隊を連れてくるらしい。そうはいっても民間人だから警備隊ほどの規律はないんだが、それでも頭数の違いは大きいからね。デモ隊がわざわざ退路のないところで背水の陣を布いたら、デモ隊が警備隊の方陣を突破してしまうこともあるんだって。それで負傷者が出たんだよ。

　騎兵隊が作られたのはそのせいなんだ。それなりの規律もなしに、一般人が騎兵の突撃に耐えるのは難しいからね。騎兵隊が五騎二列で密着してデモ隊の方へ押し寄せたら、市庁舎前広場に集まった五百人のデモ隊が一度でパーッと散りますよ。それだけでも衝突は回避できるだろ。もちろん、デモ隊が密集方陣を維持したままで騎兵の突撃を受け止めたら話が違うけど、そんなことにはならないだろう。西洋で中世が千年以上続いたのは何でだと思う？　それができなかったからだよ。全部、専門家が計算してやってることだ。訓練も行ってるし。最後の瞬間まで向こうが逃げなかったら結局、突撃した騎兵隊がその場にとどまることになる。その瞬間が来たら騎兵隊は無用になるけど、そんなことは起きないよ。専門的な軍事訓練を受けていない人間が騎兵の突撃を正面から受け止めるには、少なくとも千年かかるんだから。

だからこれは悪い仕事じゃないんだ。単に、不要な衝突を防ぐための仕事だよ。傷ついたりしないよ。

また集合がかかった。それじゃまた後で書くね。ばいばい。

義兄さん。

千年かかるって言ってたけど百日もかかりませんでしたね。見てごらんなさいよ、雇われのデモ隊だなんて、何が雇われなの。騎兵隊が迫っていっても引き下がらなかったんでしょ。新聞にも出てましたよ。本当にお金で動く雇われデモ隊だったら、あんなに命がけで最後の瞬間まで立ってないでしょ。誰が見たって、反戦デモそのものじゃないの。ビーンスタークとコスモマフィアが戦争してること、世の中の人はみんな知ってるのに、義兄さんだけ知らないふりしてていいの。

だから義兄さん。その仕事、戦争ごっこだと思わないでくださいね。あの人たちはあの人たちで、差し迫った理由があるんですよ。冗談でやってるんじゃないんだから。そういう人たちと本当に衝突することになったら、何が起きるかわからないでしょ。それと、その会社がわざわざ義兄さんみたいな外国人を雇用するのは、それだけの理由があるからですよ。しかも、象の担当だなんて。心配です。


義妹へ。

心配してくれるのはありがたい。でも、とにかく当分はここにいることになりそうだ。結局、僕があの象を担当することになってね。それで訓練の日程がちょっと延長になったの。上が、早く象を実戦に投入しろってうるさくてね。それ以外に代案がないらしいんだな。全部室内だから、外でやるみたいに催涙弾を撃つわけにもいかないし、広場の天井に設置された鎮火用のスプリンクラーで水を浴びせるのも、消防法に引っかかるというんで今はできなくなったし。とにかく向こうの密集方陣を突破しないと鎮圧できないんだが、だからってこんな場所に戦車を入れることもできないし、銃も撃てないし。

うちの会社、最近、完全にカルタゴ軍みたいだよ。二千年前の人たちがやったのとおんなじになっちゃうんだな。盾と棍棒と、それから象。ビーンスタークじゃなく、ハンニバル将軍の軍に来ちゃったみたいだ。騎兵隊を失ったハンニバル将軍な。

だけどあの象のやつが、糞をどんだけいっぱい生産すると思う？　あいつ一頭で馬十頭よりたくさん糞するみたいだよ。見ようによっちゃ僕、清掃会社に入ったんじゃないかと思うくらいなんだから。掃除するとこがなくなったら困るんで、上が象を入れたのかもな。

この象、いいやつなんだが、間が抜けてるんだ。象って本来、馬より賢いもんなんじゃないの？　エレベーターに乗せられないから、建物の外に設置したタワークレーンに乗せて搬入したんだけど、そのせいであいつがものすごくびっくりしたらしくてね。途中で麻酔が切れて、また麻酔銃を撃ったり何やらして、しばらく大騒ぎになったんだよ。ものすごく驚いたんだろう、糞をほんとに一山分もたれちまって、うおおお、思い出すだけでも飯の味が落ちる。

とにかく、そんなに心配なら一度ぐらい会わないとね。僕は当分ここを出られないから、一度、君が姉さんと一緒にこっちに来るのがいいんじゃないか？　僕が働いているところを直接見たら安心するだろう。そっちで考えてるほどやばい仕事じゃないんだから。

姉さんへの手紙にもそのことを書いたけど、姉さんからは相変わらず音沙汰なしだ。だからうまく説得してね。君の姉さんがきつい性格なのはよく知ってるが、最近改めてそう思うよ。


懲《こ》りない義兄さんへ。

私、他人の家庭の幸せなんかに責任とれる立場じゃありませんよ。私一人やっていくのだって大変なのに。自分でちゃんとすべきでしょ。家庭がそんなことになったの誰のせいなの。

私の見たところ、二人はそっくりだよ。姉さんも同じこと言うんだから。ビーンスタークに一度遊びに行こうかって言うの。行くも行かないも好きにしなよって言ったら、一緒に行ってくれって私に頼むの。なのに、待ち合わせの連絡を自分でやるのは嫌みたいなんですよ。結局、それも私にやれって言うんだから、とにかく二人はそっくりですよ。まずは義兄さんから都合のいい日を教えてください。それを見て決めるから。

それと、手紙に汚い話は書かないでおいてくれますか。私が聞いたビーンスタークの話のうちでいちばん汚いのが義兄さんの話みたい。ビーンスタークが汚いんだか義兄さんが汚いんだか。

象のことはよく知らないけど、そこまでする必要があるんですか。義兄さん、いっそ動物園に就職したらどう？

清潔な義妹へ。

会う日は◯月◯日ぐらいがよさそうだ。その前の週か次の週でも大丈夫。僕もまだスケジュールが確定じゃないけど、時間を決めて調整してください。間にはさまれて面倒くさいだろうが、もともと君の本分がそうなんだよ。そういう性分だから仕方ない。黙ってこなしていたら、いつかいいことがあるよ。

姉さんも、僕の働いてるところを見たら全部わかってくれるだろう。汚い話はしたけど、実はこの仕事、かなりの専門職だからね。象の上にさっとまたがって市内パトロールに出かけると、みんなが仰ぎ見るんだ。ほんとだよ。珍しくて見る人もいるだろうけど、明らかにそれ以上の何かが感じられる。憧れっていうか。もちろんアミタブのためだよ。それがうちの象の名前だ。

アミタブはいい子なんだ。ほんとに善良な目をしてる。すごくよく言うこときくんだから、びっくりするよ。力が強くて図体もでかいけど、やることは完全に子犬と同じなの。人をすぐに見分けるし、耳をひらひらさせたりしてさ、ほんとにいい子なんですよ。誰かが言ってたけどこの象は修行僧たちに飼われてて、その人たちが毎日断食したりするからえさをちゃんともらえなくて、結局動物園に引き渡されたんだけど、性格がほんとに菩薩みたいだって。

でも問題は、ものすごく怖がりだってことだ。もともと動物ってみんなそうだけどね。人より馬の方が怖がりだから、馬でデモ隊を制圧しようとしたらものすごく訓練しないといけないんだって。象もそうだよ。象の世話をしたのはアミタブが初めてだけど、馬より絶対怖がりだと思う。でもそれじゃ困るんだ。象が怯えてることを人が知ったら、みんなわざと象を刺激したりするかもしれないだろ。あの子は携帯電話の着信音でも度肝を抜かれちゃうぐらいだからね。すると僕たちもそんな象を見てびっくりするだろ。へたすると、踏んづけられることもありうる。どうだい、僕の職業もけっこうデリケートな仕事だろ？

それに、何しろ象だから、どこにでも出かけるってわけにはいかないんですよ。崩壊に備えて荷重分散工事が施されたところだけを通らなくちゃいけない。まあどうせ、デモは毎日321階の市庁舎前広場でやるからそこさえ通ればいいんだけど。それで花道を作ったんだ。花に沿って歩けるように。そのせいか、最初のうちはデモの鎮圧に象まで動員するのかって世論が厳しかったけど、今は見る目がずいぶん変わってきたよ。珍しいんだろうな。わざわざ見物に来る人もいるんだ。ビーンスタークには動物園がないから、象を生まれて初めて見る人が大半でね。市庁舎前広場に機動訓練に行くたび、若い親たちがベビーカーを押しながら花道のそばに陣取っているからね。

そうなると僕らはすごく不安でたまらなくなる。安定を取り戻したはいいけど、アミタブが花の香りをかぎながら荷重分散工事が施された花道の上をぶらぶら歩いていく姿を見ていると、不安で仕方なくなるんだ。それでもアミタブを連れて散歩に出て戻ってきた日は、何となく心が安らかになるみたい。ぱちぱちまばたきする大きな目を見ていると、こいつほんとに不細工だなーと思いながらも、何だか心の片すみが温かくなるんだよ。余裕が生まれる。ゆっくり歩くせいかな。見ているだけでも頭がぼーっとしてくる。

　誰でも同じようにぼーっとしてくるらしいよ。象の上から見おろしていると、みんなが口をぽかんと開けて僕の方をうっとり見上げているのが見えるんだ。やっぱりここの人たちの目には、僕らの目に映るのより象がずっと大きく見えるらしいね。でもそのおかげで、現場ではかなり役に立つと思う。アミタブがおとなしい象だってことはもう誰もが知ってるから。

　ここの市長はアミタブに便乗するつもりらしい。あの御仁、何かいいことが起きるといつも必ず、自分も昔同じことをやってたって、偉そうに言うだろ。今回も、自分はアフリカの野生動物救助協会の後援だか何かを十五年もやってきたとか、自分も前からすごく象に詳しい専門家だとか何とか。でもアミタブは、ほんとはインド象なんだけどね。

　とにかく、なかなかの見ものだよ。わざわざ見物に来る人たちも多いんだから。見物人を見に来る人もいっぱいいるしね。僕もかなりの有名人だ。姉さんも、僕がこういうことをしてるのを見ればちょっと考えが変わるんじゃないかな。あいつも遊んでばかりいるわけじゃないんだなって、思うだろう。

　まずは週末に遊びにおいで。姉さんに聞いて日取りを決めてね。

義兄さん、ほんとに何て言ったらいいの。

インターネットで義兄さんの写真、見ましたよ。市庁舎前広場らしい場所のは天井が高いからいいけど、他のところで撮ったのは変よね。天井が低いから、象の上にほとんどぺっちゃんこになってしがみついてるでしょ、それでみんな、かわいそうだと思ってじろじろ見てるんですよ。それに制服だって、あれは何？　サーカス団員じゃあるまいし。

姉さんはねえ、義兄さんがそこでおかしな真似をしてるから嫌がってるんです。象の上に乗ってる義兄さん見ても、知らんぷりするでしょうね。そんなことで関心を集めたって、偉くなったわけでも何でもないじゃないの。みんなが見るのはうらやましいからじゃありませんよ。変だから見るんだってば。私も義兄さんが自信を取り戻したのは嬉しいけど、やっぱり、こんなのはちょっと違うんじゃないの。だから、調教師みたいに登場しようなんて思わないでください。

とにかく、象を見るために行くわけじゃないし、姉さんがそれを見て感動するとも思えません。お話にもなりゃしない。義兄さんがいくら話を飾ったところで、それ、実際、悪い仕事じゃないですか。何でデモの鎮圧に象をけしかけようなんて思うの？　とにかく私たちは理解できません。義兄さんがその仕事を誇りにしているのも理解できないし。その町の人たちがそれ見て珍しがるのもね。そんなふうに反戦運動を押さえつけること自体が嫌。見かけはぴかぴかでも、独裁じゃないの。

それと、義兄さんが起こした事故の件ね。結局、姉さんがあちこちに頭を下げてほぼ収まりました。姉さんがそんなことするの、初めて見ましたよ。知ってるでしょ、姉さんがどういう人か？　だから義兄さん、軽く考えない方がいいですよ。後でもし和解できたとしても、昔通りになるのは簡単じゃありませんよ。

姉さんと私の日程は必ずしも週末には合わせられません。平日に休暇をもらってリゾートに行くつもりです。そっちの410階の南の窓ぎわに新しいリゾートができたんですってね。詳しいことはまた連絡します。そのときに会いましょう。何かあったら連絡ください。

それと義兄さん、電話できるじゃないですか。電話でいいですよ。お互い忙しいのに。

義妹へ。

実は僕、外に出られないんだ。あいつらが見張ってるから。単にお金借りただけじゃないからさ。今みたいに、ここで隔離されてる方が安全なんだ。電話もちょっと油断できない。当分はこうやって連絡を取ろう。

何か月か文明の利器を絶って生活してるけど、今じゃその方が楽だな。それに知ってるでしょ、僕は口を開けば変なこと言っちゃうからさ。こうやって文章で書いてもしょっちゅう誤解されるけど、でもこっちの方がまだましだ。僕がまた姉さんに電話してみ、五分もしないうちにひどいこと言っちゃうから。

最近は毎日、聞こえてくるのは罵倒ばっか。会話と罵倒の区別がつかないよ。話の半分が罵倒語だ。仕事柄かな。それでときどき、君の言う通り、僕がこんなところに来ているのは正しいのかと思ったりもするよ。アミタブがいなかったらもう放り出していたかもしれない。

うちの象は最近すごくおとなしくなった。インドでアミタブを購入してきた人が言ってたけど、もともとそういう、おとなしい子なんだって。タワークレーンで321階まで引っ張り上げた話をしたら、その大将が肝をつぶしてさ。コンテナにでも入れて外が見えないようにしてやらなきゃだめだろ、何で体にロープをかけて引っ張り上げたりしたんだって。そんなことされて平気な象がどこにいるんだってね。

ほんとは、安全面を考えてその方法を選んだんだけどね。象に合わせて設計されたコンテナがあるわけでもないし、コンテナがひどく傾いたりしたら大変だろ。建物の外壁に衝突することもあるし。だけど象にそれがわかるはずがない。それにこの町の人たちは、そっち方面の概念がないんだよ。高いところが全然怖くないからさ。600階の窓にくっついて下をずーっと見おろしてても、子供も大人も一人も怖がるのはいないからね。だから象も怖がるとは思ってなかったんだろう。でもそんなはずないでしょ。たぶん、本物の象を初めて見たんで、麻酔薬をどれくらい使ったら効くのかわからなかったんだろう。空中にぶらぶらぶら下がったままの状態で麻酔が切れちゃったんだから、象がどんだけびっくりしたか。

それでもちょっと時間が経つと、あの子も落ち着いたらしい。もう、一人でもちゃんと歩けるよ。最近はほんとに、一日に何時間もアミタブのそばで過ごしてるけど、ときどきこんなことを思うんだ。単にいい子なだけじゃなくて、どことなく聖なる存在っていうか。ゆったりと一緒に歩いてみると、心がほんとに安らかになるんだよ。僕、こんなことしてるうちにある日、悟りでも開くんじゃないかな。人間が完全に変わったみたいだ。ちょっと敬虔になったっていうか。

会えばわかるよ。じゃあ、そのとき会いましょう。九時に321階の市庁舎前広場の噴水の前に来てくれ。象のシャワーでちょっと遅れるかもしれない。待っててくれ。


義兄さん、しっかりしてよ。

悟りだなんて、誰にでも開けると思ってんの？　義兄さんみたいな人は絶対に悟れませんよ。正直、現実逃避したくてやってるんでしょ。姉さんが義兄さんをとって食うわけじゃないんだから、あらかじめ逃げ道を探したりしないでね。悟りを開くにしても、けじめをつけるべきことはつけてからにしてくれるとありがたいわね。その後で仏様になるなりダライラマになるなり、好きにしてください。

ところでその日ね、私たちが会うことにした日。何か集会があるんですってね。大丈夫でしょうか？　他の日にしようか？　どうせなら電話で連絡ください。あと何日もないから。


日程は動かせない。その日しかだめなんだ。

何も起きないと思うよ。いつもやってる集会だから。うちの象のせいで最近はすごく仕事が楽なんだ。アミタブさえいれば広場はすっかり静かになるからね。妙だってことだよ。みんな我を忘れたように見つめてるんだから。

水曜日には広場に散歩に出かけるんだけど、お坊さんが何人か近づいてきて、アミタブをじっと見て、急に手を合わせてひれ伏すんだよ。何のこっちゃと思ってどぎまぎしてたら、アミタブは身動きもしないでその光景を見てるんだ。当然受けるべき礼儀を受けているみたいに。

通行人が立ち止まってその光景を見守ってたんだけど、アミタブはゆっくりと歩き出すと、道沿いに植えてある花の方へ鼻を伸ばしたんだ。

「いい匂い！」

そう言ってるみたいにさ。そして鼻いっぱいに花の香りを吸い込むと、花一輪を折ってお坊さんの方にぱっと投げたんだよ。びっくりしたなあ。僕だけじゃなくて他の人もみんなそうだったみたいだ。

そんなふうなんだ。アミタブさえ現れれば、広場がすごく平和になるの。だってそうだろ、反戦デモをしに来て密集方陣を組むなんてありえないもんね。だから最近は、非暴力デモという方向性が固まってきてるみたいだ。

だけど、会社の人たちはそれをあまり喜んでないんだ。象を連れてくるのにお金がすごくかかったでしょ。321階まで搬入するだけでもすっからかんになりそうだったんだ。荷重分散工事でてんやわんやした分まで含めたら、初期投資費用がバカにならないからね。そこまで投資したのに戦術の助けにもならないし、衝突そのものが起きなくなっちまったら、これじゃ仕事がなくなるかもって心配になるよね。

上じゃ、とにかく投資した分だけ何としてでも元を取りたいらしい。本来の狙い通り、戦術兵器としてアミタブを活用しようとしてるんだけど、あの子がおとなしすぎるんだよ。だって象が歩いてるのに、何も音が立たないんだよ。おしとやかに、ほんとに優しく歩くんだ。せっかく象まで連れてきて、火炎瓶でも出てくればちょっとは仕事になるだろうに、子供も大人も、一人もアミタブを嫌ってないんだからね。

とにかくその日も、大したことにはならないだろう。予定通りで大丈夫だと思うよ。それより、早めに来て見物でもしたらいい。わざわざ見物に来る人も多いって何度も言ったよね？　昨日もそうだったんだよ。アミタブの前でひれ伏してお辞儀をする人たちのせいで、広場がすごく不思議な感じになった。僕が教祖様にでもなったみたいで。

あ、もう本当に何日もないんだね。じゃあ、そのとき会いましょう。

義兄さん。

ずいぶん待ったのに結局会えずじまいでしたね。約束の時間まではいられなかったけど、ほんとにずいぶん待ったんだよ、あの騒ぎの最中に。

姉さんは別にどうでもいいそうです。どうせ義兄さんに会いに行ったんじゃなくて、ビーンスタークに遊びに行ったんだからって。三日間しっかり遊んで帰りました。お金はバンバン使いましたけど。

むちゃくちゃ高いんですねぇ。姉さんが全部払ってくれると思ってたけど、物価が高いからかな、私のお金もかなり使いました。でも、410階のリゾートはよかったです。プールからの眺めが最高ですね。肌がよく焼けた人たちがお金持ちなんでしょ？　どこ行ったって全部室内だから色白な人しかいないけど、あそこだけは小麦色の人たちがいましたよ。

姉さんはね、ちょっとがっかりしたみたいでした。顔には出さなかったけど。仕事もちゃんとしてごはんもちゃんと食べてるけど、でも内心がっかりしてるのは明らかです。

とにかくあの日はほんとに大変でした。あの狭苦しい空き地にまあ、何て大勢の人が集まったもんだか。姉さんと一緒に広場に入るとすぐ、日取りを間違えたかなという気がしたんだけど、義兄さんには連絡がつかないから場所の変更もできないし、ほんとにもう。私たち、ちょっと早めに行ったんですよ。義兄さんが象の宣伝ばっかりするもんだから、何がそんなにすごいのか見てみようってことになって。

約束の場所まで行くことは行ったんだけど、あの日のデモ隊は五千人ぐらいいたのかな、噴水の前まで人がずらーっと並んでてね。噴水の前だけで四百人はいたと思います。だから、そこにずっと立ってるわけにもいかなかったんですよ。

「ねえ、ここにいたらあの人、私たちを見つけられるかな?」

姉さんがそんなこと聞くんですよ、笑っちゃう。

「当然だよ。あっちも人なのに、何でお姉ちゃんも見分けられないの?」

「見分けるだろうけど、こんなに人が多いとどこ見ていいかわからないでしょう」

ちょっと不思議な気分でした。うちの国でもデモなんか行ったことないのに、人の国のデモ隊の中に立ってるんですから。何となく、一緒にスローガンを叫んだ方がいいのかなって気もしてきてね。場所を移すべきか悩んだけど、他のところへ行ってからまた戻ってくるのも変だから、そのまま立ってたんです。

「平和協定を開始しろ！」

「コスモマフィアと対話しろ！」

「民間人爆撃を中止しろ！」

いくつか一緒に叫んでみたけど、リズムが合わなくてね。デモ隊も、あんまりちゃんと組織されてるようではなかったな。義兄さんの話とは全然違ってましたよ。平和デモとはいっても、すぐにでも何か起きそうな雰囲気でした。

三十分ぐらい経ったかな。市庁舎に行く通路の方にコンテナボックスみたいなものがずらーっと並んでて、初めは何か工事中なのかと思ったんです。でもちょっとしたら、そこから警備員がどやどや出てきたんです。盾を持ってピタッピタッとくっついて並んで、あれがファランクスでしょ？　それからはすごく危ない雰囲気になって、そこに長くはいられない感じになりました。だから帰ろうって姉さんに言ったのに、せっかくここまで来たんだからもうちょっと待とうって言うのよ。

それから三十分ぐらいだったかな、義兄さんが見えたけど、義兄さんには私たちが見えましたか？　私たちは見てました。遠くからだけど。みんながこう言ってましたよ。

「阿弥陀仏が来る」

あれ、義兄さんの象を見て、阿弥陀仏って言ってたんでしょ？

「南無阿弥陀仏、南無阿弥陀仏」

みんなが口々にそう言ってました。ほんとに南無阿弥陀仏って叫ぶんですよ。お祈りっていうより、芸能人の名前を呼ぶみたいに騒々しく合唱して、南無阿弥陀仏、南無阿弥陀仏って言うんだけど、だんだんそれが念仏みたいに聞こえてきてね。

不思議ではありましたね。象が広場に入ってくるとみんなが急にうっとりして、警備隊も魂が抜けたみたいに象ばかりを見つめてるのが。正直いって、別のものが登場してもあなっただろうって気はしましたけど。みんなが見つめるようなものであれば、象じゃなくても絶対、同じことになったと思います。

でもまあ、それも長くはもちませんでした。すぐに過激化したから。あちこちで、今日でおしまいだぞって言ってて、荒っぽい言葉も聞こえてきました。その日が特にひどかったのかどうかわかりませんけど、嫌な感じだった。姉さんもそう思ってて、ちょっとしたら警備隊が広場にわーっとなだれ込むのが見えたからその場を離れたんです。何かあったんだなと思いました。

私たちはできるだけのことはしたんだから、約束の時間に来なかったとか何とか言わないでくださいよ。正しい判断だったと思ってます。後で新聞見てびっくりしたんだけど、たぶん義兄さんもあの騒ぎの中で、私たちを捜す余裕はなかったことでしょう。

次はいつ会えるでしょうね。私たちがそっちに行くのは当分難しいと思うけど。ほんとにすっからかんになっちゃったから。

それと、象のことは本当に残念でした。あんまり悲しまないでくださいね。

義妹へ。

待ってたんだね。無事に逃げられてよかったよ。

あの日は本当に、あんなに人がいっぱい来るとは思ってなかった。ここで五千人といったら、うちの国なら四十万人ぐらいかな。デモ隊が市庁舎前広場をぎっしり埋めたという情報を聞いて、警備室が非常事態対応に入ってね。当然警備隊は総出動だし、警備会社にも一つ残らず動員令が下ったんだ。僕も午後からずっと非常待機で、予定の時間に連絡できなかったんだ。あそこでぼんやり待ってはいないだろうと思ってたけど、やっぱり適切に判断したんだね。

あの日、アミタブはストレスがひどかったみたいだ。体調が悪いとか、そういうのじゃなかったんだけど、動きを見ると、いらいらしているみたいだった。上がやたらと突撃訓練をさせたせいだと思う。会社じゃ、こういうときほど他の会社ができないことを見せつけてやるべきだって、何としてでもアミタブを鎮圧作戦に投入したがってたけど、実のところアミタブはまだ準備ができてなかったからね。もしかしたらずっとそんなつもりはなかったかもしれないな。誰かを怖がらせたり、襲いかかるような子じゃなかったから。

とにかく安全な象だったんだ。子供たちが前を通ったって、一つも心配なかったんだから。他の人もみんなわかっていたよ。アミタブが鼻で子供たちをつんつんしても、誰も怖がらなかったし。あ、一度だけあったな。前に、犬が一匹アミタブのそばでうろうろしてて、アミタブがその前で鼻を軽く揺らしてたら、急にどこかの警護員みたいな人たちが出てきて僕たちのまわりを取り囲んだんでびっくりしたことがあったっけ。でもそのときもほんとは、犬がびっくりしたっていうより、あの子の方がびっくりしたんだと思う。そんな子に突撃訓練だなんて。

訓練があんまりうまくいかなくて、前の日にちょっと叱ったんだけど、叱ってできることじゃないよな。突撃はおろか、走るところだって一度も見たことなかったもん。戦闘象になるには大声で吠えたり、地面をどんどん踏み鳴らしたりしないといけないんだけど、あの子は人のいるところはさっとよけて通るんだから打つ手がない。

「サーカスでもやるのか?」

戦術研究室長から毎日そう言われてたよ。象を武器だと思ってる人だったからね。あの人が言うには、大昔からそうだったんだって。象を初めて見る人は、前線のいちばん前から近づいてくる象部隊を見た瞬間、伝説中の怪物か、あの世から来た悪魔が目の前に出てきたと思って震え上がっちゃうんだって。二千年前にだよ。それがうまくいかないなら、密集方陣状態で象を使うのは実はあんまりいい戦術じゃないそうだ。象ってのはもともと、口で言うほどコントロールが楽じゃなくて、戦場に連れていっても混乱しやすいんだと。向こうから槍なんか飛んできたら、引き返してきて味方の密集方陣を踏みつぶしちゃうかもしれない。上でしきりにアミタブを突撃用に使おうとしたのもそのためだったんだ。あの子は暴れないから、言うことを聞かせさえすればかなり使える武器になるだろうってことだな。

だけど僕の見たところ、アミタブは絶対、武器じゃなかった。聖者だったよ。ほんとに仏様みたいなときがあった。「阿弥陀仏」って言われるのが大好きなんだよ。自分が呼ばれてると思ってたのかもしれないけど、広場に散歩に出て、みんなが集まってきて阿弥陀仏、阿弥陀仏って言うと、耳をぱたぱたさせて、嬉しそうな顔で人をじっと見るんだ。それでみんながアミタブに帰依しちゃったんだろ。南無阿弥陀仏、南無阿弥陀仏と言ってさ。

とにかく、まだ突撃なんて想像もできない状態だったのに、広場が非常事態に置かれたから、上がどうしてもアミタブを実戦に投入するって主張したんだ。嫌がるあの子をなだめて花道に沿って広場に行くと、広場に入るや否や足の踏み場もなくぎっしり詰めかけた人たちが見えてね。

アミタブもその光景を見て怖気づいたのか、何か不安そうな様子だった。乗り物酔いをしたみたいでもあった。あの子はちょっとむずかっていたけど、それでも人々が南無阿弥陀仏って言う声がざわざわ聞こえてきたら、だんだん心が落ち着いたらしい。君も聞いたでしょ？　最初はあちこちでざわざわしてた声がいつの間にか一つに集まったのを。南無阿弥陀仏、南無阿弥陀仏。いつも聞いていた声ではあったけど、あの日はすごく人が多かったじゃないか。あんな大勢の人たちが同時に南無阿弥陀仏、南無阿弥陀仏って言うと、まるで山彦が聞こえてくるみたいで、あたり全体が全部その声になったみたいでね。それがずっとくり返されてると、何となくリズムが合ってくるんだよ。遊びでやっているのはみんなわかっていても、そこまで来るとほんとに念仏みたいでさ。

セミの声もそんなふうに聞こえることがあるだろ？　別々に出している声が、続けていると森全体で合唱しているみたいにメロディーができて、リズムが作られていくの。広場全体に自分の名前が鳴り響いてるのを聞いて、アミタブもだんだん落ち着いてきたみたいだった。ぱたぱた揺らしていた耳の動きがだんだん止まったからね。何か思い出したんだろうな。何だったのかな？　そしてふと、思ったんだよ。悟りだって。あの子は今、悟りを開こうとしてるんじゃないかって。

考えてみたら数奇な生涯じゃないか。象の身分で修行僧と一緒に断食までやって、あてもなくインドのどこかをさまよって、ある日目覚めてみたらタワークレーンにぶらぶら吊り下げられて、空中で四本の足をばたばた振り回すような目にあい、またある日には赤い花道に沿って狭い広場で散歩して、そしてある日は広場をぎっしり埋めた人たちに囲まれて南無阿弥陀仏、南無阿弥陀仏。ここまで来たら、悟りでも開きそうだろ。

そんな気がしたんだよ。あ、何か来るんだなって。だから象の背中から降りて、あの子の横に立ってみた。アミタブの顔を見たら、本当に不思議な感じがしたんだ。僕だけがそう思ったんじゃないと思う。周辺が急に静かになったんだから。ふと頭を上げてみると、近くにいた人たちが全部、ぼんやりとアミタブを見ているんだ。

妙な気分だったな。言葉では何とも説明できない気分だった。悟りの瞬間を横で見てるなんてさ。あれを何て言えばいいのか。世話をしていた象が仏様になろうとする瞬間を、言葉でどう説明できるだろう。だけどどうして僕はそれに気づいたのかな。僕が悟ったわけでもないのに。悟ったのはアミタブだったのに。それがなぜ僕に伝わったんだろう。

そういう瞬間が来るかもっていう気は前からしてたんだけど、何の兆候もなく、あんなに急にその瞬間が迫ってくるとは思わなかった。心の準備をする時間が全然なくて、何をどう感じたらいいのか、どこに注目すればいいのか、一つもわからないんだよ。

それでアミタブの目をのぞき込んだんだ。どこを見ているのかわからない目だったけど、確かに何かを見ている目だった。それは何だったのかな？　世の中のむこう側にあるものだったのか、または自分の中にあるものだったのか。

急に時間が止まったみたいだった。ほんの一瞬だけ過ぎれば、その一瞬さえ過ぎればこの子はついに煩悩の鎖を断ち切って仏様になるんだな。ああ、この大混乱の中に、阿弥陀仏がおいでになるのだな。

そしてその一瞬が過ぎた。いや、その瞬間が過ぎる直前だったんだろう。まさにそのとき、何か音がした。バーン、という音が。

びっくりして振り向くと、会社の戦術研究室長が、訓練のときに使う長い棒でアミタブの背中をバンバンたたいてるんだよ。そしてめちゃくちゃに怒鳴るんだ。

「戦闘待機位置へ！　戦闘待機！」

それを聞いてアミタブが足を止めちゃった。今まさに仏様になろうとしていた瞬間に、不意に気を取り直して戦闘待機位置まで歩いていく象なんて。それは正気に戻ったんじゃなくて、正気を失ったようなものだろ。変な気持ちだった。まわりを見回すと、ちょっと前のあの、はらはらするようだった一瞬は跡形もなく消えてしまってる。確かに半径五メートル内のすべてがかっかと火照っていたのに、あの燃えるような瞬間が痕跡もなく、たったの一かけも残さず消えているんだ。誰もアミタブを見ていなかった。まるで最初から見ていなかったみたいに。

「僕一人の錯覚か？」

アミタブも同じだった。何ごともなかったみたいに、ただ人波に怯えるおとなしい象に戻っているんだ。錯覚だったんだな。くすっと笑ってしまったよ。僕はいったい何を考えてたんだろう？　象が悟りを開くなんてありえないじゃないか。何が仏様だ。

アミタブはストレスのせいで吐き気がしているみたいだった。僕はアミタブを連れて花道に沿って戦闘待機位置に行った。騎兵隊が集結している位置でね。そもそも動物は、人の多いところにいるとストレスを感じやすいだろ。だから歩兵隊列のすぐ後ろの広い空間をあらかじめ確保しておいて、動物が疲れたら一匹ずつ連れていって緊張をほぐしてやるんだ。そのために作っておいた空き地なのに、その日に限ってそこも、息をつくすきまもないくらいだった。デモがすごく大規模だったから、鎮圧に動員された人数もめちゃくちゃに多かったし。倉庫みたいだったよ。鎮圧装備を置いてあるところまで連れてってなだめたけど、見るまでもなく突撃は無理だった。

そんな中、広場の方が尋常じゃない様子になっていてね。君も見たでしょ？　デモ隊がファランクスを組んで対峙状態になってさ。あの狭い空間でだよ。それで、上からは早く象を投入しろってやいのやいの言ってくるんだが、こっちはまるで、それどころじゃなかったんだ。ただでさえ平常心じゃないのに、刺激的な騒音が狭い空間に響くから、あの子もつられて興奮したのか、鼻をぶんぶん振り回してね。あたふたして、じっと立っていられないんだ。これじゃ大変なことになると思ったよ。

何かしてやらないわけにいかなかった。本当に、僕はそれしか考えていなかったんだよ。横を見ると撒水用の水タンクがあってさ。消防法で天井のスプリンクラーが使えないから、後で鎮圧のとき、放水に使うために持ってきてたタンクだった。それを見たとき、水でもかけたらアミタブもちょっと状態がよくなるかなという気がしてさ。それで、水タンクについている蛇口を開けてバケツに水を入れたんだ。それをアミタブに持ってってやった。僕が鼻のすぐ下にバケツをあてがうと、やっとあの子は正気に戻ったんだよ。そしてバケツに鼻を入れた。それから水をすーっと吸い込んでいった、ちゅっ、ちゅってね。いっぱい入ったな。まさにその瞬間だったんだ。アミタブが狂ったように暴れだしたのは。

ほんとにぶったまげたよ。アミタブが急に警備隊のファランクスの方に飛びかかっていくんだから。両足を上げて鼻から水を吹き出しながら、苦しそうな悲鳴まで上げてさ。僕も初めて見る光景だった。アミタブが、あのおとなしい象が人に向かっていくなんて。それも警備隊に向かって。

警備員たちが度肝を抜かれて後ずさりすると、一瞬で隊列が崩れて両横に散った。どうもこうもないよな。訓練も何も、あの状況じゃ生存の方が優先だから。ファランクスが崩れたんだ。そのすきにデモ隊が駆け込んで、あそこまで行くとファランクスなんて何の役にも立たないな。警備隊の隊列全体がどっと崩れてしまってさ。

何が起きたんだと思って、バケツに入っていた水を指につけてなめてみたら、おお、何てこった。辛いんだ！　放水に使うために持ってきていたあのタンクが。誰かがそこに催涙液を入れてたんだ。それを鼻にずーっと吸い込んで、狂わない象がどこにいる？　いっそクレーンで建物の外にぶら下げられた方がましだよね。

アミタブはそれこそ狂ったように暴れていた。もちろん、アミタブがデモ隊の方にだけ好意的だったわけじゃないよ。正気じゃなかったんだから。急に乱暴になって飛びかかっていったけど、デモ隊も一瞬で半分ぐらいがばらばらになったんだ。それで道が見えたんだよ。デモ隊が立ってたところの後ろにある、西側の窓に通じる道が目に入ったんだな。

急にアミタブがそっちへ走り出すと、紅海が割れるようにデモ隊が両側にさーっとよけて、広場の真ん中に大通りができたんだ。のっし、のっし。文字通りの突撃だったね。上があんなにやりたがっていた象攻撃だよ。

僕も追っかけて走った。地面が鳴り響き、床が割れたけど、アミタブは止まる気なんかないみたいだった。ああー、ちくしょう、本当にすまなくてどうしようもなかったんだ。何とかしてなだめてやりたかった。あんなにいい象だったのに、ビーンスタークの人たちにとってはあの子がまさに阿弥陀仏だったのに、僕なんかのせいでこんなことになって。

遮るものが一つもない、がらーんと空いた大通りだ。当然立ちはだかる人もいないよ。アミタブは走って、走って、また走った。僕も同じだった。そうやってどれだけ走っただろう。窓が見えた。夜だったけど、鏡のように向こうの廊下がそのまま向こうに反射されてるんだ。窓に向かって突っ込む象が、そしてその後を追っかける人間一人が、鏡みたいに両側から接近していった。

だめだ！

叫んだんだけど、もう手遅れだった。ちょっとやそっとの衝撃じゃ割れない強化ガラスだったんだが、アミタブにはそんなの、何の妨げにもならなかったんだな。

ドーン、というような音じゃなく、ピシッとか、パンとか、そんな音がしたよ。ガラスを割って貫通する音だ。その音を残してアミタブはビーンスタークを脱出してしまったんだ。ロープもなしで、タワークレーンもなしで、321階の窓の外に、麻酔を受けてない象が一頭、四本の足でもがきながら飛び出したんだ。ああ、アミタブ。ああ、南無阿弥陀仏。

南無阿弥陀仏、南無阿弥陀仏。デモ隊はアミタブの名前を呼びながら、コンテナでできた防御線を突破して庁舎の方へなだれ込んだ。大勝利だったね。でもそれが何なんだ。ビーンスタークであああいう騒ぎが起きるたびにいつもそうなんだけど、市長はあの日地球の反対側に行ってたんだから。海外歴訪ってやつだ。戦略的にはあまり意味のない勝利だったね。戦術的には完全勝利だったけど。デモ隊があの闘いで得たものは、特になかったな。

とにかく、そういうことだったんだ。その収拾であの日はどうしても約束を守れなかった。後で行ってはみたんだけど、誰もいなかった。

がらんとした噴水を見ていたら、またあのことを思い出したよ。仏様になれたのになあ、アミタブ。確かに悟りを開く直前だったのに。あの瞬間のことがまた蘇った。跡形もなくきれいに消えたとばかり思っていた、あのはらはらするような瞬間がもう一度、生き生きと蘇ってくるんだよね。錯覚じゃなかったんだな。あれは本物だったんだ。アミタブは本当に、カルマの鎖を断ち切って解脱に至ろうとしていたんだと。

何で錯覚だと思ったんだろな。僕が何とかしてアミタブを守りきっていたら、いつかは生仏になれたのにな。僕のせいで何もかもだめになっちゃったじゃないか。かわいそうなアミタブ。

ああ、僕はどうしてこんなに情けないんだろう。


義兄さんへ。

その瞬間を見られなかったなんて！　でもひょっとしたら、見ない方がよかったかもしれませんね。

姉さんが言ってましたよ、象はたぶん窓を割った瞬間に悟りを開いただろうって。足の下に自分の体重を支えてくれる床がないことに気づいた瞬間にね。でも、悟りを開いてたら痛くないのかな？　悟ってても、321階から落ちたら痛いんじゃない？　だったら、悟ってもいなくても同じなんじゃないかな。解脱したからって、急にどこかへぱっと消えるわけでもないしね。悟ったかどうかが何でしょう。

私はもちろん、象が悟りを開いたって話自体、ありえないと思ってますよ。象が解脱するなんて、犬が草を食べるのと同じぐらいむちゃくちゃな話でしょ。姉さんや義兄さんがむちゃくちゃだって言ってるわけじゃないですよ。

とにかく、ビーンスタークが引っくり返るような騒ぎで、来られなかったわけですね。あれが義兄さんのせいだったってことはまだ誰も知らないんですか？　だとしてもあの象の担当は義兄さんだったんだから、事情がどうであれ、責任問題が生じることはありえますよね、心配です。

それでですけど、義兄さん。辞めるんだったら、そろそろ家に戻ってもいいんじゃないですか？　そうなさいよ。とにかく義兄さんは、あんなところに似合う人じゃなさそうです。また会いに来いとか言わないで、帰ってらっしゃい。姉さんが待ってます。帰ってきたって優しい言葉なんか聞けそうにないけど、でも、ここにはまだ義兄さんの場所が残ってるみたいですよ。それじゃ、よく考えてみてね。

シャリーアにかなうもの

アッラーは（最後の審判の日には）利息の儲けをあとかたもなく消して、施し物には沢山利子をつけて返して下さる。アッラーは誰であろうと罪業《ざいごう》深い無信仰者はお好みにならぬ。

（コーラン2章―276）

情報局の二級行政官であるチェ・シンハクは、質問者の顔をじっと見つめた。

「本当に、知らずにおっしゃってます？」

コ議員は、まるで理解できないという表情でチェ・シンハクをにらむと聞き返した。

「知ってなきゃいけませんか？」

それを聞いたチェ・シンハクは姿勢を正して座り直し、コスモマフィアがビーンスタークを狙って大陸間弾道ミサイルを構えている理由をもう一度説明した。するとコ議員をはじめ国防委員会所属の議員たちはすぐに、満足そうな表情に戻った。

「あの顔は何だ？　生まれて初めて聞くような表情じゃないか」

遠回しに説明しようとして苦労したが、ビーンスタークが攻撃される理由は単純だった。先制攻撃をしたからだ。公的な集計が行われたことはないが、この十年間ビーンスタークは、コスモマフィアが駐屯しているとされる地域への空襲によって、少なくとも二万人以上の民間人死傷者を出し、八十万人以上の難民を発生させていた。ビーンスターク全体の人口より多い数字である。

一般人の中にはその事実を知らない人も多かった。情報が統制されていたからではない。単に関心がなかったためだ。市が深刻なレベルのフェイク情報を流したわけでもなかった。考えのある人なら誰でも見抜ける程度の明らかな嘘をニュースに乗せたことはあった。もちろんそうしたケースでも、国防委員会所属の市議会議員に誤情報が提供されたことはない。それですむことではないからだ。彼らは事態の深刻さをよく知っていた。

「つまり、要は、我々の側が先に挑発した戦争だということです」

「えっ、政府の担当者ともあろう人が、なぜ国防委員会でそんなことを口に出せるんです。我々の方が先に挑発したなんて」

航空母艦二隻を差し向けて二十日間、昼夜を問わず爆撃を行った。十日後、野戦司令官が「もう攻撃目標が残っていない」という報告を送ってきた。それでもビーンスタークは攻撃命令を引っ込めなかった。決定的な勝利を収めるまで作戦を継続せよという命令が戦場に伝達された。壊す家がなくなると、海軍の戦闘爆撃機はぼろぼろのテントや山岳地帯の小道にまで高価な精密誘導爆弾をばらまいた。その地域の文明を車輪の出現以前の時代に戻そうとするかのような勢いだった。

「いったい誰がそんな命令を下したんですか？」

コ議員が聞いた。チェ・シンハクはごくんと唾を飲み込んだ。

「本当に、知らずにおっしゃってます？」

気が変になるような仕事だった。五日前、ビーンスターク海軍は航空母艦三隻のうち二隻を失った。少なくとも二年以内には復旧不可能なほど深刻な被害だった。

「チェ行政官、いったい誰が最終命令を下したのです？」

チェ・シンハクは何も答えられなかった。答えを知らないからではない。最終命令権者は当然、議会である。相手であるコスモマフィアは国家ではない。そんな理由で議会は宣戦布告を議決しようとしなかった。兵力が常駐している地域で起きたことなので、新たな派兵手続きを踏みもしなかった。だが、作戦開始の裏には明らかに政界からの広範囲な承認もしくは圧力があり、その背後には間違いなく人工衛星関連企業の利権問題がかかわっていたはずだ。しかし、航空母艦二隻を失うと議会は、盗人猛々しくもというべきか、彼にこんな質問を投げた。

「いったいなぜこうなるんです？　答えてください」

「なぜかですって？」

彼は二の句がつげなかった。さまざまな思いが脳裡をかすめて通り過ぎた。その中には、今度こそビーンスタークが滅びるんだなという思いも含まれていた。審判を止める十人の義人がいなかったからではない。質問に答えるべき人たちが質問者の座に隠れようとしたためである。責任を取るべき人々が責任を負わないことにした日。そのようにして審判の日が近づいた。

「コスモマフィアに核弾頭が流入した可能性はありますか？」

「稀薄です」

しかし建物一棟を倒すのに核弾頭が絶対に必要なわけではない。ただ――

「ただ、地上目標物への精密誘導技術は信頼に足る水準ではありません。いまだに、地球の反対側からビーンスタークに正確に打撃を加える能力はないものと思われます。ですが……」

どうせ時間の問題だった。相手方はすでに、マッハ25のスピードで軌道を回る人工衛星を攻撃する技術を持っていた。審判の日がすぐに迫ってくるわけではないと安心していられる状況ではなかった。審判の日とビーンスタークの間に置かれたものは、決して越えられない厚い技術の壁ではなく、単に人工衛星破壊武器を地上目標打撃用に転換するという実用面の問題にすぎなかった。

「どれくらいかかります？」

「長くて二年」

その瞬間、会議室に平和が訪れた。紙一重の、はらはらするような平和。

長くて二年、短ければ六か月。

「この雰囲気は何だ？　二年は長いといえば長いのかな？　どうするつもりなんだろう？

今回の市議会の任期中に処理する必要はないってことか。それまでまた何もしないのか？」

ともあれ、平和が訪れた。


だが市議会議員たちが本当に何もせず、時間をつぶしてばかりいたわけではなかった。

その日以後徐々に、大量の資金がビーンスタークから出ていき、最上階の富裕層居住区から不動産価格の下落を告げる兆候が現れはじめた。十七年ぶりのことだった。

「さっさと動くもんだなあ。売り続出じゃないか。でもその割に、値下がりのスピードがやけにゆっくりだな」

「買う人が大勢いるからですよ」

「誰が買うんだ？　資金がそっくり海外に流出してる最中に、あれを買うような投資家がいるのかな？」

「国内資金で消化できてるらしいです。個人が……」

「個人が？」

「何と、居住目的で買ってるらしいんですよ」

チェ・シンハクは二の句がつげなかった。

約二週間後、母親が電話してきて、610階にある室内庭園つきの家を一棟、新しく契約したと言ったときには、思わず大声で怒鳴ってしまった。

「何で今そんなところに？　私に相談してからにしてくださいよ」

「もうたくさん。私は子供たちにお金をせびる気もないし、ああしろこうしろって小言を聞くつもりもないからね。放っとけばもっと価格が下がるって言われたけど、そのころにはもう売れちゃってそうだから、急いで契約したんだ。ちょっと損したってそれが何よ。欲はないんだ。庭もついててほんとにいいんだから。飼う場所がなくてあの子を手放したことを思うとほんとにねえ。一度はああいう家に住むのが一生の夢だったんだから、うまくいったでしょ？　お金の心配はしないで。それぐらいの力はあるんだから」

最後の言葉は、全財産をつぎ込んだという意味である。母親は、五年前にあの犬を知人に譲ってしまったことを返す返すも残念がっていた。チェ・シンハクもそれは同じだった。飼う場所さえあればあんなことにはならなかったのに。

賢いやつだった。ビーンスターク育ちの犬らしく、三次元空間を認知する能力がずば抜けていた。どこへ流れ着いても、自分だけでエレベーターに乗って帰ってこられるほど賢い動物。と思っていたら、ある日その犬がスターになって現れた。映画俳優だなんて。その犬は有名な麻薬捜査犬シリーズの主人公に抜擢された。犬の住む家が自分の家より高いという情報を聞いて彼は文字通り惨憺たる気分になってしまった。ったくもう。

「よかったですね」

チェ・シンハクはそれ以上何も言えなかった。

そんな渦中でも、政府は金融市場崩壊を食い止めるべく、資本誘致に全力を挙げていた。そこにはイスラム金融誘致のための措置、特にムラバハやイジャーラ方式を利用した不動産取引との関連で印紙税二重課税を防止する法案も含まれていた。

「え？　何の法案を通過させたって？　今ごろになって、えらく変わった真似をするもんだな。ビーンスタークにムスリムが何人いるんだい。そんな金までごっそりかき集めて、金持ち連中に移住資金でも作ってやろうっていうのか？」

チェ・シンハクはすっかり怒っていた。本当に問題が起きたら真っ先に逃げ出すであろうやつらが、何も起きていないときには愛国者のふりをするのが嫌だったのだ。彼らはビーンスタークを心から愛しているわけではない。本当にビーンスタークを愛しているのはチェ・シンハク自身だった。彼にはビーンスタークへの絶対的な愛の証拠があった。低所恐怖症である。

520階の大爆発事故が起きたとき、彼はやっと十六歳だった。緊急避難計画一号が発令され、老若男女問わずみんなが国境を越えて周辺国に這い出したが、彼はビーンスタークから出なかった。出られなかったのだ。その前にもその後にも、彼は一度も50階以下に降りたことがなかった。怖かったがどうしようもない。ビーンスタークが崩壊するより、1階に降りる方が怖かったからだ。

もちろん不便な点も多々あった。海外出張に行けない情報局員なんているだろうか。だが彼は低所恐怖症を病気とは考えていなかった。治そうと思ったこともない。彼にとって低所恐怖症は祝福だった。ビーンスタークを守ることは使命であり、神からの呼び出しに近かった。だから彼はビーンスタークを離れようとする人たちを嫌悪しないわけにいかなかった。

「ビーンスタークにムスリムが何人いると思ってんだ?」

ビーンスターク内に常住しているムスリムの人口はざっと二千七百人程度だった。シェフリバンもその一人である。ここへ来てもう七年め。シェフリバンはビーンスタークの生活にだんだんなじみつつあった。最初の一年は緊張の連続だった。偽装潜入とは、何が起きるのか、いつどこでどんな指令が下るのかわからない仕事だ。もちろんもっと怖いのはいつ正体がばれるかわからないという不安感だ。しかし時が経ち、季節が変わると、その心配もいつしか雪が溶けるように消えてしまった。歳月が流れるとはそういうことである。

「どういうことなんだろ？　何で指令が下りてこないのかな？」

臨時で引き受けた通訳の仕事を三年以上続けながら、シェフリバンはだんだん年をとっていった。平和な日々だった。何も起こらなかった。ビーンスタークの情報当局は思ったよりゆるゆるだったのだ。スパイだという痕跡をわざわざ道にばらまいて歩いても、しっぽをつかまれないくらいに。闘志は消え、感覚は鈍った。武器をとったことはただの一度もない。自分だけを一人置き去りにして何年も連絡一つよこさないコスモマフィアのことを考えれば、こんなはずじゃなかったのにと思うことも一度や二度ではなかった。

六年めに入るころ、シェフリバンの生活にも変化が起きた。専門通訳者としての評判が徐々に高まり、収入が以前より大幅に増えたのだ。ムスリムではあったが、シェフリバンにとって律法は一字一句従うべき鉄則ではなかった。だからシェフリバンは黒い布で体を隠したり、髪にヒジャブをかぶったりもしなかった。

六年めからシェフリバンはバッグを買い集めだした。最初は業務上の必要で始めたことである。クライアントの前で気後れしないよう、泣く泣くという気持ちで小さなハンドバッグを一個買い求めたにすぎない。しかし時が経つにつれて、バランスをとるためというには多すぎるバッグが、クローゼットの一角を埋めていった。

七年めに入るとシェフリバンは、単にちょっといいバッグを持つだけで個性を表現するのは難しいことを悟った。選び抜いたつもりでも、一か月もすればそれと全く同じバッグを持った人たちが街に溢れ返るのが常なのだ。実のところ、溢れ返るという表現は誇張だったが、シェフリバンの目には、自分のと同じバッグを持った人がビーンスタークには少なくとも三千人はいそうに見えた。ビーンスターク内のムスリム人口全体と同じくらい大きな数字である。

「いっそターバンかぶればいいかも。あんなお年寄りたちとおんなじバッグ、持って歩けないわ」

シェフリバンがそう言うたび、友達が反論を提起した。

「あんまり変わったのを持っててもクライアントは気づかないよ。そのために買うんでしょ。見てわかる程度の、適当に似てるものを持たないと」

「お年寄りに気づいてほしくてわざわざ持ち歩いてるんじゃないでしょ。ユニフォームじゃあるまいし」

そうは言ったものの、バッグを集めるのはシェフリバンにとっては高くつく趣味だった。シェフリバンの収入は均一ではなかった。あるときは抱えきれないほどたくさんの仕事が入ってくるが、何週間も仕事がないこともある。むちゃくちゃ忙しい時期に、無理をしてでもそれを引き受けておかないと、後で仕事が減ったときにクライアントをつかんでおけない。だが、シェフリバンはその事実を知らなかった。そのため、不景気になると仕事が一つ、二つと減り、生計が圧迫されるほど収入が減ってしまった。

「貯金もないし、だからって、まともな値段で売れもしないバッグを今さら売り飛ばすこともできないし」

疲れていた。こんな生活のためにビーンスタークに潜入したのではない。ああ、何やってるんだろう？　シェフリバンは長いため息をついた。そして瞑想に沈んだ。過ぎた日々を思い返した。家族たち、友人たち、苦痛の中で死んでいった名も知れぬ魂たち、そして同志たち。血のにじむような憤怒は砂漠の真ん中に建てられた石碑のように風化し、湧き立つような勇気は、放ちそこねた矢のように目標を失って漂っている。恥多き日々である。誓いなんか立てるんじゃなかった。誓いの結果がこんなことだとわかっていたら。

そんなある日のことだ。ついにシェフリバンにも指令が下った。決して拒否できない、魂に直接訴えかける、至上の命令だった。

絶対見逃せない！
Beanstalk ICBM（大陸間弾道ミサイル）スペシャルエディション！

ああ、スペシャルエディション！　ビーンスタークに向かって飛んでくる弾道ミサイルを象《かたど》った洗練されたファスナーのデザイン、誰が見てもきのこ雲を連想するシルバーツリーの装飾、憂鬱な世紀末的雰囲気を遺憾なく表現した都市感覚のロマンティックレッド、明日地球の終末が訪れるとしても最後の瞬間まで彼女のきゃしゃな腕に優しく寄り添ってくれるジェントルでボーイッシュな感覚のレザーのハンドル、しかも十個限定販売！　何があっても見逃せない記念碑的なエディションに間違いない。

シェフリバンの心は動いた。だが、手元にお金がなかった。生まれて初めて、「営業」というものをする気になった。様子うかがいの電話をしなくちゃいけないらしい。私を忘れないでください！　と。シェフリバンはバッグの中に適当に放り込んでおいたクライアントの名刺を一枚一枚引っ張り出した。名刺のしわを伸ばして床にずらっと並べ、いちばん景気のいいクライアントから一人ずつ電話をしていった。

「私、何やってんのかなあ」

そのすぐ翌日のことである。もう一つの指令が新聞を通してシェフリバンに伝達された。

ムラバハ、イジャーラの印紙税二重課税解消。

その瞬間、シェフリバンは全身に戦慄が広がるのを感じた。今度は本物だ。コスモマフィアだ。本格的に金融支援に乗り出すから、ただちに任務に着手せよというサインである。シェフリバンは聖地に向かって身をかがめると、拳をぎゅっと握りしめた。

「ついにときが来た。七年めにして」


任務の性格上、細部にまでわたる指示が伝達されることはなかったが、チェ・シンハクは自分のやるべきことは何か、よく知っていた。政府は三十七の主要機関すべてを、150階ほど下へ移転させる計画だった。言い換えれば、ビーンスターク市の中心部全体を150階ほど下に移動させなくてはならないという意味である。そして上層地区には、ミサイル攻撃に備えて少なくとも三重以上の衝撃吸収施設を設置する予定だった。

「十分に迎撃できます」

これが政府の公式見解だ。しかし、それは真実ではなかった。ビーンスタークはミサイルを体で受け止める準備をしていた。もちろん秘密である。耐えられる保証はない。それもまた秘密である。

彼の任務は上層階地区に位置する政府所有の不動産を売って、下層地区に新しい政府の敷地を買い入れることだった。明らかに左遷なのだが、仕事の性格だけを見れば栄転に近かった。

　できるだけ高く売り、できるだけ安く買うという原則はここでも例外ではなかった。そのためには、異常な噂が出回って不動産市場が乱高下する前にすばやく処理しなくてはならない。彼はビーンスターク最高の不動産専門家たちでチームを組んだ。高くつくチームだったが、金の心配はしなくていい。仕事自体も思ったほど難しくはなかった。実際には市中金融機関やローファームといった民間機関の有能な人々が主軸で、彼はただ管理者の役割に忠実であればよかったのだ。

「絶対に情報が漏れてはいけないんです」

「もちろんです。心配しないでください」

　そのようにして半年が過ぎたある日のことだ。ことが本格化するより前に、150階から200階までの不動産価格がはね上がりはじめた。チェ・シンハクはまず該当地域の不動産取引の内訳をチェックした。確認の結果、ほとんどは政界内部の関係者のしわざであることがわかった。罵声が飛び出した。もちろん、ある程度予想はしていたことではある。しかし予想をはるかに超える多額の資金が、ビーンスタークの新中心部予定地の敷地に流入していた。半年間準備してきた計画を最初から立て直さなくてはならないほどだった。

　ところが資料をまとめてみると、一つ引っかかる点があった。外国の銀行がいくつか、該当地域の不動産の一部の買い入れを始めていたのだが、買い入れ価格が相場より若干高く、その一帯の不動産の実勢価格上昇を主導するかのようなのだ。

「ここでこんなに買いまくられちゃ困るんだがなあ。でも、いつから銀行が不動産を買えるようになったんだろう？」

チェ・シンハクが聞いた。

「銀行がですか？　そんなはずはないんだけど。えーと、ああ、東南アジアの銀行ですね。たぶんイスラム金融資本誘致のせいですよ。イジャーラ取引でしょう。または逓減ムシャラカ（イスラム金融で銀行と顧客の共同出資の一形態）の形で入ってきたお金かも。印紙税二重課税問題は解決されましたが、イジャーラ取引をどのような取引と見るかという問題がまだ金融当局でも整理がついてなくてですね。それで……」

「何のこと？」

チェ・シンハクはうなずいたが、内心ではこう思っていた。

とにかく、不明な金が入ってきてはいるらしい。そのおかげで不動産価格がある程度安定を維持し、財産をこっそりよそへ移したい人たちが、正当な価格で不動産を処分できるようになったわけだ。金さえあれば他人の土地の地べたに寄生しても構わないという人たち。

彼は何日か前に母親が言ったことを思い出した。

「まさかミサイルが落ちたりはしないでしょ？　そんなんじゃないだろ。だよね？」

「はい」

「それ見なさい。移民するって騒ぐのは無知な人たちだよね。ほとんどの人はそんなことしてないじゃないの。ミサイルが飛んできたら迎撃すればいいんだからって。息子が情報局員なのに、私がそんなデマに巻き込まれるわけないでしょ？」

しかし母親は、ビーンスタークがミサイル迎撃に成功する確率が三〇パーセントにも満たないという事実を知らなかった。ほとんどの市民がそうだった。実際にその日が来たら、緊急避難措置を下して人命被害を最小化できるだろうが、財産被害は食い止めようがない。いかなる保険も戦争による財産上の損害を補償してはくれないから。

だがチェ・シンハクは、母親にその事実を知らせなかった。いや、誰にも教えることはできなかった。自分の財産を処分することもなかった。内部の人間の中には、すでにそうしたことを始めている人もかなりいたが、彼は違った。

彼の役割は不動産を直接取引することではなかった。単にチームを作ってせっせと情報を集めただけである。だが情報網を動かせば動かすほど、ある一点が目に引っかかった。

「あいつらちょっと変じゃないですか？　何でやたらと不動産価格を吊り上げるんだろ？あんなとこいじくり回したって、一つもいいことないのに」

もちろん、イスラム金融、特に東南アジアに拠点を置く銀行が一貫して、ビーンスタークー全体にとってよくない方向で動いているわけではなかった。資金が流出している500階から600階台の不動産市場の崩壊を防ぐ上で、イスラム金融をはじめとする外国資本の流入が果たす役割は大きかった。特にその区域には、個人では手の出せない大規模な不動産が多かったので、オイルマネーを背負った機関投資家の登場は市政府の立場としても嬉しい知らせに相違なかった。

しかし、誰も関心を持っていなかった場所、特に150階台の区域では話が違う。機関投資家は、明らかに相場より高価格で無理をして不動産を購入しているらしい。一部では、すでに銀行が再開発情報を入手しているのではという噂まで流れていた。一方で、この区域への個人投資家の関心は徐々に高まっている様子だった。

「故意でやってることなのか？　何をしようというんだろう？」

シェフリバンは指令に従って任務を遂行しながらも、ときどき「ＩＣＢＭスペシャルエディション」のことを思い出した。かなり時間は経ったのに、とりわけ高価なせいか、まだ品物が残っているらしい。または本当の意味の限定版ではなかったのかもしれない。それでも構わなかった。シェフリバンは、あれこそ自分のために生まれたバッグだという気がしていた。

シェフリバンは遠い未来のことを思い浮かべた。歳月が過ぎ、この混乱と大激変の時期に自分が遂行した任務について誰かに話すとき、テーブルの上にこのバッグが置いてあったらどんなにいいだろう。

シェフリバンは思わず満ち足りた微笑を浮かべていたが、ふと気を取り直して顔を上げた。イジャーラ取引担当者が彼女の顔をじろじろ見ていた。審査が終わったらしい。

「本当にこれですんだんですか？」

「はい、完了です」

簡単だった。簡単にもほどがある。銀行のお金で家一軒を手に入れるのがこんなにも楽で簡単だなんて、驚いてしまう。

もちろんそれはコスモマフィアの仕事だ。お金の件はすべて何とかしてやるから、文障なく任務遂行せよというコスモマフィアの大言壮語は嘘ではなかった。七年経っても同じだった。コスモマフィアは約束を破らなかった。

そのようにして最初の任務を遂行すると自信がついた。何か月もかけて準備したことが特に支障なく進行していく様子を見て、シェフリバンはホッとした。そして思った。こんなふうに条件をつけずにお金を出してくれるなら、もしかしてあれも可能なんじゃないかなあ。

シェフリバンはＩＣＢＭスペシャルエディションの最後の一個が残っている店に電話した。そして何時間か後、銀行に行ってムラバハ契約を結んだ。すると銀行が販売者側に代金を支払い、ＩＣＢＭスペシャルエディションを購入した後、所有権は銀行が持ったままでバッグをシェフリバンに引き渡した。シェフリバンは一年後、本来価格の七パーセント増しで銀行からバッグを購入することとし、とうとう夢に見た品物を受け取った。

「本当にこれですんだんですか？　本当にこんなことまで？」

「はい、完了です」

事実上、利子率七パーセントで融資を受けてバッグを買うのと同じことだ。しかし形式上、利子は一切発生しない。その理由は、神が利子を禁止なさったためである。

「おお、神よ！」

シェフリバンは喜びに溢れて任務を遂行した。彼女は新しく買ったＩＣＢＭスペシャルエディション限定版を肩にかけ、優雅な足取りで不動産屋を訪ねて回った。そして七年半前の指示通り、合計十七か所の不動産の購入を開始した。そのうち五か所は上層階の外れに分布しており、残りは130階から165階の中心部に集中していた。

間もなく地域の不動産業者の間で、オイルマネーを意のままに操るやり手投資家の噂が広まった。そこにシェフリバンのルックスへの評価までが加わり、やがて噂はとんでもないストーリーになってしまった。シェフリバンが権力に庇護されているという噂、それも外国政府の庇護を受けているという怪しい噂が広まってからは、あまりにむちゃくちゃなので、チェ・シンハクの耳には届かなかった。そのためシェフリバンの動きはチェ・シンハクに察知されぬまま、三か月間で十七か所の目標のうち八か所を手に入れることができた。すべてイスラム金融によるものである。

　そのころチェ・シンハクは、東南アジア系の銀行がいったいなぜ150階近くの不動産価格を吊り上げようとやっきになっているのか深掘りするため、銀行の購入内訳を調べていた。そしてあるとき、とても理解できない問題に逢着《ほうちゃく》してしまった。「ICBMスペシャルエディション限定版」。どう見てもちょっと高めのバッグにすぎない品物を銀行が直接購入したという記録を発見したのだ。

「機関投資家がバッグなんか買うか？　それもぽつんと一個だけ？　何だ、これは？」

　彼はとうとうチーム所属の法律事務所出身の不動産の専門家を呼び、本格的にイスラム金融の勉強を始めた。

「なるほど。ではイジャーラっていうのは何ですか？」

「あ、イジャーラはですね、リースみたいなものなんです。銀行が、家でも車でも、顧客が購入したいものを代わりに買うんです。そしてそれを顧客に引き渡した後、定期的に使用料を取るんです。もちろん、使用料の総額は、その家を買うのに銀行が払った費用を必ず上回るようにします。ちょうど利子に該当するぐらいにね。形式上、どこにも利子は発生していませんが」

「普通に長期間の賃貸を利用しても同じじゃないですか」

「違いますよ。不動産の所有権は銀行にあるわけですから」

「所有権といいますと？」

「イスラム律法では、現物取引を伴わない、金と金の間だけの取引が罪悪視されるのでね。だから現物の所有権は必ず動かさないといけないんです。ムラバハもそうだし、今回のような場合も、現物の所有権はいったん銀行に譲渡されます。ですから金融危機の際にも、主にイスラム金融を取り扱っていた銀行は相対的に影響を受けなかったんですよ。現物を持っていたから」

「つまり、形式上は銀行が買ってるけれども、実際に買うのは銀行ではなく……」

「事実上は単に貸出しを行ったことになります。金だけ用立てて利子を受け取るとシャリーア（イスラム法）に背くことになるので、途中で現物を移動させたわけですね。銀行が購入したように見えますが、実際に購入したのは銀行ではなく、銀行から貸出しを受けた顧客です。または債券投資者とか。もちろんそれを債券とは呼びませんが。とにかく以前は、現物所有権が銀行に譲渡され、また個人に譲渡されるという二段階の両方に課税していたんですが、それを事実上一件の取引と見るのが印紙税二重課税防止法です。実際、一件の取引ですからね。でも金融当局ではまだこの部分に対応しきれていないので、銀行が購入したものとして処理したんです。銀行そのものを一種の投資会社という概念で見たわけですね」

「じゃあ、150階台の不動産価格を吊り上げてるのは東南アジア系の機関投資家じゃなくて、個人かもしれないということですか」

「はい」

「えー、なぜ今ごろそれを」

「えー、何度も説明したじゃないですか」

チェ・シンハクがついにしっぽをつかんだとき、シェフリバンはすでに十二か所めの目標を手に入れた後だった。チェ・シンハクはシェフリバンの購入内訳を冷静に見ていった。怪しいったらありゃしない。かなり有名な専門通訳者だとはいえ、その仕事だけでビーンスタークの不動産業界でやり手になれるはずはなかった。

「だったらやっぱりパトロンがいるのかな……?」

彼は巷に出回っている噂の真偽を確かめるため、情報網を動員した。もちろん、海外にいる現地の諜報員たちは文句たらたらだった。

「何を調査しろって? こっちの事情がわかってんの? 国王の内縁関係の裏取りか?」

しかし三日も経つと、あんなに不満だらけだったにしてはかなり詳しいレポートがもたらされた。ともあれ面白い素材だったことは間違いないらしい。結果はもちろん面白いものではなかった。全部でたらめという結論だった。

彼はシェフリバンが購入した不動産の立ち入り調査に乗り出した。たった三か所回っただけで、誰が見てもおかしい点が一つ目についた。三か所のどれもが、ビーンスタークとしては歴史が非常に古いのだ。単に古いというレベルではなく、ビーンスタークと同い年というほど古い場所だった。内部工事を一度もせず、業態も一度も変わっていないくらいに。

「こんなところばっかりわざわざ選ぶのはなぜだろう？」

「さあねえ、観光資源として開発するつもりとか」

「それなら別に悪くはないけど。でも、店の主人たちがねえ。何十年も売らなかった店をなぜ今ごろになって売るんだろう？」

「それだけお金を上乗せしてくれるからですよ。あなたもよくご存じの通り、いつ暴落してもおかしくないんだから、それなりに合理的な選択でしょう」

「だとしても何か変じゃないか？」

彼は考え込んだ。なぜだろう？　どうして銀行が何の担保もなしで、ムラバハだのイジャーラだのをまるまる承認しちゃったんだろう？　いったい何をする女なんだ。いったいどんな栄耀栄華をあてこんで、終末の近いビーンスタークであんなに派手に金をばらまいているんだろう？

もちろん、資金の流入自体は悪いことではない。しかしその金がビーンスタークのよい未来のために入ってきたのでないことは明らかなのだ。利益が出る間はここにとどまるが、やがて出ていく資金というのにすぎない。彼は、ビーンスタークへの攻撃はもう始まっていると考えていた。ビーンスタークを人の住む場と考えず、単なる不動産市場としてのみ理解しようとする人々が開始した攻撃。実は、攻撃の先鋒に立っているのは部外者というわけでもなかったのである。むしろ攻撃を防ぐべき内部の人々が率先して攻撃に回っていた。

「私も確かに今、そういう真似をしてるわけだな」

チェ・シンハクは自分の任務を思い出した。住宅価格。住宅価格を抑えなくてはならないのだった。

ふと思った。誰かがもう首都移転計画を入手しており、150階を中心とする新しい中心地一帯の不動産価格を故意に吊り上げようとしたら？　そんなことをする理由があるだろうか？

ありそうだった。ミサイル発射の兆候だけでもキャッチできれば、一日か二日前にあらかじめ避難命令を下すことができるから、人命被害は予想より少ないだろう。「審判の日」レベルのすさまじい人命被害は避けられる可能性が高いという意味だ。だが、建物への被害まで免れることはできない。

政府が移転計画を立てたのも同じ理由からだった。ミサイル攻撃を受けたら、300階より上の区域はほぼ復旧不可能な深刻な損害を被るだろうというのが政府の計算だった。だからその前に下に逃げなければならない。人ではなく財産の話である。

「私がコスモマフィアだったら、政府はできるだけ現在の位置に引き留めておいて、攻撃しようとするだろう。だったらあの女は……」

彼はぱっと立ち上がった。なぜそれを思いつかなかったのか。初めて頭の中に大きな絵ができた。あの女がコスモマフィアなんだ。

笑ってすませられることではない。銀行が動くなんて。それだけではない。絶妙のタイミングで印紙税二重課税防止法案が通過したのを見れば、市議会まで一緒に動いてくれているというわけだ。それが彼らの役割の全部なのかもしれないが、それだけでも小さなことではなかった。

少なくともシェフリバンにとってはこの程度でも十分だった。シェフリバンはすでに十四番めの不動産を手に入れていた。残りはあと三か所。審判の日が近づいていた。

十四番めの不動産はビーンスターク最大のスポーツジムだった。他の不動産と同様、ビーンスタークが完成した日からずっとそこで営業してきた。

「シャリーア適格ではありませんね」

シェフリバンがそう尋ねると主人は答えた。

「そうです。シャワー施設は分離されていますが、運動施設はね」

「非難しているわけではは全然ありません。私たちの誰も、そんなつもりはありません。それより、今までよくぞ守ってこられましたね。こんなによく保存されてきた施設を私たちに譲ってくださるのですから、必ず神のご意向にかなうように使います」

「神の平和」

「神の平和。一か月以内にビーンスタークを出てください。ご存じでしょう？　出ていくときには何が聞こえても振り向いてはいけないってこと」

もちろん冗談である。シェフリバンは笑いながら席を立った。そして考え込んだ。神の平和。神が望まれるのは果たしてそんな平和だっただろうか。シャリーアに背いたと？シャリーア通りにしか生きてはいけないのなら、シェフリバン自身ももうこの世の人ではなかっただろう。同じことだった。血の報復によって手に入れた平和が、神が望む平和であるはずがなかった。

ビーンスタークの滅亡を止める義人十人はいないと、自信を持って言える人がいるだろうか。ビーンスタークにも善良な人は大勢いた。少なくとも人口の半分はそういう人たちだと思えた。たとえ彼らの国が血まみれの文明だとしても、ビーンスターク内で会うビーンスタークの人々は、外にいるときに思っていたような、邪悪な人種ではなかった。むしろ、ほとんどが善良といってよい人々だった。

家に戻る途中、尾行がついてきた。尾行をかわすつもりはなかった。ただ、ことがこのように運んだ以上、審判の日にビーンスタークを抜け出せない可能性は高い。

杞憂ではなかった。チェ・シンハクはシェフリバンの出国を禁じた。そしてコスモマフィアとイスラム金融圏の関係を証明することに全力を傾けた。実際、彼らの関係はあまり自然ではなかった。コスモマフィアは旧ソ連方面から枝分かれしてきたため、イスラムのテロ組織とは性格が全く異なる。しかもイスラム金融とあっては。

もちろん、イスラム金融はムスリムだけを相手にしているわけではない。エコロジー系のファンドが必ずしも環境保護団体だけを相手にしていないのと同じだ。ムスリムも一般金融を利用することができるし、ムスリムではない人もイスラム金融を利用することができる。利子を禁じる神の意志に従おうとする人は誰でも、社会参加の性格を持つ他の金融商品と同様にイスラム金融を利用できる。もちろんムスリムの方が多く利用するだろうが。

銀行は、該当商品が神の意志にかなっていることを確信させるため、シャリーア学者などで構成されたシャリーア委員会の検証という手続きを踏む。まさにこの部分が問題だった。シャリーア適格の金融商品であるためには、酒、賭博、豚肉、武器関連事業への投資を控えなければならない。それなのにコスモマフィアと手を組むとは。おかしなことだ。

彼はコスモマフィアの資金源に関する諜報を閲覧した。すぐには納得できない箇所があった。地上目標物を打撃するための精密誘導技術に関するものだ。コスモマフィアがそれらの技術開発に本格的に着手したことは確かだが、思ったより資金の流れがスムーズではないように見える。もちろん、捕捉されていない流入ルートが存在する可能性は排除できないが、今のところの結論はそうだった。これでは資金がまるで足りていないはずだという意味だ。そのため政府は、明らかになっていない資金源を突き止めて遮断することに血眼になっていた。だが、チェ・シンハクはちょっと違うことを思いついた。

「ミサイルを使う気はないんじゃないかなあ」

するとまた理解できない部分が出てきた。ミサイルを使うつもりがないなら、なぜ不動産投機をするのだろう？　単に不動産投機で金持ちになろうってことか？　このまま行けば本当に大金を儲けることにはなるだろうが。だが、ミサイルが発射されなければ政府も移転を強行する必要がなく、そうなればまた不動産価格は下落するだろうに。

彼はシェフリバンが購入した十四か所の不動産目録を見つめた。どう見ても、単に土地代を吊り上げようとする行いではなかった。共通点は非常にはっきりしている。ビーンスタークで最も古い施設という点だ。内部工事さえ一度もしておらず、最初に建てられたときそのままの姿で六十五年も一か所を守ってきた場所。

彼は人を使って、まだ売れていない物件の中にそのようなものがあるか確認した。さらに五か所が確認された。そのうち政府移転計画と関連のある150階近隣の敷地は全部で三か所だった。

「まずは手に入れないと」

チェ・シンハクがついに金を動かした。

そして何日もしないうちに、コスモマフィアがついにビーンスタークに最後通牒を送ってきた。条件が十四個もついた最後通牒である。もちろんビーンスターク政府が受け入れるはずはなかった。最初から国家ではないのだから、そんな脅迫には耳さえ貸さないという立場だった。だが非公式的にはそうではなかった。そんなに泰然としていられる状況ではない。

動員可能なすべての諜報衛星が稼働し、アナリストたちが慌ただしく動いた。海軍の戦力は大幅に弱体化していたが、情報力まで損害をこうむったわけではなかった。疑わしい地域すべてに爆撃機を向けることはできなくとも、位置さえ正確に把握できれば先制攻撃に成功する可能性は少なくとも二〇パーセントはあった。正確な位置さえ把握できれば。

問題は、いくら必死に捜してもコスモマフィアの痕跡がつかめないという点である。ミサイル以外の核運搬体系を用いるのかもしれないという主張が提起されると、ビーンスターク緊急保安会議は、国境検索を強化せよという指示を出した。

資金は急速にビーンスタークから流出していた。株式市場も同様だ。人口もだ。周辺国ではビーンスタークがまた一方的に緊急避難計画一号を発動した場合は侵略行為と見なすという声明を発表した。すると、もっと状況が切迫する前にビーンスタークを離れようとする人たちが出てきた。

チェ・シンハクは相場の五〇パーセント増しの価格でレストランを一軒購入しようとしていた。ところが、ただちに問題が発生した。売ってくれないのである。他の二か所も同じだった。値段を上げてみても対応は変わらない。ところがその翌日の午前中、レストランが一か所、相場の二倍の価格で売れたという知らせが入ってきた。購買者はもちろんシェフリバンである。

コスモマフィアからイスラム金融圏、そしてシェフリバンへとつながるラインはまだ見つかっていなかったが、チェ・シンハクはビーンスタークでいったい何が起きているのかほぼ確信するに至っていた。

ミサイルは飛来していた。過去の方角から。爆弾はすでにビーンスタークに入っていた。

チェ・シンハクは、試みるまでもない首都移転計画から完全に手を引き、残りの二か所を購入することに集中した。証拠を押さえなくてはならない。そのためには少なくとも残りの二か所のうち一か所は確保しなくてはならない。価格ははね上がっていた。政府が乗り出したという噂が広がると、資金がそちらに流れはじめた。噂の中には、政府が首都を下層階へ移転する計画だというものも含まれていた。事実だが、すでに事実ともいえなかった。今や不動産価格が高騰しすぎて、政府が人為的に市場介入しない限り、敷地確保はほぼ不可能になっていたのである。

「チェ君は何をやってるんだ？　自分の任務が理解できてないようだが」

そこで初めて彼は、シェフリバンに関する調査結果を報告した。500階から600階に至る富裕層居住区域から流入した資金規模が大きすぎるため、首都移転は不可能であるという見解とともに。

「私が昔飼っていた犬もこっちに引っ越したそうです。それでおわかりでしょ」

「何のことだ、それは？　とにかく爆弾はもう入ってきてるってことなんだろ。証拠は押さえたか？」

「まだ証拠はないですが、状況はそういうことです」

「証拠がない？」

「近々、確保します」

「どうやって？」

「捜索令状をいただいて」

「捜して何も出てこなかったら、我々全員バカを見るんだぞ」

彼はシェフリバンが手に入れた十五か所の不動産への捜索令状をもらった。そしてバカを見た。

何もなかった。爆弾に似た形状のものは。爆発物どころか、爆弾酒の一杯も出てきはしない。レストランも何か所かあったが、半分以上が酒を全く扱わないハラルレストランだったのである。

困ったことになった。世論は沸いた。ビーンスタークがついに排他的国粋主義に戻ったのではないかと非難ごうごうだった。あちこちで「低所恐怖症的民主主義」という昔ながらのビーンスターク批判論が頭をもたげた。だがそんなことはどうでもいい。チェ・シンハクにとって大事なのは、何も見つからなかったという事実だけである。そして現場でちょっとすれ違ったシェフリバンの姿。

「ほんとにただの投機師だろうか？」


コスモマフィアが予告した攻撃日が一週間後に迫っていたが、ミサイル発射基地は依然として捕捉されなかった。チェ・シンハクは、それも当然だと思っていた。問題は、彼が予想した場所でもやはり何も発見されなかったという事実である。

シェフリバンは祈禱室に一人で座り、頭の中で爆弾の組立て手順を再現していた。触ったのはかなり前なので、この記憶が実際の爆弾にもそのまま通用するのか自信はない。正直言って、爆弾がちゃんと作動するかどうかも確信が持てなかった。人の手の届かない場所に何十年も放置されていたものなんだから。

爆弾は全部で八個だった。そこに、別々の場所で保管されていた起爆装置八個をつないだ後、昔ながらの手動で機械を操作し、正確に爆発時間をセットしなくてはならない。箇単な作業ではなかった。爆弾八個に起爆装置九個。起爆装置が一つ余る。消えた爆弾一個は、かつて520階で大爆発事故を起こしたまさにそれだ。

爆弾は六日後に組み立てるつもりだった。かなり昔に作られたものなので、ビーンスタークの全体を破壊するだけの爆発力を備えるとなると恐るべきビッグサイズになる。前もって出しておいたら、また隠す場所がないことは明らかだった。

二個はあきらめることにした。その二か所は、シェフリバンも到底買えないほど不動産価格が高騰していたためだ。

「変な国だなあ。それはそうと、何で犬に不動産が要るの？　それに何であんなにお金があるの？」

「変な連中だなあ」

チェ・シンハクも考え込んでいた。予告された審判の日の二日前である。いったいどこにあるのか？　ものすごい大きさであることは明らかだ。ビーンスタークができたときにもう入り込んでいて、竣工当時から存在する施設に隠されていた爆弾なら、小さいものではないはずだ。

どこに隠してあるんだ。壁の中か？

そんなことが可能なわけはない。壁に穴をあけたらすぐ隣の家なのに。床に埋めることもできないし。だけど、まさか！

彼は十七か所の空間周辺の平面図を取り出した。もちろん、周辺に空き地など全くない。だが、実在する空間が平面図に出ていないことが全くないではなかった。市長執務室から地下のバンカーまで行ける専用エレベーターも、平面図上では影も形もない。平面図が細工されているからだ。周辺の空間を実際より少しずつ大きく書くことによって、厳然と存在する空間一個が消されているのだ。

チェ・シンハクは翌日の午前中に情報局に寄り、ＧＰＳ受信機をいくつか持って147階に降りていった。ミリ単位まで表示する精密位置測定装置である。彼が訪れたのは、シェフリバンが四番めに購入した病院のそばだった。捜索令状はない。そんなものが必要な状況ではなかった。彼はＧＰＳ受信機を病院の外壁のあちこちに当てて位置信号を読み取った。

やっぱり！

位置が違う。病院は、図面上の位置より十二センチ北へ押されていた。そして壁面の長さが、図面のものより少し短い。周囲の他の建物も同様だった。すべて、図面より少しずつ短かった。


そして審判の日が迫ってきた。ミサイル発射予定の日が翌日に迫ると、コスモマフィアはミサイル発射施設六か所を同時に外へ露出させた。ビーンスタークで緊急避難計画一号が発令される寸前のことである。

シェフリバンは大きなハンマーを入れたゴルフバッグをかついで自分が購入した建物を回り、壁を壊して爆弾を取り出した。そして起爆装置を爆弾につないだ後、手作業で時間をセットした。冷や汗が流れた。まともに作動してくれるのだろうか。逆に、いきなり爆発してしまったりしないだろうか。シェフリバンは520階の大爆発事故のことを思い浮かべた。古い爆弾が勝手に爆発する可能性は常にあるのだ。

チェ・シンハクは令状を発給してもらうため、緊急保安会議の事務局を訪れたが、彼の言葉に耳を貸す人は誰もいなかった。彼らの関心事はひたすら、緊急避難計画一号を発令するかどうかに集中していた。そんなことは絶対できないという主張と、何があっても敢行すべきだという主張が真っ向から対立していた。中間はない。

ポイントは、コスモマフィアが本当に何千キロもの距離からビーンスタークを正確に攻撃できる能力を保有しているのかという点である。その点に関しては、会議参加者の大部分が懐疑的だった。しかし成功率が一〇パーセントにすぎないとしても、一応避難はしておくのがいいだろうというのが避難賛成論者の考えだった。反対論者の意見は、脅威が出現するたびにそんな対応をしていたら、ミサイル攻撃を受けなくてもビーンスターク経済は自ずと崩壊してしまうだろうというものだった。双方ともに一理あった。

ただ、チェ・シンハクの目には、緊急避難計画を云々すること自体が一種の裏切りに映っていた。ビーンスタークを見捨てるなんてあってはならない。少なくとも公務員は、そして市議会議員は、最低限市長一人ぐらいは何があっても最後の瞬間までビーンスタークと運命をともにすべきだ。

だが、民間人はやむをえない。その瞬間、チェ・シンハクの意見は緊急避難計画を実行する方が正しいという方へ傾いた。彼は実際の脅威を認知していた。また、自らの仮説の半分ほどは証明ずみである。残りの半分も難なく証明できた。確信があった。誰も彼の話を聞いてくれなかっただけだ。

「それで証拠は？」

「令状さえ頂ければ二時間以内にお見せしますよ」

「前に出してやっただろ。あのとき見つけられなかったものが、今捜したら出てくるのか？　相手がそんなにバカだと思うかい？　あのときに見つけるべきだったんだ。今じゃもう、あったものも隠してしまっただろう」

「発見できなかっただけです。爆弾は今もそのまま、あのときの位置にあります」

「あのとき見えなかったものがどうして今見えるんだ？　どういう方法で？」

「これです」

彼はＧＰＳ受信機と位置測定記録を差し出した。

「図面上の位置と実際の位置が違っています。こんなふうに長さを少しずつ縮めて、空間を一つ隠してあるんです。かなり大きい爆発物が入るだけの空間を」

今回だけは確信があった。しかし彼らは彼の言葉を信じなかった。

「君の目には今、隠れんぼなんぞやってられるような状況に見えるのか？　我々がこんないたずらにかかわり合ってるほど暇だと思うかい？」

「いたずらですって！」

「ミサイル六個だよ。一個でもまともに落ちたらおしまいなのに」

「一度調査だけでもすればわかります。ミサイルを無視しろと言ってるわけではないじゃないですか」

「コスモマフィアができたのはいつだ？　十五年も経ってない。ビーンスタークは？　六十五年だ。あいつらがどうやってビーンスタークに爆弾をしかけられるんだ」

「ビーンスターク建設当時にもう搬入されてたんですよ。コスモマフィアが隠したのではありませんが、誰が使うにせよ爆弾は爆弾です」

「それをどうやって証明するんだ？　あんな赤っ恥をかかせておいて、同じ令状をもう一度出せっていうのか？　それも今この土壇場で。私が令状自販機だとでも思ってんのか？　君だって、また事故を起こしたら今度こそ本当に面白くないことになるんだぞ」

彼らは逆にチェ・シンハクを監禁してしまった。

シェフリバンは爆弾を設置し終えると、家に帰って早めに床についた。本来なら脱出すべきだったが、それはもう無理だ。眠れなかった。当然のことだ。シェフリバンは自分がやったことを深く反省はしていなかった。ただ緊急避難計画一号が実行されるのを待っていただけだ。

「そうなったら死ななくてすむんだけどな」

ぼんやりと横になって天井を見ていると、余計な考えで頭の中がいっぱいになった。審判の日だというが、人が人を審判することができるのだろうか。空しく死んでいった家族たち、そして友人たちのことを思い浮かべた。それからすぐに彼らを頭の中から消してしまった。犠牲者たちの助けは必要なかった。彼らがいなくても、そのくらいの判断は下せなくてはならない。

もう十年も前にけりをつけた悩みだった。いや、ある人たちにとってはもう六十五年前に終わりにした悩みだった。ビーンスタークが建設されたころ、すでに。

一階、また一階と高くなっていくビーンスタークを眺めて、人々は自然とバベルの塔を思い浮かべた。あれじゃどう見たってバベルの塔になるよな。見てごらん。あんなに巨大なんだもの。人間の虚栄がそのまま現れているじゃないか。だからあれはどうしたってバベルの塔になるよ。

だから、その中に爆弾をしかけたのだ。建物が完成してからでは不可能なことだ。しかしそのときは十分に可能だったのだ。工事現場はめちゃくちゃだった。とんでもない金が必要だったため、資金が切れるたびに工事が中断された。設計についても似たようなもので、工事は何と二十三回も中断されては再開されたが、そのたび少なくとも一度は設計が変更された。地球のむこう側で競っていたもう一つのバベルの塔のせいである。二つの塔は双方とも、相手より高くなるために絶えず設計を変更した。建物はどんどん高くなり、だんだん広くなっていった。一方が完全につぶれるまで競争は続いた。そのどさくさにまぎれて爆弾を何個か搬入するぐらいのことは実際、さほど難しいわけでもなかった。

神の名によって運び込まれた爆弾だ。ときが来れば誰かが使用するだろうと埋められた、予言のような爆弾だった。爆弾を使用する人が誰になるか、誰も知らなかった。ただ、誰かが必ずその仕事をやることになるだろうという確信はあった。まさか六十五年もかかるとは思わなかったのだろうが。

だが、ビーンスタークは本当にバベルの塔になったのだろうか。シェフリバンは反対側に寝返りを打った。

何十年間も爆弾を抱えて生きてきた人たちのことを思い浮かべた。誰かが巨額の金を持って訪ねてきたり、または耐えられないほど過酷な圧力を行使することもあっただろう。それでも彼らは六十五年間も、そこにそのままとどまっていてくれた。何十年にもわたる古い約束を守ってくれたわけだ。いつ爆発するかわからない爆弾を抱いて。

不動産を譲り受けるときシェフリバンは、彼らの表情を注意深く探った。本当にビーンスタークはバベルの塔になったんでしょうか？　シェフリバンは目だけでそう尋ねた。彼らは何も答えなかった。

シェフリバンはちっとも寝つけなかった。もう撤去してしまおうか、あの爆弾。

監禁とはいうものの、監視はあまり徹底されていなかった。審判の日の朝、チェ・シンハクは閉じ込められていた場所を抜け出し、令状を持って爆弾設置現場の一つへ駆けつけた。一人だった。援護してくれる兵力はない。彼は通る人々の視線にもお構いなく、通路に面した巨大なガラスを重いハンマーで容赦なくたたいた。強化ガラスなので思ったほど簡単には割れない。ハンマーがはね返って手にびんびん響いた。

「いったい何やってるんだろうな」

だが、そうでもするしかなかったのだ。ガラスを割って侵入に成功しさえすれば少なくとも、通報を受けて駆けつけた警備員が、何かなくなっていないかと中を調べるはずだから。

だが、警備隊が到着する前に、ひやりとする刃が首の下に食い込んできた。

「立派なお方が何てことを。まあ、話しましょう」

コスモマフィアだ。鋭い殺気を漂わせた、善良な顔の暗殺者。

彼はチェ・シンハクをシェフリバンの家に連行した。シェフリバンも全く見覚えのない人物だった。暗殺者がいたんだなと思うと、シェフリバンは髪の毛がぞわっと逆立った。

「私を消すために送り込まれた暗殺者だ。やり損なったり、仕事を終える前に見つかったりしたら、あのナイフが私の首に食い込むんだな」

するとふとこんな思いが浮かんだ。

「やりたくてやってるんだと思っていたけど、本当はそうでさえなかったな」

緊急避難計画一号はついに発令されなかった。予定された時刻になるとコスモマフィアはミサイルを何発か打ち上げた。ビーンスターク全体にしばらく緊張が流れたが、いくら待ってもミサイルは飛んでこない。再び平和が訪れた。もちろん、本物の平和ではない。

シェフリバンはぽかんとしてチェ・シンハクを見た。

「情報局の方でしょう？　見つけたんですね？」

チェ・シンハクは返事の代わりにうなずいた。シェフリバンは黙ってうつむいていたが、しばらくしてまたこう聞いた。

「じゃあ、私は失敗したんでしょうか？」

チェ・シンハクは首を振って言った。

「違います。誰も信じてくれなかったのでね」

「ということは？」

「止められなかったのですよ」

「そうですか。そちらでも」

「はい、こちらでも」

久々に訪れた平和を、神は再び回収された。そしてその場を代わりに沈黙で埋めた。それもまた審判の日であった。

チェ・シンハクはなぜそんなことをしたのかと問い詰めたりはしなかった。そんなことはしたくもなかった。ビーンスタークが攻撃された理由を知らないほどずうずうしくはない。シェフリバンも同じだった。彼らは互いの立場を理解した。

しばらくして、チェ・シンハクが口を開いた。

「あとどのくらいですか?」

シェフリバンは指を二本立ててみせた。

「二時間ぐらい」

引き返すにはもう時間が遅い。またぽかんとした時間が過ぎた。シェフリバンが言った。

「あの、どうせなら少し景色のいいところで待った方がよくないですか? 状況は今と変わらないでしょうけど。ご存じでしょう? そちらは捕虜で、私は監視者だってこと」

二人は670階の展望台に上った。そして窓際に立って下を見おろした。チェ・シンハクは抵抗するつもりはさらさらなかった。今さらシェフリバンの視野から逃げ出したところで、爆発を止めるすべはない。彼の言葉を信じる人は誰もいない。だからといって建物の外へ脱出する気になれるわけでもなかった。

彼は展望台の下に広がる光景を見おろした。そこははるかに遠かった。そして限りなく静かだった。そうやって黙って下を見おろしていると、心が限りなく平和になった。それこそ、ビーンスタークが彼に恵んでくれる最高の祝福に違いない。そこからなら、地表面を二つの目でしっかり見つめても怖くなかった。その高さからなら、下に広がる二次元空間を吐き気の心配なく見おろすことができた。

ビーンスタークがもう少し高かったらどうだったろう？　それならもっと楽だっただろうか？　死ぬのが怖くないくらいに。彼は、あの世は二次元だと信じていた。低所恐怖症の人はみんなそうだ。すべてのビルが壊れ、人類全員がまるごと、縦軸の存在しない平面空間に落ちていくこと。それがまさに彼の考える最後の審判だった。そして、その恐ろしい瞬間が本当に目の前に近づいていた。彼はじっと下を見た。二次元空間に生きる人々が最後の瞬間に我を忘れて空を見上げるときのような、焦点の合わない目で地面を見おろした。

「あー、くそったれ」

シェフリバンは目を上げて空を見上げた。空の真ん中に立っている感じだった。実際にそうでもあった。神の心がわかったようだった。だからビーンスタークは過ちを犯したのだろうか？　神の心を理解したから？　でも、それは別に悪いことじゃないのに。

誰も、二度とこんなことは経験しないだろう。動かない床を踏みしめてじっと立ち止まり、神の目の高さから世の中を見おろすことなど、しばらくの間はもうないだろう。それができる場所はここしかないのだから。

低い雲が近づいてきてガラスの壁にぶつかった。湿気が感じられるようだった。すぐに風が吹いてきて湿気を吹き飛ばしてしまった。展望台のガラスの壁はすぐに涙を引っこめ、乾いた目で空に向かって頭をまっすぐにした。神の平和とは、あの乾いたガラス窓ごしに見える巨大な天と地のようなものではないだろうか。

シェフリバンはあたりを見回した。チェ・シンハクがガラスの壁にぴったりとくっついて下を見ている様子が見えた。670階から見おろすはるかな大地に向き合っても、彼は全然恐怖を感じていないようだった。

シェフリバンはガラスの壁から三歩も後ろに下がっていた。下を見おろそうとすると何だか、死がずっと生々しく近づいてくるようだった。そしてその瞬間、死ぬのは怖いと思った。七年前にもう終わりにした悩みと思っていたが、七年前に下した結論は今まで有効ではなかったらしい。

考えてみれば当然だった。あれからさらに七年も生きたのだから。そうだ、ビーンスタークがどうだっていうのか。バベルの塔だったら、それがどうだっていうの。一度も真剣に考えてみたことはなかったが、今になって思うとシェフリバンはビーンスタークが嫌いなわけではなかった。

爆撃で犠牲になった同志たちのことを思い浮かべた。あのときも、彼らのために涙を流したことはない。その代わり、乾いた目でビーンスタークにやってきた。必ずビーンスタークをなきものにしてやると誓った。神の平和がこの地に満ちることを願うと固く誓った。いつになるかわからない審判の日、必ずその現場に立つのだと。だがそのときは、現場がこんなに熱いとはついぞ思っていなかった。審判の日に神の目の高さで見る世界は、乾いた目で見るにはあまりにまぶしかった。

神は今、涙を流すことを許しておられる。だが、シェフリバンはそれを受け入れなかった。目をつぶって深く息を吸い込む。ふと横を見ると、チェ・シンハクがこちらをぼんやり眺めていた。何か言っているようだ。だが何も聞こえない。爆弾が破裂するまで何も聞かないつもりだったのだ。バーン！　バーン！　バーン！　ビーンスターク全体が全身で神の判決を受け止めるその瞬間まで。

その瞬間はほぼ目前に迫っていた。自分でも気づかぬまま、シェフリバンの目からは涙がこぼれていた。そうやって目をつぶって立ちつくしたまま、しばらく待った。何の音もしない。何も感じられない。重力も、存在も、足を踏み締めて立っている床も。

いったいどれほどそうやっていただろうか。シェフリバンはふと我に返った。おなかすいた、と思った。どれくらい過ぎたんだろう？　時計のある方を振り向く。もう、ずいぶん時間が過ぎている。シェフリバンはあたりを見回した。

「時間になったようですが、静かですね」

「え？」

「何も起きませんでした。ずいぶん経ったのに。ここに来てもう二時間にもなりますよ」

チェ・シンハクが言った。さっきからそう言っていたらしい。

「予定の時間からもう三十分も過ぎたのに、もしかして時間を合わせ間違えたとか……？」

「え？　そんなはずありません。言われた通りにちゃんとやったのに……きっちりやったんですよ」

シェフリバンは自信なさそうな声で答えた。きょとん、ぽかん。そして平和がやってきた。

「じゃあもしかして？　まさか、それはないですよね。とにかく降りましょう。展望台が閉まる時間だそうですよ」

「え？　はい」

きょとん、ぽかんで何も起きなかった。審判の日に。

「変だなあ。こんなはずないのに。確かに練習した通りにちゃんとやったのに」

コスモマフィアの暗殺者は、爆発予定時間の前にもうビーンスタークを抜け出していたらしい。シェフリバンはチェ・シンハクの後を追わなかった。チェ・シンハクも同じだった。

タイマーは確かにちゃんと作動していた。だが、六個すべてが不発だったのだ。だとしても、少なくとも四個、いや少なくとも二個は爆発しないといけなかったのだが。

シェフリバンは六十五年間爆弾を守ってきた店の主人たちに会いに行った。彼らのほとんどはそのままビーンスタークにとどまっていた。シェフリバンの姿を見ると彼らは一様にびくっとし、何と言っていいかわからず困り果てていた。

「報復のためじゃありませんから、心配しないでください」

シェフリバンが言った。

「不発だったでしょ？　ごめんね」

「それ、最初から知ってらした？」

「そうだな。言ってみりゃ」

「じゃあ、ご自分でそうしたんですか？　つまり、直接、ご自分の手で」

「それも、言ってみりゃそうだな」

「なぜです？」

「なぜかっていうと……」

シェフリバンはどんな返事が戻ってくるかわかるような気がした。

「六十年も見てきたけど、ここはバベルの塔なんかじゃなかった。みんなで示し合わせたわけじゃない。もちろん、一人か二人は私と同じことをするかもしれないと思ったことはあるけど。でも、一つも爆発しなかったのはごめんなあ。ほんとに予想もしなかったんだ。とにかくすまないことになったね。だけどほんとに、意図したわけじゃなかったんだよ。他の人たちは予定通りにするだろうと思ったけど、自分の手でここを破壊することはできなかったんだ。ここ、この町をね。この国全体については私もよくわからないけど、この町だけはどうしようもなかったんだよ。どうせ結果は一緒だと思ったけど、うちにあるのだけは不発だったらいいなと思ったんだ。だって、ここはバベルの塔じゃなかったから」

十五対ゼロ。満場一致だった。これ以上言うことはない。爆弾も起爆装置も、どれ一つまともなものはなかった。絶対に爆発するはずのない爆弾だったのだ。審判の日に、主はご自分の陪審員らによってこのような判決を下された。執行猶予。

神はビーンスタークをぽかーんと見おろしておられた。そして平和は訪れた。当分は続きそうな本物の平和だった。

一年後、シェフリバンは契約通り、本来価格よりやや高い価格で十五か所の不動産をすべて銀行から購入した。そして、そうやって買い入れた不動産をすっかり売って、とてつもない金持ちになった。シェフリバンの家はバッグで溢れ返った。

チェ・シンハクの財産にはあまり大きな変動はなかった。母親の財産が大幅に増えただけである。引退後のチェ・シンハクは母親の財産を一緒に食いつぶしながら暮らした。とても豊かに暮らした。少なくとも飼っていた犬と似た程度の生活水準ではあったらしい。

そしてシェフリバンとチェ・シンハクは生涯、顔を合わせることはなかった。

付録

作家Kの「熊神の午後」より

一度昇った太陽はなかなか沈まなかった。一日が一年である熊神の領土には、一年じゅう雪が積もっていた。熊神は邪悪なる夜の支配者だった。半年にも及ぶ長い長い夜がやってくると、宇宙の彼方から絶え間なく押し寄せる無限の虚無と闇のはざまに、熊神がちらりと姿を現すことがあった。熊神は常に冷たい吹雪に乗って移動した。死神の空虚な息遣いのような険しい寒風の音が耳をつんざき、心臓にまで達すると、善良な熊はみな洞窟に入って永遠のように長い眠りにつかねばならなかった。

しかし勤勉で敏感な熊の中には、夜の退屈さに耐えられず、何度も眠りから覚めて転々と寝返りを打つ者もいた。この白熊もそうだった。彼は十歳だった。つまり、すでに十夜も熊神の領土で過ごしたわけである。熊神の吹雪も、熊神が呼び込む果てしない宇宙の深淵も、以前ほどには恐れない年齢になっていた。だがこの十日めの夜、白熊はとうてい眠りにつくことができなかった。

なぜかと悩みはしなかった。彼はただの熊であったから。その代わり、彼は起き上がって洞窟の入り口の方へ歩いていった。食べるものが外に残っているだろうか？　雪を掘り進んで頭を突き出すと、冷たい風が顔を打った。どきん、どきん、夜通しのろのろと打っていた心臓が徐々に速度を上げてきた。これではいけないという気がしてきた。だが彼は雪を掘りつづけた。何か食べられるものがないだろうか。所在なかった。これではいけないということはよくわかっていたが、それでもうんざりして耐えられなかった。

顔を出せるぐらいの大きな穴があいた。彼はそこへ頭を突っ込んだ。冷たい雪が顔に触れた。全身に戦慄が走った。白熊は空を見上げた。何もなかった。漆黒のような闇だけだ。空虚な宇宙だった。真っ白な氷の上に赤い血を垂らして熱く死んでいった獲物たちの目のような、果てしなく空しい闇だった。彼はそれらの目を思い出した。どこを見ているのかわからない目。ぎょっとして、彼らの見ている先を振り向いたこともある。しかし彼の目には何も見えなかった。九日めの朝、白熊は、彼らの目に映る場所は自分には見えない世界の果ての遠いどこかなのだと直感した。その目を通して白熊は、そのような場所が存在するという事実を悟った。おそらくそれは熊神の故郷だ。

まさにそのような空だった。白熊は突然悲しくなった。心臓がさらに速く打った。悲しみが心臓を鼓動させるのか。彼は目の前に広がる深淵をじっとのぞき込んだ。深淵も彼をのぞき込んだ。白熊は目を離すことができず、その光景をじっと見つめていた。深淵が頭をもたげる様子を。

突然、深淵が目の前から遠ざかった。そして吹雪が白熊の顔を打った。洞窟の入り口をふさいでいた何かが消えでもしたように。

あれは何だ！

深淵のまわりに巨大な顔が現れた。巨大な顔に巨大な口と鼻と耳がついている。心臓の鼓動がどんどん速くなった。全身に血が回るのが感じられた。

顔だった。真っ青で巨大な熊の顔だった。熊神だ。白熊はびっくりして穴から顔を離した。すると熊神がもう一度穴に顔を近づけた。深淵が目の前に迫っている。彼には見えない世界の彼方のどこかを見ている目。白熊はその目をのぞき込んだ。そのまなざしから逃れることはとてもできない。白熊はその目を通して、自分では直接見られないものを代わりに見ることができた。そしてその焦点の合わない視線が向かうところ、世界の彼方の遠い遠いどこかには、彼が全く予想できない何かがあった。

あれは何だ？　そしてあれはなぜそこへ行くのか？

熊神は確かに彼を凝視していた。彼の存在を。普通の熊の目では絶対に見ることができない、白熊自身の内面にある真の存在を。恐怖が押し寄せてきた。内から外へと戦慄が走った。

彼は洞窟の奥へ走っていき、体をすっかり縮こまらせた。逃げなくてはならない。夜は長く、洞窟の外には熊神が立ちはだかっている。逃げ道はどこにもなかった。永遠に覚めることのない深々とした冬眠だけが、白熊のすくみ上がった肉体を救うことができた。ゆっくりと、きわめてゆっくりと、白熊は再び冬眠の中へ戻っていった。

眠りから覚めた朝、洞窟の外には雪が降っていた。白熊はしばらくして我に返った。伸びをすると洞窟の外へ出て雪原に座り込んだ。

風のない朝だった。軽やかな雪がほとんど垂直に近く降っていた。それ以外には何も起きない時間。退屈な時間が大地の上に散り敷いた。

白熊は前足に載った雪片をじっと見つめた。六個の腕が見えた。雪片がもう一つ、前足の上に落ちた。また六個の腕、そっくりに見える腕だった。しかし全く同じ腕を持った雪片は一つもない。身じろぎもせずにしばらく待った。何十個、いや何百個もの雪片が絶え間なく前足の上に降ってきた。あとどれほど待ったら全く同じものが落ちてくるだろう？彼はまばたきしながら思いにふけった。どうしてこれらのすべてはみんな形が違うのだろう？　いったいこれら全部を誰が作ったのか？　なぜこれを作らなくてはならなかったのか？　意味があるのか？　一つ一つが全部、違う意味なのだろうか。

彼は前足の上に載った雪片を見た。何を意味しているのかわかる雪片は一つもなかった。

彼は顔を上げて、目の前に広がる雪原を眺めた。まさか、あのいっぱいあるのが全部違ったようにできている？　そして空を見上げた。空一面に雪片が舞っていた。まさかあんなにたくさんある中で、全く同じものは一つもないのか？　前足を上げて後足だけで立ってみた。遠くまで広がる熊神の領土が目に入ってきた。小さな丘以外には何もない大地だ。どこまでも白一色の単調な世界だった。あれに全部意味があると？　意味のわからない意味で埋めつくされた、熊神の領土。熊神の目には見えるのだろうか。あの雪片一つ一つがどういう意味なのか、熊神には見分けがつくのだろうか。

一年が一日である熊神の領土で、不思議なことはあまり起きなかった。人間たちが夏と呼ぶ真昼にも、目立った変化は見出しづらかった。なかなか太陽が沈まない長い長い午後だった。雪はやんだが、この大地は意味なき意味でいっぱいだった。白熊は雪を踏んで歩くのがためらわれた。だが、ただ横になっているわけにはいかない。日が経つほどに、つまり年が経つほどに、狩りのできる場所はだんだん狭まっていく。チャンスがあるなら何としてでも起きて狩りに出なくてはならない。そして今がまさにそのときだった。

匂いがした。意味のわかる存在の痕跡だ。イルカだ。凍りついた足元が溶けて穴があき、そこからイルカが息をするために頭を出したのが、風に乗って遠くまで伝わってきたのだ。白熊は起きて匂いのしてくる方向へ駆けた。祝福された巨大な尻が激しく揺れた。

急ぐ必要はない。イルカは先に逃げたりはしないだろう。氷原の下の海がどんなに広かろうと、そのすべてがイルカの領土ではない。呼吸のできない空間は、どんなにえさが多くてもイルカにとっては死に場所にすぎない。氷原に空気穴があいて初めて、イルカは氷原の下に隠れた豊かな海に進出できる。そしてそこで罠にはまる。白熊が到着してあたりを歩き回るとき、イルカの空気穴は罠に変わる。近くに別の空気穴がなければ。

まさにその点が問題だった。空気穴がたくさんあるということが。最初の五日間はそうではなかった。だが、六日めからはとても暖かかった。その分、空気穴の数も増えた。それでは何もできない。えものがどの穴から出てくるか、どうやったらわかるというのか。

かなりの距離を走っていくと、遠くにある空気穴が目に入ってきた。一個だけだ。かなり厚い氷らしい。運がよかった。それよりいいことはありえない。そちらへ近寄っていき、うずくまった。イルカが姿を現した瞬間に近づき、前足で一度威嚇した。それからまた自分の場所に戻り、じっとイルカを待った。

イルカはしばらく動きを見せなかった。他の穴に行ってしまったのか？　それでも白熊はもうしばらく待った。するとしばらく後で、苦しそうに息をしながらイルカが水辺に姿を現した。そしてあっという間に水中に消えた。

引っかかったな！

十分に息ができなかったことは明らかだ。近くに他の穴がないか探してみたが、結局適当な穴が見つからなかったに違いない。それなら焦って飛びかからなくてもいい。どうせ、時間が経つほど熊に有利な戦いだった。当分の間イルカは、水から十分に頭を出していることはできまい。荒い呼吸しかできないという意味だ。空気を十分に吸えなければ、イルカはいつかは疲れてしまう。そのときになったらイルカももっと必死に冒険を試みるだろう。ともあれそれまでは、近くをうろうろする以外にやることはなかった。

白熊はまた思いに耽った。イルカの匂いがあたりいっぱいに漂った。もちろんよく知っている匂いだ。イルカの匂い。赤い匂い。意味もはっきりわかった。えさという意味だ。だが、ふとこう思った。あの白いのが全部同じではないように、この赤い匂いもまたそれぞれ違っているのではないか。

イルカは水から顔を突き出すと、すばやく水中に潜っていった。何百回となく見た場面だ。もちろんここ何日間か、これほど完璧な罠を見たことはなかったが、ともあれ熊神の領土で暮らしてきたこの十日間に何十回もやってきた狩りだ。だが、この狩りは他の狩りと全く同じ狩りだろうか。私が捕まえて食べた何十頭ものイルカは果たして、みんな同じイルカだったか？　そうではなさそうだった。そんなはずはなかった。彼は、自分が他の熊たちとは違う熊であることをよく知っていた。熊がそうならイルカもそうだろう。ならばこのイルカはいったいどんな意味を持つイルカなのか？　私はいったいどんな意味を持つ熊なのか？　最後の質問への答えは難しくなかった。「結局、私は私」という意味を持つ熊だから。それだけは特に印がなくてもはっきりわかった。では、あのイルカはいったいどういう意味だろう？

イルカはせっぱつまった死闘をくり広げていた。だが白熊はそうではなかった。白熊は待って、待って、待っていた。まだ余裕があった。しかしイルカはそうではなかった。

イルカは氷の穴のまわりをぐるぐると回っていた。息が苦しそうだった。もうかなりの間、白熊の方をうかがいながら水面上に浮かんだり潜ったりをくり返したので、見るからに疲れた動きだった。それほど深いところにいるわけでもない。前足を上げて一度殴りつけたらそれまでだろう。もちろん、一度は水中に飛び込まなくてはならないだろうが、久々に出会った獲物を、それが怖くて逃すなんてありえないことだ。ただ、気乗りがしないだけ。

白熊は穴の中をじっとのぞき込んだ。イルカが水中深くまで潜っていく姿が見えた。そして、しばらく後にちょっと離れたところで氷面がドンと鳴った。氷を割るつもりらしい。白熊はその場でバッと起きた。もうこのままにはしておけない。氷が割れたら狩りは絶対に成功しない。もう一度イルカが姿を現したらその瞬間、何が何でも水に飛び込まなくてはいけなかった。

やりたくはなかった。でもやるしかなかった。けれどもやらなかった。イルカの目を見たためだ。

白熊はついに狩りを放棄した。腹が減っていた。だがどうしようもなかった。彼は体を縮めて横たわり、静かに苦悩に浸った。

三日三晩だった。熊神の領土では昼夜があまり入れ替わらないが、時間でいえばそれくらいの長さだ。太陽が空を大きく一回りして戻ってくる時間。白熊はまる三日間も苦悩に浸っていた。太陽が一度昇ったら半年も沈まない昼、一度沈んだら半年も昇らない夜。相変わらず冷たい世界だったが、薄くなった氷をもう一度厚くするほどには厳しくない午後だった。熊神の力が徐々に落ちていく日々の午後。

白熊は朝になると洞窟の外へ出て、まず熊神の領土を見回した。領土が目に見えて減ったのが一目でわかった。ある場所では氷原が陸地まで押し寄せていた。海を覆うことのできない氷原は何の役にも立たない。そういう場所は絶対に狩場にはならない。

白熊は氷の溶けた大地に流れ着いた海藻をむしって食べた。えさの匂いが鼻を惑わすこともあった。しかしもう駆けつけても無駄なのだ。駆けつけたところでそこは氷の穴ではなく、ただの海面である。氷の穴だとしても同じことだ。白熊の祝福された巨大な尻を支えられるほど厚くなければ、そこは死に場所と変わらない。

他の熊たちと同様、白熊もだんだんやせていった。そして三日間続いた苦悩はまだ残っていた。どっしりと重かった体が軽くなるにつれ、いよいよ寒さが耐えがたくなったが、心だけは日ごとに楽になっていくような気がした。

白熊はイルカたちを追って移動した。多くのイルカが海を泳ぎ回っていたが、白熊は三日前に会ったあのイルカを記憶していた。彼はイルカを見つめた。みな似たように見えたが、少しずつ違っている。あのイルカとは違う匂いがした。姿も違って見えた。なぜ違うのだろう？　それはどういう意味だろうか？

たまに罠にかかったイルカに会うこともあった。薄くなり果てた氷に開いた穴の下にいた。白熊はもうすっかり気力が衰えていた。水に飛び込んで狩りを試みることはできたが、それもあと一度きりだ。失敗したら氷の上に這い上がる気力すらありそうになかったのだ。時間が経過すれば勝てる戦いだと思っていたが、そうではなかった。狩りができないまま時が過ぎれば、無条件に白熊の負けになる戦いだった。

最後のチャンスが目の前を通り過ぎようとしていたが、白熊には狩りをする気に全くなれなかった。いや、全くではない。ただ、狙う相手が前とは違っていただけだ。彼はえさを求めようとしていなかった。えさではなく何かが欲しかった。腹が減っていることに変わりはないが、その飢えを満たすために死んだイルカの体を食べたくはなかった。そうではなく、他のものを食べたかった。それは何だろう？　そして、それを捕まえるにはいったい何をどうすればいいのか。

彼はやっとのことで薄い氷に上った。下を見た。イルカが一頭、氷の穴の上に頭を突き出した。逃げてもいいし他の穴に移ってもよかったはずだ。だがイルカはそうしなかった。おそらく、白熊がどんなに弱っているかよく知っていたのだろう。その様子を見た白熊は死を直感した。相手の目に映った自分の姿がどれほど惨めか気づいたからだ。

だが、死の恐怖より、三日間ずっと頭の中をめぐっていた疑問の方が先に思い浮かんだ。お前はいったい誰なんだ？　何の印もなくとも自分が他の熊とは違う特別な熊だということはわかるが、お前はいったい誰なんだ？　お前がそれだということはいったいどうしてわかるんだ？　私は今、いったい誰に尋ねているんだ？

そしてその瞬間、彼が立っていた足元の氷がぱっくりと割れた。彼はそのまま水に落ちてしまった。弱っていた足をばたばたさせて氷の上に這い上がろうともがいた。しかし彼が両方の前足で押さえつけるたびに、氷にはぴしぴしとひびが入るだけだった。もうどうやっても上れそうにない。

あきらめるしかない。

彼は力を抜いてじっと水の上に浮かんでいた。体温がだんだん下がってきた。心臓の鼓動が徐々に遅くなっているようだった。そうなったら眠ってしまうだけだ。怖がることがあるものか。でも、どれくらい長い眠りになるのか？　熊たちは、夜の長さと昼の長さが同じであることを知らなかった。夜がどれほど長いのか知るためには、一睡もせずに夜を明かさなくてはならないが、そんなことができる熊はどこにもいない。白熊は冬眠に入るたび、もう目が覚めないかもしれないと思うのだった。眠っている間に熊神の領土がすっかり溶け落ちて、熊神が自分を見つけるかもしれないという恐怖も伴った。

　力がまるでなかった。力を抜いて水面に浮かんでいると、自然と空が目に入ってきた。雪が降っていた。雪の一片が鼻先に舞い降りた。冷たかった。何の感覚もないはずなのに、冷たさに四肢がぶるっと震えた。

　そしてその瞬間、彼は雪になった。水に触れた瞬間消える雪。体がだんだん溶けてなくなっていくようだった。錯覚だろうか。彼はやがて雪となり、熊神の領土をいっぱいに満たした。腕が四本しかない雪片だ。腕が四本と頭が一つ。だが、あんなにもたくさんの雪片の中に、全く同じ雪片はただの一個もない。それがせっせと降りつもり、氷になると、イルカたちが下からそれを打った。ドン、ドン。どきん、どきん。

　ふと我に返った。まだ水の中だった。どきん、どきん、心臓はまだ眠っていないらしい。せわしく降りしきる吹雪を眺めているうちに、存在そのものが徐々に消えていった。イルカたちがその周りをぐるぐる回っていた。巨大な鯨神が熊神の大地をがんがんと打つ音が海を伝って彼の心臓に伝わってきた。白熊はその音が鯨神の声なのか、自分の心臓がまた打ちはじめたのか区別できなかった。

　どきん、どきん。何かが音を立てていた。心臓の音ではないだろうと思ったが、じっと聞いているとかなり規則的な音だ。彼はその音に耳を傾けた。まぶたが閉じた。暗かった。漆黒のように暗い夜。どこからか、果てしない暗黒が降り注いでくる音がした。

カリ、カリ、カリ。何か小さなものが氷面をひっかく音がした。雪片ほどに小さなものが出している音だ。白熊はそちらに近づいて下を見おろした。小さな穴があいていた。あまりに小さくて、ほとんど見えないほどだった。そちらに顔をぴったりくっつけた。もうちょっと近く、もうちょっと近く。穴が完全にふさがるまで近づき、片目をそこにぴったりつけた。すると穴を掘って出てきた生命体が見えた。目、鼻、口、耳、細長い顔をした白熊だった。小熊が驚いた顔で彼の方を見上げた。

お前は！

白熊はびっくりして顔を上げた。すると小さな熊もびっくりして穴から顔を引っ込めた。漆黒のような闇の中だったが、白熊はその小さな熊に見覚えがあった。お前が誰だか知っているよ。四本足に頭が一つ、他のどんな熊とも違う熊、他のどんな雪片とも違う形の雪片、どんなに小さくどんなに静かでも絶対に気づかずに通り過ぎるはずのない、唯一の存在。

お前は！

私か！

目が覚めた。また空を見上げる姿勢だった。雪片たちが彼の顔に向かって舞っていた。

「あんなにたくさんの雪片の一つ一つがどんな意味を持っているのか、果たして熊神はわかるのだろうか」

彼は三日前に抱いた生に対する疑問に、そして誰なのかもわからない誰かにその問いを投げかけた自分自身に、うなずきながらこのように答えた。

「うん、わかる」

「そう？　でも、あなたはいったい誰なのか？　誰が私に答えているのか？」

「私？　目を開けたまま夜じゅう起きている唯一の熊だ」

彼が尋ねた。

「そう？　それは誰？」

すると彼が答えた。

「誰って。熊神だ」

その日の午後、熊神は涅槃に入った。太陽が一向に沈むことのない、巨大な熊神の午後に。

カフェ・ビーンス・トーキング――『520階研究』序文より

「平面選挙区立体化方案」は、水平方向に広がった選挙区を立方体に近い三次元選挙区に再編する計画である。

ビーンスタークミクロ権力研究所の実験でも立証されたように、対面関係による口コミが同一階の中で広がる速度は、他の階に広がる速度より圧倒的に速い。伝えられたメッセージの影響力もまた、垂直方向に伝わるときより水平方向に伝わるときの方がずっと強いことが明らかになった。

この発見は特に、選挙との関連で注目された。新聞やテレビをはじめとする主要メディアを完全に掌握したにもかかわらず、垂直主義者が市議会議員選挙で一度も圧倒的な勝利を収められなかったのは、ビーンスターク議会の規模と深い関係がある。ビーンスターク市議会議員の数は全部で百九十九人であり、議員一人が代表する市民の人数はわずか二千六百五十二・四七人にすぎない。平均千三百二十七票を獲得した候補は、有権者の人口構成や得票率に関係なく無条件に当選確定となり、投票率が約六〇パーセントの選挙においては、平均五百五十七票獲得すれば他の候補者の数字とは関係なく当選できる。実際、十二代議会の議員の平均得票数はわずか四百七十二・二票にすぎなかった。

ビーンスタークにおいても、マスメディアは大衆の心を動かす最も重要な手段である。この点は他の国と変わりがない。問題は四百七十三という数字である。大衆と呼ぶには少なすぎるからだ。四百七十三人の心をつかむには、マスメディアより口コミの方が効果的なことが多い。

垂直主義者が絶えず議員総数を減らそうと試みていることとも無関係ではない。議員一人あたりの平均得票数が増えれば増えるほど、選挙に及ぼすマスメディアの影響力も大きくなるからだ。選挙区を垂直に広げることもそれと同じ効果を生む。一つの選挙区が一つの口コミ領域と一致するよりも、一つの選挙区に複数に分かれた口コミ領域が存在する方がマスメディアに有利だからである。しかし垂直主義者が圧倒的な差で議会を制しない限り、そんなことが起きる可能性が薄いことも事実だった。

「筋トレさん」が520階に派遣されたのも、まさにそのような理由からだった。そのころ私が住んでいた町は、縦横の長さが数百メートルであるのに比べ、高さはわずか3階しかない、典型的な平面選挙区だった。従って、520階の口コミ構造を把握すればビーンスターク全体の非公式ネットワークを理解する糸口が見つかるだろうというのが垂直主義者たちの仮説だった。

「笑わせるじゃない？　それで私に、半年くらいここに住んで520階の口コミネットワークに入れっていうの。『部屋代はどうするんですか？　研究費の助成は出るんですか？』って聞いたら、上司の持ってる賃貸住宅の入居者が出ていくから、そこに入って住めって言われて。ただで住ませてくれるわけでもないんだよ。それでも、ちょっと安くしてくれるっていうから来てみたのに、あんまり安くもないんだ。だけどしょうがないでしょ。言われた通りにするか、または会社辞めるかの二つに一つだったから。それでまあとにかくここに来ることにしたの」

「筋トレさん」はビーンスタークミクロ権力研究所の研究員で、本名はチン・ギョンヒ、当時三十六歳の未婚女性だった。実は筋トレさんは、自分でも知らないうちに520階の口コミネットワークに入り込んでいた。主体ではなく客体の資格でである。筋トレさんが520階に引っ越してきて二週間も経たないころ、怪しい女が現れたという噂が私の耳にも入ってきたが、それがまさに筋トレさんだったのだ。噂の震源地は町の住民センターのスポーツジムだった。

「あの人、何か変じゃない？　ただおかしいんじゃなくて、どっか怪しい。普通そうに見えるのに、どうしてあんな人たちについていくのよ。何やってた子？　服も変だし」

これはヨンス姉さん（女、当時三十六歳）の言葉である。私は筋トレさんを注意深く見守っていた。筋トレさんは、520階のジムの生態系を全く理解していなかった。例えばそのころ、520階の女性たちはジムでショートパンツをはくことがほとんどなかった。長いトレーニングパンツに明るい単色の半袖Tシャツが標準スタイルで、重いものを持ち上げる運動よりはランニングやヨガといった運動を好んでいた。ボブヘアの場合はヘアバンドをするのが一般的で、靴下は白または黄色が好まれ、運動の前にはいつもブラックコーヒーを飲んだ。特に理由はなく、単にそれが流行だったというだけのことだ。筋トレさんはそのうち一つも私たちと同じではなかった。誰が見てもよそものだったというわけだ。

本当に変だったのは、筋トレさんが中年男性を中心とするジム内の集まりの会員になったことだ。当然のことだが、二、三十代の会員は中年男性たちとは絶対につき合わなかった。話したりあいさつをしたりしないだけでなく、トレーニングマシンも完全に別々に使う傾向があった。男女が完全に分離されたジムがあれば、みんながそっちに行ったかもしれない。

「何で避けるのかって？　そうねえ、だって怖いもん。変な色の半ズボンなんかはいて、どやどや集まってきて、ハフハフ言いながら運動してさあ。自分らどうしで『イ社長』とか『パク社長』とか呼び合って、ウハハハって騒いでさあ。そうやってハフハフ運動する恰好だけして、終わったらみんなで肉食べに行くし」

隣に住む大学生のジヒョンさん（女、二十一歳）は、ジムに通っている中年男性についてこのようにタメ口で証言した。他の人たちの意見も大きな違いはなかった。だからある日、筋トレさんがハフハフ軍団と一緒に肉を食べに行くところを見て、私を含む同年代の会員たちは驚愕した。

「何でついてったかって？　仕事だから仕方ないでしょ。だって、そういうところで噂が広まるんだから。そのために引っ越してきたんだもん、選択の余地なんてないの。若い子にくっついてても何も出てこないよ。自分のことだけやって家に帰っちゃう人とつるんでても、らちがあかない」

筋トレさんの言葉だ。中年男性を除けばどの階の会員も、一緒にジムに通ってるからという理由で集まりを持つことは全くなかった。同じ時間にトレーニングが終わったからといってシャワーを一緒に使うなんて想像もできなかった。シャワールームで会ったときに声をかけ合うこともなかった。もちろん、筋トレさんは例外だ。

筋トレさんが「筋トレさん」という名前になったのは、他の女性会員たちがほぼやらないウェイトトレーニングを頑張っていたからだ。

「あの人、あれじゃ二頭筋ばっかりすごくなっちゃうよ。三頭筋もやればいいのに。何で毎日同じことばっかりやるのかな。そのうち腕ばっかりすごくなって、タイトな服着たら脱ぐときに腕が抜けないわよ」

ヨンス姉さんは筋トレさんを警戒している様子だったが、後で結局親友になった。もちろん、その後も二人がシャワーの時間を合わせたりすることはなかった。筋トレさんはそれが不満だったらしい。

「ねえ、ちょっと助けてよ。何でもいいから情報持っていかなきゃいけないのよ」
「もうちょっといい地域を選ぶべきだったね。私、ここに五年通ってるけど、政治の話なんかしてるの見たこともないもん。いったい何を想像してるの？ よそじゃ、シャワールームでそんなにおしゃべりする？」
「知らないよ、行ったことないもん」

ということでヨンス姉さんは、筋トレさんをカフェ・ビーンス・トーキングにつれていった。カフェ・ビーンス・トーキングは標準階数521階の貨物エレベーターのターミナルのすぐそばにあるコーヒー専門店で、その前に広がる小さな空き地が520階の口コミネットワークの実質的な中心と思われる場所だった。もちろんそれは研究者の表現にすぎず、住民らの表現では「噂の震源地」ぐらいの場所である。

カフェ・ビーンス・トーキングは、ただのコーヒー専門店ではなかった。もともとそこはその地域の水平労組が共同で使う貨物集荷場だった。社長のチャン・サムナム氏（男、五十七歳）は水平労組の組合員だったが、ある日左足に大けがをした後、労組の了解を得て、その近所でコーヒーの販売を始めた。

「絶望的な状態だったよ。配達以外には何もできないんだから。店舗もなし、何もなしでコーヒーの販売を始めたんだ。当時は、最近みたいなコーヒーはまだあんまりなかったんだよね。砂糖とミルク入りのインスタントコーヒーが主流で、自販機のコーヒーよりましなものは全然なかったんだ。うちのはたぶんそれよりまずかっただろうな。なのに商売になったんだ。すごくうまくいったよ。一、二年で前の収入を上回ったんだからな。何でって、組合員がみんな買ってくれたからだ。理由なんて他にないよ。ただみんなが通りすがりに一杯ずつ飲んでくれただけだ」

チャン・サムナム氏は増えた収入で店を開き、機械を入れた。それでも相変わらず彼のコーヒーは美味しくなかった。味が薄すぎるので、本当のコーヒー好きはあまり来ない。その代わり価格は他の店より安かった。チャン・サムナム氏は、自分が食べていけるのは誰のおかげなのかよく知っていた。コーヒーを売って大儲けしたいという欲もなかった。そのときからビーンス・トーキングは組合員みんなの空間になった。

「退屈だったらあそこに寄るの。一日に二回は必ず行くね。仕事帰りに行ってしばらく座っていたり、土日に立ち寄ることもあるし。コーヒーを飲まなくてもとやかく言う人もいないし、その時間に大酒飲むよりはましだと思ってしょっちゅう行くんだ。人にも会えるしね」

イ・サンウン氏（女、四十二歳）の言う通り、ビーンス・トーキングは組合員全員の社交の場であり、レジャーの中心地だった。そして時間が経つにつれて、自然と520階住民全員の憩いの場となった。

「噂？　そうだね、ここに来たらいちばんたくさん聞けるよ。私たちは一日に何度も520階のすみずみまで行き来するからね。一日じゅうここに粘っているだけで、520階で何が起きているのか全部わかる」

他の組合員ファン・ジョンジェ氏（男、三十九歳）もそのように語った。それを聞くと筋トレさんの表情は答えを見つけたように明るくなった。それから、ジムに来る機会がだんだん減っていった。私を含むジム仲間は何か月も経つまでその意味に気づかなかった。

そんなある日のことだ。市議会議員選挙を一年後に控えたある日、ビーンスターク最大のテイクアウトコーヒーチェーンであるクイーンズテラスの支店が三つ、519階から521階までに一店舗ずつ入った。クイーンズテラスのコーヒーはカフェ・ビーンス・トーキングより五〇パーセントも高かったが、オープン記念プロモーションの期間はカフェ・ビーンス・トーキングよりちょっと安かった。ところが、そのプロモーション期間が何と六か月も続いたのである。ビーンス・トーキングが店をたたむまで価格競争をしてやるという意図だったのだ。

もちろん、私たちはクイーンズテラスに熱狂した。彼らがなぜ六か月も出血サービスをすることにしたのかは理解できなかった。理解しようと努めたこともない。クイーンズテラスのコーヒーはカフェ・ビーンス・トーキングよりはるかに味わい深く、しかも濃かった。豆の種類も比較にならないほど多様だった。まず若者層がビーンス・トーキングを離れ、他の世代がすぐに続いた。するとクイーンズテラスは521階にもう一つ支店を開設した。実際、支店数は問題ではなかった。クイーンズテラスはテイクアウトに特化していたので、四店舗を全部合わせても不動産価格はカフェ・ビーンス・トーキング一軒にも及ばなかった。単にコーヒーがちょっと安くて美味しかっただけで、くつろげる空間は皆無だったという意味である。

私たちはクイーンズテラスでコーヒーを買い、それぞれの空間に散っていった。そのコーヒーを持ってビーンス・トーキングに行って楽しむわけにはいかない。もちろん、コーヒーの味を全然区別できない人たちはジムに集まってハフハフ激しくトレーニングした後、大勢で一緒にシャワーを使い、シャワーを終えると週に二回は団体で肉を食べ、何が変わったのか気づかないままいつものようにカフェ・ビーンス・トーキングに行っていた。しかし他の部類の人たちはそうならなかった。

私たちはそれぞれが占有する不動産の中にばらばらに散り、その中でマスメディアの甘い、あるいはスカッとするような味に改めて染まっていった。カフェ・ビーンス・トーキングは店をたたみ、520階の口コミネットワークはあまりにもあっさりと消えてしまった。たった一年の間に私たちは、520階の人ではなくビーンスタークの人になってしまった。

私たちはそのようにして市議会議員選挙を迎えた。520階の選挙区では、史上初めて水平主義者の候補が垂直主義者の候補に三百八十九対四百二十二で敗北した。私はそのことの意味に全く気づいていなかった。その年の選挙で垂直主義者たちは類を見ない大勝利を収めたが、私はその意味にも全く気づいていなかった。

気づくまでには一年かかった。カフェ・ビーンス・トーキングが消えるとともに、520階の人たちの生活もどこか世知辛くなった。ある日急に隣人たちが全員都会人にでもなってしまったような、よく知っている人を見かけても目をそらすようなことが起きた。私たちはもう、お互いの個人史に興味がなかった。「みんなが知っている噂」も影をひそめた。ヨンス姉さんときたら、筋トレさんの存在を覚えてすらいなかった。筋トレさんがいなくなってからちょうど一年後のことだ。

それらすべてが、カフェ・ビーンス・トーキングがなくなったために起きたことだった。筋トレさんが考え出した選挙戦略が的中したわけだ。対面ネットワークが影響力を失ってマスメディアがその位置を占めたこと、それがすなわち520階を世知辛い場所に変化させた原因だった。

そして、この問題は520階に限ったことではなかった。ちょうどそのころ、似たようなことがビーンスタークの随所で同時に起きていた。階ごとの地域共同体では、それぞれの自然発生的な生活の中心地ができるのが常であり、それはいつか消えるものと決まっていた。

人々はこのことを当然のことのように受け入れた。自然発生的に生まれて自然に消えていくというわけだ。だが、それは事実ではない。ビーンスタークの水平地域共同体はほぼ同時に消えた。あれほど多くの地域共同体が、カフェ・ビーンス・トーキングの閉店とほぼ同時に一斉に中心地を失ったのだ。

だが、これらの水平地域共同体に属する人たちはそのことに全然気づかなかった。地域共同体どうしの間にネットワークが全くなかったためだ。水平主義連合はまさにその認識を土台として作られ、場合によっては「地域分離主義連合」といった矛盾する主張に発展することもあった。これらのすべては結局、私たちがカフェ・ビーンス・トーキングを守り抜けなかったために起きたことだ。

この本を書いた動機もそれと似ている。私たちが520階を守り抜くことができなければ、520階も永遠に消え去るかもしれない。もちろん、520という数字は消えないだろう。しかし、ビーンスタークという三次元空間の特定の地点を表す垂直座標ではなく、私たちの暮らしの基盤だった520階がみんなの記憶から永遠に消え去る日は、来るかもしれない。誰かがこうやって記録しておかなければ。つまり、この本は私と私の仲間たちが学んできた知識や理念の記録ではなく、520階という空間に水平に広がっていた、私たちの大切な人生と日常の記録なのだ。

それがいつまでも記憶されることを願いつつ、一章では……（以下略）

内面表出演技にたけた俳優Pのいかれたインタビュー

——今回、賞を受賞したが。

はい。特別な賞だった。人間以外の俳優に与えられた初の賞だった。

——「人間以外の俳優」に与えられた賞という点に大きな意味を持たせているような言い方だ。

もちろんだ。人間俳優と同じ資格で競争することも立派だと思うが、それだけではない。それは結局、彼らの映画に登場する小道具に終わるということだから。今回私が受賞したことは、それとは異なる意味を持つ。人間俳優と全く違う領域の演技を開拓した俳優という意味が含まれている。

——コンペティション部門では受賞を逃したが、腹は立たなかったか。

立たなかった。主演賞ではなく特別賞を受賞したことは、いわば、私の演技は人間映画祭のものさしでは評価できないものだと彼らが認めたことを意味する。動物を対象とする映画祭があるなら、そこで評価を受けるべきだという意味だ。だがご存じのように、そのような映画祭はない。そうした状況内で、私への最上の礼儀を尽くしたというわけだ。自分たちがジャッジできる領域ではないが、それでも賛辞を送らないわけにいかないという趣旨であって、私はその趣旨に共感する。

——受賞の感想が印象的だったが。

そうだろうか。特別賞なので全然準備ができていなかった。新人賞や主演賞といったコンペティション部門でも受賞したことがなかったから、心の準備が全然なかった。今回の映画祭のために準備したものではないが、いつかそういう席に上がることがあれば言いたいと思っていた言葉はある。だが、いざその場に立ってみると思い出せなかった。

——どんな言葉だったのか。

わんわんわん。

――実際には何と言ったか。

わんわん。

――それでは言葉が足りなかったのでは。これまで助けてくれた方々も多々おられると思うが。常套的な挨拶が必ずしもいいとはいえないが、とはいえ残念に思った人もいたのではないか。

もちろんそうだ。感謝したい方はたくさんいた。だが、どうしようもなかった。ご存じのように私は人間語が話せない。このインタビューもいかれた真似であると思う。このインタビューのことをマネージャーから聞いたとき、正直言って冗談だと思った。だから、わかったと言ったんだ。そしたらこうなった。本当にインタビューを行うとは思っていなかった。

――今、マネージャーが代わりに答えているが、気に入っているか？　自分の考えと異なっているところはないか？

本犬としては気に入っている。私は彼を信頼している。彼は私をよく知っている。デビュー以来ずっと一緒だった。彼がいなかったら相当に辛かっただろう。この仕事を続けることは続けただろうが、文字通り相当に不便だったはずだ。俳優にとって、特に私のような俳優にとって、監督その他のスタッフとのコミュニケーションは非常に重要だ。作品への共感も問題になるだろうが、非常に些細なことで引っかかる場合が多いのだ。特に人間は嗅覚が鋭敏ではないため、私にとってはほとんど仕事にならないほど絶望的な環境で高度の内面演技が要求されることもある。これが解決されない場合、非常に不便である。

——デビュー当時はもっと劣悪な条件だったそうだが。

当時は台本もコンテもなかった。どんな場面を撮っているのか他の俳優がみんな知っているのに、私だけが何も知らないままで撮影に入っていた。演出部は当時、ゴムまりや犬用ガムなどを用いて演技指導をしていた。例えばみんなが決定的な犯行の証拠を捜すために東奔西走しているときに、私だけがおもちゃのゴムまりを捜すことに没頭しなくてはならないという状況だ。そんな仕事にはとうてい打ち込むことができない。『嗅覚の発見』のシーズン3で麻薬取締班のオ・ジャヨン刑事が麻薬組織に襲撃されて死を迎えるが、よく見るとそのシーンで私がしっぽをちゃらちゃら振っている。私としては非常に屈辱的なシーンだが、私のミスではない。

——にもかかわらずあの作品で演技者としての確固たる地位を築いた。初出演とは信じられないような演技だった。

そんなこともない。実はあのときだってアクションがすべてだったのだ。人間の監督たちは動物俳優に複雑な内面演技を要求しなかった。しっぽを振り、耳を立て、目をぱちぱちさせるだけで感情表現は十分に可能と信じていたようだ。だから草創期には、表情が四つとか五つしかない俳優が、最高の内面演技を披露したと賛辞を受けることもあった。そんな環境だったから、演技はそれほど難しくなかった。アクションさえうまくこなせばよく、それは私の適性によく合っていたようだ。

——そんなに謙遜しなくてもいい。最高のアクション演技だという賛辞が寄せられ、誰もがあのときの演技を覚えている。特別なコツはあったのか。

特別なコツはなかった。単に、みんなより有利な条件でスタートしただけだ。最初『嗅覚の発見』の主役にキャスティングされた俳優は、ビーンスターク出身ではなかった。私とは比較にならないほど優れた演技力を持つ俳優だったが、アクションに若干問題があった。周辺国で演技のトレーニングを積んだため、三次元空間になじめなかったらしい。実際、さほど深刻な欠陥ではなかった。私も広々とした二次元空間にはなじみづらい。

当時のアクションは追撃シーンが主流で、映画でもビーンスタークのすみずみまで走り回るのが常だった。私はビーンスタークで生まれ育ったため、三次元空間を把握するのには全く問題がなかった。それで、もともとキャスティングされていた俳優が混乱した一瞬に監督の目に留まった。運がよかったわけだ。現場で走るオーディションを受け、そのままキャスティングされた。その瞬間に私の人生は完全に変わった。

――後悔したことがあるか?

ほとんどない。だが、全くないわけではない。

――どのような点で?

誰にも気づかれないというのがどんな感じなのか忘れてしまった。平凡な平日の午後に一人で広場を歩きたいと思うことがよくある。土曜日や日曜日でもいい。だが、そういう機会が全くない。これからも永遠にないだろう。そう思うと悲しくなる。

――恋愛問題についても同じ文脈か。

もちろん同じ文脈だ。だが、同じではない面もある。私たちは人間の俳優よりスキャンダルに対してずっと敏感だ。逆説的だが、スキャンダルが起きると我々のイメージは再起不能なほどの大きなダメージを被る。それはビーンスタークのせいだ。ビーンスタークの人々は自分の国がバベルの塔にたとえられることをひどく毛嫌いするが、事実、ときどきそうたとえられる。ソドムやゴモラのような古代都市にたとえる人もいるほどだが、そうした比喩が私たちを苦しめることがある。動物俳優の場合、恋は堕落のイメージと結びつけられることが多い。ソドムの話を出したのもそんな文脈からだ。あまりに公正さを欠くケースだが、現実がそうなっている。そして、そういうイメージを負った俳優は結局淘汰されてしまう。だから純粋でいなくてはならない。これは戦略の問題ではなく生存の問題だ。

——とはいっても愛は普遍的な価値ではないか。誤解されるとわかっていても絶対にあきらめられない恋もあると思うが、恋が訪れたことはなかったのか？

話せない。

——近作を見ると、内面的な深みが非常によく表れているようだ。さっき見せてくれたのと同じようなまなざしのことを言っている。生きることが、あなたの演技に非常によい助言を与えているようだが。

当然だ。演技者がある程度軌道に乗ってくると、一般的な生の軌道とは違う生き方をすることになるが、それは演技者自身にとって非常に大きな損失だと思う。スターになってお金をたくさん稼ぎ、いい家に住むことは必ずしも悪くはない。しかしすべての俳優がそのように生きてはいけない。すべての俳優が生活から遊離して、映画の中だけで巷の恵まれない人生を「体験」するだけなら、映像産業全体がついには生命力を失うだろう。だが、私もやはりそれと同様の罠にかかっている。私は悲しみを演じるが、撮影期間の何か月間かその状況を体験するのみだ。残りの時間は楽しんでいる。そうした欠陥を克服するために、過剰に悲しみにのめり込むこともある。だが、そのようにして無理にこしらえ上げた悲しみは、本物の悲しみとはほど遠い。それが残念だ。そういう残念さが歳月の重みのようにどんどん積み重なって、内面を照らし出す鏡になったかもしれない。今の私は新人時代の健康だった私よりずっと美しいと思う。

——同意する。あなたを最高のスターにしたのは『嗅覚の発見』で見せた絢爛たるアクション演技だったかもしれないが、あなたを最高の俳優にしたのはやはり、『低い鼻』で見せた静かな内面の演技だったと思う。

私にとって『低い鼻』は祝福された作品だ。あれを撮影している間、私は、自分ではなかったようだ。私自身の姿に驚いたほどだ。もう一度やれといわれても、あれほどの演技はできないだろうと思う。多くの時間が与えられたからといって、必ず到達できるわけではない。その事実を確認させてくれた作品であり、私にもまだ変化できる余地があるということを如実に示す作品だった。

――最も印象的だったシーンはどこか。

もちろんラストシーンだ。あのシーンが最後の撮影でもあったが、最後のせりふを言った瞬間、自分の中にあった何かが体の外に飛び出してくるような気がした。忘れられない瞬間だ。

――どんなせりふだったか？　再演をお願いしてもよいか。

「わん」。簡潔なせりふだった。さっき言ったように、再演は不可能だ。この先も永遠にそうだろう。

――最高の地位に上りつめたが、これからも挑戦していきたいことがあるか？

新しいことにチャレンジするつもりはない。私は今の仕事に満足している。誰にでもできる経験ではなく、この仕事をしている間、十分に楽しかった。これがお別れの挨拶ではないとは何と幸運なことだろう。まだ演技できる日々が残っているということが、私にとっては無限の祝福だ。

――最後に、読者に伝えたいことがあれば。

わんわん！　わんわん！

『タワー』概念用語辞典

犬

①ビーンスタークの生態系において最も代表的な四本足の動物。一部の個体はビーンスターク内の権力の中心部に生息し、「こくみん」と吠えるなどして言語駆使能力をめぐる論争を巻き起こした。②人間の多様な存在様態の一つであり、一定量以上のアルコールを摂取した場合に発現する内面意識の極端な顕在化現象を指す。

権力場

権力が作用する空間。権力の核心部に向かって湾曲する曲線の形態を取り、歪んだ三次元空間において、指標となる財貨や労力の流れを観測し、再構成することができる。個人を自分の意思と関係なく権力の持ち駒として行動させる権力システムであり、人でなしが人であるかのように権力を行使するという事態の発生源。

緊急避難計画一号

すべての居住者にビーンスタークから出ていかせる非常措置。

埃

現代の都会人であれば誰もが持っている存在の痕跡。超高層文明の社会契約は、誰でもたたけば埃が出るのだから、お互いにたたかないのが合理的だという暗黙の合意の上に成り立っている。しかしこの社会契約は法律上の責任まで免除してくれるわけではない。

例：「すると政府は批判者たちを呼んで埃を払った。」（「自然礼賛」）

無計画室

二十三通りの動員計画をもってしても事前対応が難しいほど特異な状況に対応するための、陸軍内の特殊シンクタンク。人員の半数が反乱に加担したため兵力が通常の半分という仮想状況で完璧に任務を遂行し、その結果人員が半分に削減された。

バカ

現代の都会人の間で合意を見ている最小限の邪悪さを習得していないため、他人が全く予想できない状況で人の道を貫こうとして社会を混乱に陥れる人。

例：「私のためにやったことではないと信じたいですけど、その人すごくバカなので、そうとも言いきれません」「おーい、何してた？　おバカさん」（「タクラマカン配達事故」）

ビンスタ

ビーンスターク育ちの人々の間でビーンスタークを呼ぶ際に使う略称。「ビンスタ作家組合」などと用いる。

愛

存在間の結合と分離の過程で感じられる根源的な充足感、または剝奪の感情。暖房費が払えない極貧層の場合、単に壁を越えて伝わってくる隣の部屋の温もりだけでも極端なまでの信頼や好意、温情、懐かしさなどの感情を感じることがある。

例：「あれはほとんど、愛だよな」（「エレベーター機動演習」）

シャリーア適格（Shariah Compliant）

イスラム律法にふさわしい制度、器具、施設を表すのに用いられる修飾語。銀行、食堂、ホテルなどに使用され、ムスリムが利用しても宗教的信念に抵触しないという保証の意味で使われる。

水平主義と垂直主義

水平運送労組と垂直運送組合の立場の違いに端を発するビーンスタークの二大イデオロギー体系。

アミタブ（Amitabh）

秩序の維持とデモ鎮圧のためにビーンスタークに持ち込まれたインド象。阿弥陀仏と呼ばれたこともある。阿弥陀仏はアミタブと同一の名前であり、仏教においては無量寿仏、ヒンドゥー教ではビシュヌーの現身の一つに該当する。搬入目的とは異なり、ビーンスタークに来る前には長期間修行僧らと同行し、断食や苦行を行っていた聖なる象。

エレベーター

ビーンスタークの代表的移動手段であり、50階以内の区間を行き来する短距離エレベーター、50階から100階の間を行き来する中距離エレベーター、そして長距離エレベーターに区分される。大部分は民間事業者の運営によっており、運賃は有料。

「これもまた大王の恵みなり！」
統治者の恩恵を讃える古典歌詞の結びの言葉。

罵倒語
これまでに培ってきた感情的紐帯を犠牲にしてでも業務効率の向上を図ろうとする意思疎通の方法。
例：「性行為をする人」「生殖器のような人」（「エレベーター機動演習」）

E&K
世界一の衛星デザイン会社の社員のコーヒーのいれ方。これを覚えただけでもインターンをした甲斐があったと評価されるほど、E&Kの名声は絶対的なものである。

自然
ビーンスタークの外のどこかにあるとされる多種生態系および天然地形の複合体。政治環境の変化に伴い、大自然の美しさを礼賛する文芸思潮が花開くこともあるが、実際にそれを見て書く著述家はきわめて稀であり、甚だしくは、低所恐怖症を訴える作家が自然礼賛論者に含まれることもある。

低所恐怖症

①ビーンスターク土着の住民に出現する恐怖症。人によって差があるが、おおむね50階以下の高さで呼吸困難、精神錯乱、幻覚などの症状を伴って現れ、結果としてビル外に出られなくなる。②ビーンスターク民族主義の比喩として自称される言葉。

例：「彼にはビーンスタークへの絶対的な愛の証拠があった。低所恐怖症である。」（「シャリーアにかなうもの」）

ほんの気持ち

見返り目的という疑いを薄めるため、主として私的な対人関係ネットワークにおいて伝達される財貨、労力を指す言葉。ここに電子タグを貼ると権力場の特定に活用できる。

例：「研究者の間にも不満がないではなかったが、いったいどうやってコネを作ったものか、お偉方の住むあたりを広範囲に選んで『ほんの気持ち』をばらまくチョン教授の能力だけは誰もが認めざるをえなかった。」（「東方の三博士——犬入りバージョン」）

コスモマフィア

衛星迎撃ミサイル技術を保有する旧共産党系の武装勢力。ビーンスタークの主力事業である衛星サービス産業に深刻な脅威を加える。

ファランクス（phalanx）

密集方陣。ビーンスターク警備隊が建物内の秩序維持のために採用した古典的重歩兵戦術。

荷重分散工事

床にかかる荷重を均等に分散させ、象が歩いても壊れないようにした臨時措置。主に321階の市庁舎前広場の床に適用された。

ＩＣＢＭスペシャルエディション

コスモマフィアの大陸間弾道ミサイル攻撃に直面したビーンスタークの世紀末ムードを記念する女性用ブランドバッグ。「弾道ミサイルを象った洗練されたファスナーのデザイン、誰が見てもきのこ雲を連想するシルバーツリーの装飾、憂鬱な世紀末的雰囲気を遺憾なく表現した都市感覚のロマンティックレッド、明日地球の終末が訪れるとしても最後の瞬間まで彼女のきゃしゃな腕に優しく寄り添ってくれるジェントルでボーイッシュな感覚のレザーのハンドル」という宣伝コピーでセンセーションを巻き起こした。限定販売。
(「シャリーアにかなうもの」)

初版あとがき

　書くべきことは全部書いたつもりだったが、まだあとがきが残っているという事実に気づいた。原稿を仕上げるや否や、書いた者はさっさと退場してしまい、何を書いたところで反省文みたいなものしか出てこないだろうが、だからこそ今、あとがきを書かなくてはならないらしい。

　以前ある先生が、性格のいい人は作家になれないとおっしゃったことがある。そのときに言葉で言えなかったことを根に持って心にため込み、後で誰も見てないところへ行ってそれを文に書く人が作家になるというお話だった。

　この本を書いているとき、私は三つの言葉を心にため込んでいた。一つめは、「こんな面白くもないギャグ、読みたくもない」という趣旨の酷評だった。これがギャグに見えるとは、その日ずっと気分が悪かったが、そのまま心にため込んだ。

二つめは「この作品のために、去ろうとしていた足を止めて今しばらく待つことにした」という言葉である。私にとってこの言葉は「この世を去るつもりだったが、しばらく決定を先送りすることにした」という意味に聞こえた。どれくらい真剣に言ったのかはわからないが、何分私は作家なので、一応は心にためておかなければならない。

あと一つは、この本の編集者たちが言った言葉だ。あるときから彼らがこの本を「私たちの本」と呼びはじめ、その言葉がまた心に残った。そう呼んでもいいほど彼らは熱心に仕事にあたり、ときには私以上に霊感に満ちていた。

これを書いている間、私を緊張させた言葉だ。こうして書いたらその緊張がなくなるのかどうかはよくわからないが、心にため込む新しい言葉が見つかるまで、当分の間は根に持たないようにしなくてはいけない。

助けてくださった多くの方々に感謝するとともに、無限の霊感の源泉であるLさんの健康を祈る。特に長年の友人であり後援者であるジュヒに、言葉では言い尽くせない感謝の気持ちを伝えたい。

ペ・ミョンフン

二〇〇九年五月

新版あとがき

二〇〇九年に出版された私の初めての単行本『タワー』は、当時の出版界でかなりの話題を呼び起こしたんだそうです！　残念ながら私はその事実を全く知らずに過ごし、何年か後に噂として聞きました。話題になったとは思わず、この本によって私の生活が潤うこともなく、本そのものにもあまり気を遣わなかったので、二〇〇九年版の『タワー』は何年か後に絶版の憂き目に至ってしまいました。

私にとって『タワー』は到達点でも転換点でもなく、出発点でした。あれから十年以上、毎年一、二冊本を出しながら走りつづけ、出発点を振り返る余裕がなく、この本の絶版状態が長く続いてしまいました。ですが、Pターンのように大きく一回りして出発点近くを通ることになり、本書の再出版というチャンスを得ることとなりました。後戻りしてここに至ったわけではなく、いつもと同様に私は今もどこかに向かって一生けんめい走っています。

作家にとって、昔の作品をアップデートする機会を与えられることはラッキーです。本は生命力の長いメディアなので、自慢できない部分まで長く保存されてしまいます。この稀なる機会を逃さないように大規模な修正を施した結果、どこを直したのかわからない本になりました。十一年前に書いたものに完全に没頭して、初めて書いたときと同じぐらいの時間をかけて作業した結果が「何が変わったのかわからない本」だとは！　空しく響く言葉ですが、私にはその何か月が大事でした。自分がどこから来てどこを目指して走っているのかわかるようになったのです。また、作品に対する世間の目がどのように成長してきたか、作家がその流れに追いつくためにはどのような努力を傾けるべきかに改めて気づく時間でもありました。

それにしても、十年前の私はなぜこんな変な物語を書くことになったのでしょう？　修正作業のために一編一編の話に没入するうち、私はこの本をまた愛するようになりました。他の場でも何度か明らかにしてきましたが、私は自分が書いたものが好きな方ですから。

なるべく後ろを振り返らずに走ってきて、この本の再刊にあまり関心がなかった間にも、多くの読者が『タワー』を記憶し、愛情を表現してくださいました。その言葉がせっせと積もっていって、ある日私の足をここに向けさせました。中でも特に、大勢の国語の先生たちが生徒に「タクラマカン配達事故」を紹介してくれたことを心に刻んでいます。

「この本は絶対また出さなきゃだめですよ！」

私に心を変えさせた最後の一言を言ってくださった読者に感謝します。どなたであるかは明かしませんので、みなさん「私のことだ！」と思っていただければ嬉しいです。

また、「500階建てのビルの話を書いてみたい」という一人言のようなアイディアを聞き流さず、本として完成するまで薪をくべつづけてくれた十一年前の編集者お二人と、この本を再刊したいという意思を伝えたときに心から喜んでくれて、その後のプロセスを全部取り仕切ってくれた今の編集者にも感謝します。思いを現物に変えていく作業は、二〇二〇年にも変わることなく驚異的な業績です。

併せて、初版の「作家の言葉」で言及した「無限の霊感の源泉であるLさん」とは、二〇二〇年現在自宅軟禁状態にある元大統領であることを明らかにしておきます。一部の読者が想像したようなロマンティックな秘話ではなく、十年前の私がなぜこのように変てこな物語を書くことになったか、その背景を誤解なく明らかにするべく記しておきます。

私はなかなか民族主義者にはなれない人間ですが、韓国人に関して心から立派だと思う点が一つあります。私が「民主主義を自ら勝ち取った人々の品格」と呼んでいる気性です。世界じゅうの多くの国の人々がそうであったと同様、これは一時的に成り立つとすぐに揮発してしまう気質なのでしょう。それでも韓国人は、「民主主義を自ら勝ち取った人々の品格」を「何度も」示してきたわけですから、この信念をさっさと撤回したりはしないでしょう。この十年、ほんとにいろんなことを経験しましたよね。

不可能に見える戦いを続けているこの惑星の多くの人類にとって、この本に収められた物語が慰めになることを願います。はい、知っています。その大勢の人々はこの本を買ってくれはしないでしょう。でも、一人静かに叫んでみます。楽ではない戦いでしょうし、勝利の瞬間にこれらすべての試練が終わることはないでしょう。「けれども我々は最後には勝つことでしょう！」

訳者あとがき

本書は、ペ・ミョンフンの連作小説集『タワー』(文学と知性社、二〇二〇年)の全訳である。

近年、韓国ではSFが飛躍的に発展し、特に二〇一九年にキム・チョヨプの『わたしたちが光の速さで進めないなら』(カン・バンファ、ユン・ジョン訳、早川書房、二〇二〇年)が大ヒットを収めて以降、目覚ましい勢いを見せている。現在活躍している一九九〇年代生まれの若手作家たちに大きな影響を与えたのが、『タワー』の著者ペ・ミョンフンやキム・ボヨン、チョン・ソヨン、そして「SF不毛の地」といわれた韓国で九〇年代から粘り強く活動してきたデュナなどのベテランたちだった。

『タワー』はペ・ミョンフンの代表作であると同時に、韓国SFの大きな特徴を代弁するような作品でもある。本書の初版が二〇〇九年にウンジン・シンクビッグから刊行された際には「韓国SFの新しい可能性を開く」作品として高い評価を受けた。同時に読者にも愛され、出版後間もなく一万部を売り上げたが、その後長く絶版状態が続き、復刊を望む声が続いていた。近年のSFの活況を受けて二〇二〇年に文学と知性社から改訂版が刊行されると、インターネット上には読者の歓迎の声が溢れ、改訂版の帯には「こんにちは、元気だった？　ペ・ミョンフンの連作小説集『タワー』十一年ぶりに帰還」と記されていた。本書の翻訳にはこの改訂版初版を用いている。

ペ・ミョンフンは「韓国SFの代名詞」と呼ばれることさえある作家であり、また、SFと純文学を往還する作家として、文学のジャンル分けを無意味化する作家でもある。一九七八年に釜山《プサン》に生まれ、ソウル大学の外交学科を卒業後、同大学院に進み、修士の学位を得ている。大学院在学中の二〇〇四年に大学新聞の文芸創作部門に短編小説が入選、また〇五年に「スマートD」という作品が科学技術創作文芸コンクールに入選して作家デビューした。以後多くの作品を発表し、二〇一〇年に『こんにちは、人工存在！』で「若い作家賞」を受賞、一二年には「サイエンスタイムズ」で「韓国SF作家ベスト10」に選ばれた。また、二〇一七年に結成されたSF作家の団体「韓国SF作家連帯」第一期で副代表を務めた。

日本では、セウォル号沈没事故関連のエッセイを集めた『目の眩んだ者たちの国家』（矢島暁子訳、新泉社、二〇一八年）所収の「誰が答えるのか？」が初めての翻訳紹介だった。

続いて『最後のライオニ　韓国パンデミックSF小説集』（斎藤真理子・清水博之・古川綾子訳、河出書房新社、二〇二一年）に収録された短編「チャカタパの熱望で」が小説作品としては初の紹介となった。この短編は、新型コロナウイルス出現後、唾液が飛ぶ発音を避けるために韓国語そのものが変化してしまった世界を描いたもので、その斬新な発想が読者から好評を得た。

最近、日本でも韓国SF作品の紹介が活況を呈している中、韓国現地で「満を持して」という趣で刊行された改訂版を読者に紹介できるのは、訳者としてたいへん嬉しい。

『タワー』の舞台は674階建て、人口五十万人におよぶ地上最大の巨大摩天楼「ビーンスターク」である。この名称は「ジャックと豆の木」に登場する、夜に種をまくと朝までに天まで届くほど伸びる豆の木にちなんだものだ。韓国では全土にわたって広い地域が再開発されて続々と高層マンション群に変貌してきた経緯があり、ビーンスタークがそのメタファーであることは一目瞭然である。

ビーンスタークは「対外的に承認された主権を持つ厳然たる独立国家」だが、領土はあくまで巨大タワー一棟だけ。狭い高層の敷地内に文明がぎっしりと詰まった、きわめて特異な仮想空間である。21階までは外国人も自由に出入りできる非武装地帯で、その上の22階から25階までを「警備室」と呼ばれる軍隊が占拠し、そこに国境検問所もある。国境地帯を境に、そこより上の部分では物価も高くなり、上層階に行くほど富裕層の居住者が増えていく。

ビーンスタークは、対外的には旧ソ連の系統を引くという武装勢力「コスモマフィア」と常に対峙しており、対内的には贈収賄や外国人労働者の使い捨て、イデオロギー対立などのさまざまな問題を抱えている。ビーンスタークの言語や民族の構成は周辺国とほとんど同じであり、区分できない単一の社会を成しているのだが、にもかかわらず国境によって厳然と分離され、周辺国の人々にもビザ免除の恩恵を与えない。

そのようにして守られた空間には「特に非人間的で、見境なく産業化された部分」が凝縮しており、どこへ行くにも有料エレベーターに乗らなくてはならず、豪華な室内庭園やショッピングモールがあり、窓際地帯はリゾート開発されて富と栄華を見せつけている。周辺国の人々はそれを「ガン細胞」のようなもの、「バベルの塔」と批判しつつも、一方ではビーンスターク市民になりたいという願望を抱きつづける。

このように、面白すぎる仮想空間の中で、韓国社会の現実にきわめて近い人間模様が展開されている。そこに『タワー』の眼目があるといっていいだろう。

以下、各短編について述べておく。

東方の三博士——犬入りバージョン

アインシュタインの「重力場」を模した「権力場」という概念を用いて、ビーンスタークの権力構造が解き明かされる。高級洋酒の流通経路から権力の核心部分に迫ると、そこにいるのは一匹の犬だった……。ペ・ミョンフンはあるインタビューで、「韓国文学における権力の描き方は人物中心となる傾向があるが、個人ではなく権力の構造に目を向けるべきだ」という意味の発言をしており、それを形にしたのがこの小説なのだろう。「権力場」に置かれた者はそれにふさわしい動きをするしかなく、行き着く先には血なまぐさい事件が待っている。周辺国からビーンスタークに通う三人の若手研究者たちが、複雑怪奇なエレベーターを乗り換えながらこの巨大ビルの構造を紹介し、イントロダクションの役割も果たす作品である。

なお、三七ページで犬の俳優Pが「こくみん」と鳴くが、これは、何かにつけて「国民のために」という言葉を濫発する韓国の政治家像からの連想であるという。ビーンスタークはあくまで「国」ではなく、住民たちは市民、首長は市長と呼ばれていることを考えると、Pの鳴き声はなかなか意味深長かもしれない。

ちなみに、最高の貨幣価値を持つ酒として想定されているのはバランタイン30年だそうで、著者から「これは韓国で本当に通貨として使われています」という説明があった。

自然礼賛

この作品には、二〇〇八年に盧武鉉《ノムヒョン》政権から李明博《イミョンバク》政権へと時代が移った後の重苦しい雰囲気が反映されている。李明博は「初版あとがき」で「無限の霊感の源泉であるLさん」と呼ばれた人であり、その時代は作家Kの言葉を借りるなら「公権力が呼び込んだ冷酷な冬」であったということになる。七二ページに出てくる再開発地区で起きた事故は、二〇〇九年一月に起きた「龍山《ヨンサン》事件」を思わせる。ソウルの龍山地区で再開発のためビルの立ち退きを要求された小規模自営業者たちがそれを拒否してビルに立て籠もり、警察の特殊部隊が投入され、混乱の中で火事が起きて住民五人と警官一人が死亡したもの。無理な再開発の過程や反対運動への過剰な鎮圧が大問題とされ、抗議の姿勢を示した作家も多かった。

かつては社会批判的な小説を書いていたKが、冬の時代の中で、現実逃避と逡巡を経てまた義憤の表明に至る。たたけば埃の出る弱点を持ちつつも奮闘したKは多くを失うが、それでも残ったものをしみじみと描いている。

タクラマカン配達事故

本書の中で読者の人気ナンバーワンの作品。国家に見捨てられた傭兵パイロットをインターネットの力で国境を超えた大勢の人々が救うというもの。ミンソとウンスは初恋のカップルであり、同時にウンスは今は他の人と婚約中だが、やけぼっくいの行方に注目するよりは恋愛を超えた連帯感を讃える物語と読んでいいのではないか。重要な小道具である青いポストは、インターネットの比喩とも読める。兵役の辛さ、正規雇用と非正規雇用の壁、格差恋愛などひりひりする設定だが、それを凌駕《りょうが》する理想主義がさわやかに描かれる。

なお、著者は最近のインタビューで、この短編は本当にインターネットによる助け合いを頭に置いて書いたものだったと明かしている（『私たちはSFが好き』民音社、二〇二二年）。久しぶりにこの作品を読んで、当時の自分が純情で楽観的であったことに著者も驚いたようだ。二〇〇九年といえば本格的なSNS時代の到来前であり、今はそうはいかない、しかしこれからどうなるかはまだわからないというコメントだった。

エレベーター機動演習

韓国は「不動産階級社会」とも呼ばれ、都市再開発と不動産投機によって社会の根幹が動く。その詳細は『搾取都市、ソウル』（イ・ヘミ著、伊東順子訳、筑摩書房、二〇二二年）などを参照してほしい。このシステムをビーンスタークという細長い空間にそのまま持ち込んだのが、この作品や「シャリーアにかなうもの」だ。さらにこの章では、エレベーターによる兵力輸送システムが描かれ、ペ・ミョンフンが大学院で「シュリーフェン・プラン」（第一次世界大戦の初期にドイツ軍が行ったフランス侵攻作戦計画）をテーマに選んだことを彷彿《ほうふつ》させる。

　エレベーターで荷物を上下に輸送する「垂直運送」と各階で荷物を運ぶ「水平運送」の違いに基づく「直派」と「平派」のイデオロギー対立は、韓国の「右派」「左派」を想起させる。分断が激しくなっていく中で、同じ520階で出会った境遇の違う二人が出会いと別れを味わう。年長者が若者たちに教訓を語る形式をとっているが、最後のせりふは二〇二二年の読者の胸に染みるだろう。

広場の阿弥陀仏

「広場」は韓国人にとって民主主義の代名詞のような言葉だ。民意、と言い換えてもいいのかもしれない。ビーンスタークの市庁舎前広場を舞台に、デモ鎮圧のために持ち込まれた象と借金を背負ってビーンスタークに潜り込んだ男性の友情が描かれる。「自然礼賛」に登場するロボットなど、人間と人間以外の存在との交流もこの小説の特徴だ。

シャリーアにかなうもの

　最後の一編ではコスモマフィアとの対決が最終局面を迎える。だが、潜伏テロリストのシェフリバンも協力者も、ビーンスタークの人情になじんでしまい、爆弾は不発のままで物語は締めくくられる。どんなにめちゃくちゃな社会でも友はできるし、その人たちと生きていくのだという楽観的な世界観がストレートに表れた物語だ。長年、爆弾を守ってきた協力者の「自分の手でここを破壊することはできなかったんだ」「この国全体についてはもよくわからないけど、この町だけはどうしようもなかったんだよ」という言葉が本書全体に流れる静かな宣言なのだろう。

コーランの引用は井筒俊彦訳（岩波文庫）に拠っている。

また、多様な付録は読者サービスの側面が強いもので、「作家Kの『熊神の午後』より」は、「自然礼賛」で一言だけ触れていたKの作品について読者がインターネットに書き込んだ要望に応えたもの。「カフェ・ビーンス・トーキング――『520階研究』序文より」には地域社会が急激に変わっていく様子をとらえた面白さがあり、著者自身、これだけは欠かせないものと考えた付録だそうである。「内面表出演技にたけた俳優Pのいかれたインタビュー」「『タワー』概念用語辞典」も初版刊行当時評判になった。

全体を見たとき、最初の二話はビーンスタークの暗部を暴く物語であり、三作め以降はその中でも見出せる希望に焦点を当てたものといえるかもしれない。二〇〇九年から、この改訂版が出た二〇二〇年までの間に、韓国社会は大きな変化を経験した。李明博とそれに続く朴槿恵《パククネ》の時代には、政府に非協力的な文化人の「ブラックリスト」が作成され、有名な俳優がキャスティングされづらくなったり、活動助成金の支給などの面で不利益を被るなどの事例が見られた。二〇一七年の政権交代後、それらに責任のある高位官僚たちは起訴され処罰を受けた。

『タワー』の中でビーンスタークは常に戦争をしており、ミサイルや爆弾など物騒な武器が乱舞する。殺人、爆弾テロ、飛行機の墜落、デモの鎮圧と殺伐たる事件が相次ぎ、犠牲者も出つづける。にもかかわらず登場人物たちはどこかゆるゆるで、お人好しで、完璧ではないが隣人との協働を重んじ、自分のバカさ加減もお互いのバカさ加減も知った上で共存していこうとする。なお、付録の「『タワー』概念用語辞典」の「バカ」の項目には「現代の都会人の間で合意を見ている最小限の邪悪さを習得していないため、他人が全く予想できない状況で人の道を貫こうとして社会を混乱に陥れる人」とあるが、これは二〇〇九年に自殺した盧武鉉元大統領へのオマージュでもあるという。

特に「タクラマカン配達事故」のビョンス、「エレベーター機動演習」の主人公、「シャリーアにかなうもの」のチェ・シンハクといった公務員キャラの活躍が興味深い。彼らはマネーロンダリングでお金を作るなど後ろ暗いこともやるし、常に清廉潔白というわけでもないが、ここぞというところでは命令を超えて職業的良心に従う。

これらのキャラクターには、陸軍の行政将校や研究所の研究員といった仕事も経験してきたペ・ミョンフンならではの視点が加味されているように思う。実務家独特の確かさのようなものである。それらに支えられた『タワー』は、人間讃歌というほど大げさではなく、どう転んでも悲壮にならない、穏やかなヒューマニズムを漂わせている。

非常に大ざっぱな言い方になるが、韓国ＳＦの特徴は「現実社会との地続き感」の強さとその熱気である。単に現実社会をリアルに写し取るだけでなく、ありうべき社会へのまなざしが感じられる。その中で『タワー』は、一市民として懸命に働く人々が奮闘する「実務家エンターテイメント」であり、いざというときには助け合う「人情劇ＳＦ」であり、その絶妙なマッチングが特徴といえるだろう。

日本でも人気が定着した作家のチョン・セランは、本書改訂版に寄せた推薦文の中で「ペ・ミョンフンは韓国ＳＦのコア部品で、熱と摩耗に強く、連結と拡張を担当している」と書いている。そして、多くの作家が彼の作品を読んで作品を書きはじめたことを指摘し、「不完全な世界にあっても善意が存在できるのと同様に、私たちの間に青いポストが存在できることを願う」と結ぶ。一段と危険さを増したかに見える二〇二二年の世界において、冬の時代を生き延びた『タワー』という物語の可能性を見つめてみたい。

担当してくださった河出書房新社の竹花進さん、翻訳チェックをしてくださった伊東順子さんと岸川秀実さんに御礼申し上げる。

二〇二二年七月七日

斎藤真理子

［著者］
ペ・ミョンフン（배명훈）
1978年釜山生まれ。ソウル大学外交学科、同大学院に学ぶ（専攻は第一次世界大戦）。2005年に「スマートD（Smart D）」で科学技術創作文芸コンクールに当選し作家デビュー。以後、韓国SFを代表する作家の一人として活躍している。短編集『こんにちは、人工存在！』『総統閣下』『芸術と重力加速度』、長編小説『神の軌道』『隠匿』『考古心霊学者』などがある。10年に「若い作家賞」を受賞。12年に「サイエンスタイムズ」で「韓国SF作家ベスト10」に選出。

［訳者］
斎藤真理子（さいとう・まりこ）
翻訳家。訳書にパク・ミンギュ『カステラ』（ヒョン・ジェフンとの共訳、クレイン）、チョ・セヒ『こびとが打ち上げた小さなボール』（河出書房新社）、チョ・ナムジュ『82年生まれ、キム・ジヨン』（筑摩書房）、ファン・ジョンウン『ディディの傘』（亜紀書房）、パク・ソルメ『もう死んでいる十二人の女たちと』（白水社）ほか多数。著書に『韓国文学の中心にあるもの』（イースト・プレス）がある。

배명훈 :
타워

타워 (Tower)

This Japanese edition was published by KAWADE SHOBO SHINSHA Ltd. Publishers in 2022 by arrangement with Bae Myung-hoon
through KCC (Korea Copyright Center Inc.), Seoul and Japan UNI Agency, Inc., Tokyo

This book is published with the support of the Literature Translation Institute of Korea (LTI Korea).

タワー

2022年 9 月20日　初版印刷
2022年 9 月30日　初版発行

著　者　ペ・ミョンフン
訳　者　斎藤真理子
装　幀　森敬太（合同会社 飛ぶ教室）
作　品　elements「STACK AND BIND, your thoughts unwind」
撮　影　ただ（ゆかい）
発行者　小野寺優
発行所　株式会社河出書房新社
〒151-0051
東京都渋谷区千駄ヶ谷2-32-2
電話（03）3404-1201［営業］／（03）3404-8611［編集］
https://www.kawade.co.jp/
組　版　KAWADE DTP WORKS
印　刷　株式会社亨有堂印刷所
製　本　大口製本印刷株式会社

Printed in Japan
ISBN978-4-309-20865-7